KB045986

제가 당신의
도움이 되어드리죠
I'll help you

재의 마녀 일레이나

마법사 최고위인 「마녀」 소녀.

신랄한 독설을 날리지만 마음은 다정할지도……

©Azure

비비안

라트리타 국립 학원의 인기 교사.
바람 마법이 특기인 우수한 마녀.

아리아드네

라트리타 국립 학원의 학생.
마법은 쓰지 못하는 평범한 소녀.

THE JOURNEY OF ELAINA

✦ CHARACTER

도로시

열네 살이지만 마법사의 레이스
「비경주」에서 연승 중인 소녀.

프리실라

수상한 약품 만들기에 몰두하고 있는
자칭천재 마도사.

©Azure

어머, 일레이나. 늦었잖아.

저희는 나란히, 찌르는 듯한 시선을

등으로 받으면서 중정을 뒤로했습니다.

주변 여자아이들에게 윙크를 하고서

제 곁으로 총총히 달려오는 아리아드네 씨.

아리아드네 씨 뭐 하고 있는 건가요?

©Azure

마녀의 여행 6
THE JOURNEY OF ELAINA

CONTENTS

◆ ‧‧‧‧‧‧‧‧‧‧‧‧‧‧‧‧‧‧‧‧‧‧‧‧‧‧‧ ◆

마녀의 여행

THE JOURNEY OF ELAINA

6

Shiraishi Jougi

시라이시 죠우기

Illustration

아즈루

이 도시의 경관은 조금 이질적이라, 밖에서 온 사람이라도 이곳에 무언가 특수한 풍습이 있으리라는 사실을 단번에 알 수 있을 테지요.

이곳은 내가 태어난 고향.

레이스의 도시라 불린답니다.

일부 건물의 지붕이 기묘한 호를 그리면서 휘어져 있는 것도, 혹은 길 바로 위로 밧줄이 그물처럼 이어져 있는 것도, 그러한 기묘한 광경이 온 도시를 빙글 기어 다니고 있는 것도, 이 나라에서 태어나 자란 나에게는 그저 평범하기만 한 마을 풍경일 뿐이었습니다. 하지만 분명 이 나라에 처음 온 사람은 그 기묘하기 그지없는 광경에 시선을 빼앗기고, 눈을 반짝반짝 빛낼지도 모릅니다.

내 옆을 걷는 일레이나 씨도 그중 한 사람인 모양이었습니다.

"과연…… 즉, 저 밧줄에 닿으면 즉시 퇴장이 된다는 겁니까?"

흐음흐음 하고 평정을 가장하면서도 약간 가슴 설레는 듯 보였습니다.

나는 일레이나 씨에게 고개를 끄덕여 보였습니다.

"맞아요. 그래서 기수들은 밧줄에 닿지 않도록 빗자루를 세심하게 조작하며 날죠."

"하지만 너무 높은 곳을 날면 마력을 쓸데없이 소모하게 되지 않나요?"

"그렇기 때문에, 기본적으로는 다들 아슬아슬한 위치를 날죠."

3

"호오……."

"그리고 마법 공격도 금지예요. 이 경주는 단순히 속도만을 경쟁하는 경기죠."

"과연……."

일레이나 씨가 입을 떡 벌리며 고개를 끄덕인 직후에 빗자루를 탄 마법사들이 우리 바로 위를 지나갔습니다.

이것이 분명 이 도시가 레이스의 도시라고 불리는 이유일 테지요.

현재 이 도시에서는 마법사들에 의한, 빗자루를 이용한 경주가 대유행하고 있습니다. 이 나라의 온갖 사람들이 마법사들의 경주 승패에 돈을 쏟아붓고 결과에 일희일비할 뿐인, 달리 말하자면 요컨대 단순한 도박입니다.

아무튼 레이스의 나라는 레이스의 나라답게 그러한 행사가 성행하고 있었습니다.

일레이나 씨는 하늘 위에서 겨루는 마법사들을 지켜본 다음 저를 돌아보며 한마디, 웃듯이 말했습니다.

"그래서, 저한테 부탁할 일이란 건 무엇입니까?"

나는 그 말에 단순명료하게 대답했습니다.

"……경주에 나가볼 마음은 없으신가요?"

나와 함께——라고.

빗자루를 이용한 레이스를 통칭 비 경주라고 부르는데, 나는 그 기수——요컨대 비 경주에 출장하는 선수 중 한 명이었습니다.

이런 말을 스스로 하는 것도 꽤 부끄러운 면이 있습니다만, 나는 그중에서도 제법 유력하며 나름대로 실력을 겸비하기도 했습니다.

무려 최연소이기도 합니다. 프로 데뷔를 한 후로 9연패를 기록했습니다.

살짝 우쭐해진다고 해도 그것은 어쩔 수 없는 일이 아닐까요? 그러나 그런 젊고 우수해서 다른 사람들의 질투를 받는 자의 콧대를 그야말로 꺾어버리고 싶다고 생각하는 것이 바로 머리가 굳은 어른들입니다.

"이번 경주는 평소와 경향이 다를 거야."

주말에 열리는 레이스에 참가하기 위해 비 경주 경기장으로 향했을 때, 접수처의 남성에게 갑자기 그러한 말을 들었습니다.

청천벽력이라고 할 수 있을 만한 말이 날아들었습니다.

"비 경주 50주년을 기념해서, 이번에는 둘이 한 팀을 이룬 레이스를 할 예정이야. 따라서 참가 신청도 둘이서 해줘야 해."

즉.

"또 한 사람이 있으면 너도 참가 가능해."

그렇다고 합니다.

비 경주의 선수로 등록되어 있는 인원은 현재 열한 명. 이 나라에서 마법사로서 활약하고 있는 인원수와 정확하게 같습니다. 그리고 현재 참가 신청을 마친 것은 다섯 팀.

그러니까 나는 10연패를 건 레이스에 참가할 자격을 얻지 못하게 된 것입니다.

레이스에서 10연패를 하면, 선수에게는 큰 상금이 주어집니다. 지금까지 아무도 성공한 적 없는 위업입니다.

아마도 어리기만 한 여자아이가 그것을 이뤄내는 것이 마음에 들지 않은 것일 테지요.

그래서 이토록 억지스러운 방법으로, 결탁해서, 내 출장을 막으려 하고 있다——.

"어머 어머. 당신도 레이스에 참가할 셈이야?"

접수처 앞에 못 박힌 듯 서 있는 나를 조소하듯이, 뒤에서 말을 걸어왔습니다.

뒤돌아보지 않아도 이 가시 돋친 목소리가 누구의 것인지는 잘 알고 있었습니다.

"……셰리."

"뭐? 이 계집애가, 씨를 붙이도록 해."

그녀는 짜증스럽다는 듯이 말했습니다.

"당신, 참가 신청 마감은 오늘까지랍니다. 이제 와서 여기 나타난들 참가 같은 걸 할 수 있을 리 없잖아? 포기하도록 해."

뒤돌아보니, 그녀는 의기양양한 표정을 짓고 있었습니다.

언제나 정상에 섰던 것은 아니지만, 그래도 내가 참가하기 전까지는 대부분의 레이스에서 이겨왔던 그녀에게 있어 내 존재만큼 거슬리는 것은 없을 테지요.

그런 탓에 그녀는 평소부터 나를 눈엣가시로 여겨왔고, 레이스에서 내가 이길 때마다 저주하듯이 원망의 말을 쏟아내 왔습니다.

그런 그녀에게 지금의 나만큼 재미있는 것도 없을 테지요.

"아아, 유쾌해. 매우 유쾌. 당신이 없는 레이스라니 몹시 기대돼서 견딜 수가 없어."

키득키득 그녀는 웃었고, 그리고 내 어깨를 두드렸습니다.

"뭐, 관객석에서 잘 보고 있어. 내가 이기는 모습을 말이지."

"…………."

"…………."

나와 잠시 눈싸움을 한 다음 셰리는 "흥" 하고 코웃음을 치면서 그대로 연습을 위해 경기장으로 들어가 버렸습니다.

나도 뒤늦게 걸음을 옮겼습니다.

레이스에 함께 참가하기 위한 아군을 찾기 위해.

"…………."

데뷔 직후부터 주변에 미움을 받고 있다는 사실은 어렴풋이 눈치채고 있었습니다.

평균 연령 25세 전후인 레이스에 갑자기 나타난 열다섯 살짜리에, 게다가 데뷔전에서 갑자기 1위를 쟁취하고, 그 이후 아무도 따라잡지 못하고 있으니. 만약 내가 반대 입장이었다고 한다면 상당히 샘이 났을 거라 생각합니다.

온 나라가 나의 등장에 들끓어 오르는 것을 보며 동업자와 레이스 운영 측이 거북하게 여기고 있다는 사실을 느끼지 못할 만큼, 나는 둔감하지 않았습니다.

그러나.

그러나, 설마 이런 억지스러운 방법을 쓸 줄을 누가 상상이나 했겠습니까.

이런 식으로 연승을 막으려 들다니.

애초에 이 나라에 마법사는 열한 명뿐. 즉, 추가로 참가 신청을 하려면 외지에서 온 마법사를 찾아야만 하는 것입니다. 외지에서 왔고, 빗자루를 잘 다룰 만한 마법사.

과연 그런 사람이 때맞춰 내 앞에 나타나 줄까요?

"아, 거기 당신. 잠깐. 무슨 일이죠? 어두운 표정을 하고 있는데. 뭔가 고민이라도 있나요?"

터덜터덜 걷고 있는 나에게 갑자기 말을 걸어오는 사람이 있었습니다.

잿빛 머리카락을 길게 늘어뜨린 여성이었습니다. 검은 로브를 걸치고 삼각 모자를 썼습니다. 자세히 보니 가슴께에는 별을 본뜬 브로치가 있었습니다. 나이는 나보다 조금 위일 테죠.

"괜찮다면 제가 점을 봐 드릴까요?"

길가에 수정을 내놓고서 오도카니 앉아 있는 그녀는 아무래도 점술사인 모양이었습니다.

"제 점, 잘 맞는다는 평판이랍니다."

"…………."

"우으으으음……."

부탁하지도 않았는데 그녀는 수정에 손을 올리고서 점을 보기 시작했습니다.

"아, 과연 그렇군요. 알았습니다. 네, 완벽하게 알았습니다. 당신, 지금 고민거리를 끌어안고 있지요? 어떤가요? 정곡이죠? 제 점은 잘 맞는답니다."

척 보면 알 수 있는 것일 텐데요.

"…………."

"아, 복채는 한 번에 금화 한 닢입니다."

"바가지……."

"저는 마녀인지라 복채가 비쌉니다."

"……마녀?"

어라? 마녀? 마법사의 최상위인? 그, 마녀세요?

"그렇답니다. 자, 이 브로치를 보세요. 맞죠? 마녀죠?"

거기까지 듣고서야 겨우 눈치챘습니다. 그러고 보니 로브를 입고 있는 것도 마법사이기 때문이고, 자세히 보니 마녀의 증거인 별을 본뜬 브로치가 있습니다. 넋이 나가 있던 탓에 눈치채지 못했던 모양입니다.

"자자, 금화 내주세요. 어서."

한 손을 내밀고 돈을 요구하는 마녀님.

이 사람이 협력자가 되어준다면── 레이스에서 이기는 것도 꿈은 아니지 않을까요?

그렇다면 나.

"…………."

꽈악, 그녀의 손을 양손으로 마주 잡고, 그리고 바라보았습니다.

"저기…… 부탁이 있습니다만……."

"네?"

내 말에 그녀는 노골적으로 당황했습니다.

눈을 동그랗게 뜨면서 그녀는 어찌할 바를 모르겠다는 목소리를 냈습니다.

"어? 네? 아니, 그…… 돈이 없으니 몸으로 내겠다는 건가요……? 죄송하지만그런건좀전문이아니라서……."

뭔가 잘 알 수 없는 말을 하고 계셨습니다만, 무시했습니다.

　○

나이는 열다섯 살쯤 되었을까요?

아주아주 옅은 보라색 머리카락을 머리 양옆으로 나눠 묶은 그녀는 그것을 살랑살랑 흔들며 고개를 숙이고서 "함께 경주에 나가주세요"라며 제게 다시 한번 부탁을 해 왔습니다.

딱 3초 정도, 고개를 숙인 다음 선명한 푸른 눈동자로 이쪽을 바라보았습니다.

그녀는 자신을 도로시라고 소개했습니다.

이번 레이스에 나가려면 함께 참가 신청을 할 사람이 필요하다든가 하는 말을 했습니다. 그러기 위해서는 확실한 실력을 가진 마법사의 협력이 꼭 필요하다고 합니다. 저 말인가요? 쑥스럽군요.

도로시 씨는 싱글벙글하는 저와 달리 진지한 얼굴을 하고 있었습니다.

"경주에서 이기면 돈을 조금 받을 수 있어요. 우승 상금이에요."

"호오."

"만약 협력해주신다면, 그 돈은 전부 일레이나 씨에게 드릴게요."

즉, 돈으로 저를 낚을 셈인 겁니까? 유감스럽지만 저는 그렇게 쉬운 여자가 아닙니다.

그보다.

"그래서는 당신의 수입이 없어지지 않나요?"

"걱정하지 마세요. 이번에 내가 우승할 경우에는 10연승이기 때문에 우승 상금 외에도 특별 상금이 잔뜩 나온답니다."

"과연, 그쪽도 저한테 주시죠."

"그래서는 제 수입이 없어지지 않나요?"

"경주에 나가지 못한다면 어차피 수입은 제로가 아닌가요?"

"나가 주지 않는 건가요?"

"아직 정하지 않았습니다."

돈을 받을 수 있다는 점에서는 구미가 당기는 이야기입니다만…….

아직 무어라 말하기 어려운 점이 있었습니다. 이야기를 곱씹어보았습니다만, 네 그러십니까 그럼 참가하겠습니다 하고 받아들였다간 지나치게 조심성 없는 사람으로 보일 터였습니다. 그야말로 쉬운 여자로 보이고 말 겁니다.

"그걸 어떻게든 좀…… 부탁드립니다……. 나와 함께 나가주세요……."

그녀는 세 번, 깊고 깊게 고개를 숙였습니다.

"어떻게 해서든 이 레이스에서 이기고 싶어요……. 나는, 이 나라의 나쁜 어른들에게 절대 지고 싶지 않아요……!"

제가 고민하고 있다는 것을 눈치챘는지, 등을 떠밀듯이 그녀는 자신의 이야기를 하기 시작했습니다.

그것은 그녀가 비 경주 선수가 된 처음부터 지금에 이르기까지의 모든 이야기.

사정을 들으면 들을수록 그것은 무척이나 불합리한 이야기였습니다.

최연소에, 재능을 겸비하고, 스스로도 그것을 알고 있으며, 당연하다는 듯이 주변 어른들에게 미움받는── 그러나 그것도 이해하고 있다.

어쩐지 매우.

매우 어디선가 들은 적이 있는 듯한 이야기였습니다.

"당신은 경주에서 이겨서 무얼 어떻게 하고 싶은 겁니까?"

흥미 본위로 저는 그렇게 물었습니다.

그 말에 그녀는 망설이는 일 없이 단 한마디.

"무슨 일이 있어도 이기고 싶은 사람이 있어요."

그렇게 답했습니다.

즉, 그녀는 그저 목적을 위해 노력하고 있을 뿐인데, 그뿐인데도 주변에 미움을 받고 있다는 이야기인 것일 테지요. 나쁜 짓은 아무것도 하지 않았는데, 어리다는 이유만으로 어른들은 그녀를 짓뭉개려 드는 것입니다.

그것참, 그것참.

어쩐지, 기분 탓일지도 모르겠지만 예전의 제 처지와 비슷한 면이 있는 듯 느껴졌습니다. 느끼고 말았습니다.

"좋습니다."

그래서 저는, 왠지 모르게 그녀의 부탁에 고개를 끄덕이고 말았습니다.

"제가 당신의 도움이 되어드리겠습니다."

○

"오오. 용케 페어 마법사를 데려왔군."

도로시 씨를 따라서 저는 비 경주 경기장이라는 곳으로 향했고, 접수처의 남성이 놀라며 맞아주었습니다.

접수처의 남성뿐만이 아니라, 연습을 마치고서 돌아온 선수들도 놀란 모양인지—— 오히려 마법사인 그녀들은 혐오감을 노골적으로 드러내면서 제 옆을 스쳐 가며 "뭐야? 이 여자……"라는 말을 내뱉기까지 했습니다.

"뭐? 웃기지 마! 저 마녀는 누구야? 저런 게 참가하는 걸 인정할 수 있을 리가 없잖아?"

심지어 히스테릭하게 멋대로 소리치는 마법사도 있었습니다.

도로시 씨, 미움받고 있군요…….

그러나 주변 사람에게 적의를 그대로 드러낸 시선을 받는 이 감각은 어쩐지 매우 반갑기도 하군요…….

"나도 출장할 거예요. 참가 신청, 하게 해주세요."

발끈하며 강하게 나오는 도로시 씨.

"뭐, 참가하는 건 상관없어. 규칙대로 또 한 사람을 데려왔으니까."

접수처 남성은 사무적으로 말하면서 접수 용지를 내밀었습니다.

제가 용지를 쓰는 동안 바로 옆으로 바싹 다가서는 인기척이 느껴졌습니다. 히스테릭하게 외쳤던 마법사 씨입니다.

"…………."

가까운 거리에서 그녀는 저를 노려보았습니다.

"……당신, 경주 경험은?"

"없습니다만."

"흐응……. 그렇다면, 이번 경주에서 이 계집애와 함께 창피당하지 않도록 최선을 다해 주의하도록 해. 이기는 건 우리일 테니까."

제가 미경험자라는 사실을 알고 여유가 생겨난 것일까요? 아니면 저도 도로시 씨와 마찬가지로 어리기 때문에 얕보인 것일까요?

딱히 어느 쪽이든 상관없지만 말이지요.

그러나 뭐가 어찌 됐든 이렇게까지 얕보이면 저도 대충대충 할수는 없겠군요――.

저는 그 자리에 있는 마법사들을 둘러보면서 말했습니다.

"당신들도 최선을 다해 주의해주세요. 이번 레이스에서 어린 여자아이 둘에게 유린당하지 않도록."

제 말에 재미없다는 듯이 얼굴을 찡그리는 마법사를 무시하고, 저희는 연습을 시작했습니다.

　레이스에 참가한 마법사들은 빗자루를 맡기도록 정해져 있는지, 도로시 씨는 익숙한 모습으로 경기장에 비치된 사물함에서 자신의 빗자루를 꺼내 탔습니다.

　"자, 타주세요."

　자신이 등 뒤를 엄지로 척 가리키는 그 모습은 어쩐지 약간 와일드해 보이기까지 했습니다.

　"……실례하겠습니다."

　저는 그녀의 뒤에 앉았습니다.

　그리하여 우리의 특훈이 막을 올렸습니다.

　뭐, 저 같은 마녀가 함께라면 이 빗자루는 그야말로 안전하고 거대한 배나 마찬가지지요.

　"꺄아아아아아아아아아아아아아아아아아앗!"

　귀여운 비명이 도시의 상공에 메아리치고 있었습니다. 물론 저는 그렇게 소리를 지르는 일이 없으므로 제가 아니라 도로시 씨의 비명입니다.

　"으아아아아아아아아아아아아아아아아아아앗!"

　이쪽은 제 것입니다. 귀엽지는 않군요. 알고 있습니다.

　둘이 사이좋게 빗자루에서 떨어져 둘이 사이좋게 밧줄에 걸려 허공에 매달리게 되었습니다.

　우리는 분명 레이스 연습 중이었을 터입니다만.

단순 명료하게 말씀드리자면.

전혀 잘 풀리지 않았습니다. 이게 뭐야? 하고 어이없어할 정도로 못 봐줄 실력이었습니다. 이거 틀렸네 하고 포기해버릴 정도로 망했습니다.

큰 배가 대체 뭡니까? 큰 배는커녕 널빤지만도 못한 거 아닙니까?

위세 좋게 큰소리를 쳐놓고서 대체 뭡니까? 정말이지 한심하군요.

"……일레이나 씨, 혹시 빗자루 조작, 형편없으신가요?"

세탁물과 함께 흔들흔들 밧줄에 매달린 채로 도로시 씨는 그렇게 말했습니다.

무례하군요.

"저는 마녀랍니다? 형편없을리가없지않습니까깔보는겁니까?"

흔들흔들 흔들리면서 저는 발끈 화냈습니다.

"아니…… 하지만, 나 혼자라면 훨씬 잘 날 수 있는데."

"그렇게 말한다면 저도 혼자일 때 훨씬 잘 날 수 있습니다만."

그러나 신기하게도 도로시 씨의 빗자루를 써서 우리 둘이 나란히 날면 좀처럼 잘 날지를 못했습니다.

지금 바로 그러하듯, 빗자루가 갑자기 제어 불능이 되어 둘이 사이좋게 떨어지고 마는 것입니다. 대체 무엇이 원인일까요?

"혹시 빗자루가 문제인 건 아닐까요……? 둘이 타기에는 적절하지 않다든가?"

도로시 씨는 자신의 입술에 손가락을 대면서 으음 하고 신음했습니다.

"……일레이나 씨. 괜찮다면 일레이나 씨의 빗자루를."

"앗, 제 빗자루는 1인승이라 안 됩니다."

"너무해."

"……그렇다기보다, 제 빗자루는 여행을 위한 거라 가능한 한 경주 같은 데는 내보내고 싶지 않습니다."

게다가 비 경주에 쓰는 빗자루는 비 경주 회장에 맡기게 되어 있는 것 같으니까요.

그렇다면 더더욱 거절입니다.

"…………."

흔들흔들 흔들리면서 도로시 씨는 "내보내고 싶지 않다니, 어쩐지 빗자루를 사람처럼 대하네요"라며 키득 웃었습니다.

결국, 그날은 둘이 함께 타는 연습에 전념했습니다만, 전혀 안 됐습니다.

대체 무엇이 문제인 것일까요……?

"혹시 일레이나 씨가 무거워서……라든가?"

"당신반으로접히고싶은겁니까."

○

그녀에게 협력해주는 일은 저에게도 조금이나마 이득이 있었습니다.

"일레이나 씨는 여행자죠? 주말 경주 때까지, 괜찮다면 우리 집에서 묵으시겠어요?"

그녀 쪽에서 그렇게 제안해주었던 것입니다.

덤으로.

"맛있는 밥도 있답니다."

라든가.

"욕실도 넓답니다."

라든가.

"방이 하나 남으니까, 쾌적한 침대에서 혼자 잘 수 있어요."

등등. 저를 이 방법 저 방법으로 유혹하는지라, 저는 간단히 농락되었고, 결국에는 냉큼 그녀를 따라가게 되었습니다. 쉬운 여자가 아니라고 독백했던 것을 여기에서 정정해두겠습니다.

"들어오세요. 들어오세요. 여기가 우리 집이에요."

그렇게 말하며 그녀가 안내해준 곳은 길가에 있는 공동주택이었습니다.

흔히 보이는 중산층 집이 그곳에 있었습니다. 지나치게 낡지도 않고, 그렇다고 새것도 아닌 건물이 이 나라의 풍경 속에 녹아들어 있었습니다. 현관문을 들어가 계단을 올라간 2층의 한 집이 그녀의 집인 모양입니다. 계단을 올라간 끝에서 그녀는 "엄마, 다녀왔습니다"라며 열쇠를 꺼내 문을 열고 집 안으로 들어갔습니다.

"어머, 어서 오렴."

문 너머에서 옅은 보라색 머리카락의 여성이 미소 띤 얼굴로 맞아주었습니다.

"……그분은?"

"일레이나 씨예요. 이번에 비 경주에 함께 나가게 되었어요."

도로시 씨가 그렇게 답했습니다.

"어머나……."

그녀의 어머니는 한순간 그 표정이 흐려 보였습니다.

그러나 제가 포착했던 그 표정은 금세 사라져버렸습니다.

"엄마, 그보다 오늘은 일어나 있어도 괜찮은 거예요? 약은 드셨어요?"

도로시 씨의 그 말이 그녀의 어머니를 다시 미소 짓게 만들었기 때문입니다.

아주 조금 지친듯한 미소를 지으면서도 그녀는 "괜찮아. 오늘은 기분이 좋거든" 하고 답했습니다. 손대면 녹아버릴 것만 같은 연약하고 하얀 피부의 그녀는 몸도 가늘고, 말랐다기보다는 쇠약해 있는 듯 보였습니다.

무언가 병을 앓고 있다는 것은 명백했습니다.

"기다려주세요. 금방 밥을 할 테니까요."

집 안에서 도로시 씨는 활발하게 움직였습니다. 척척 식재료를 준비하고, 앞치마를 하고서 식칼을 들었습니다.

키가 작은 그녀가 부엌에 선 모습은 어머니의 일을 돕는 딸 그 자체였습니다.

그러나 그 어머니로 말할 것 같으면, 그녀의 등을 바라보면서 눈을 내리뜨고 있을 뿐이었습니다.

"…………."

아무튼, 저는 이렇게 그녀들의 일상에 발을 들이게 되었던 것입니다.

●

그다음 날부터 우리는 열심히 특훈의 나날을 보냈습니다.

우리가 경험한 특훈의 날들이란 아침에 눈을 뜨면 훈련에 나서 너덜너덜해진 채로 집에 돌아올 뿐인, 너무나도 말도 안 되는 일상이었다고 기억하고 있습니다.

아무튼 잘 풀리지 않았습니다.

무사히 하늘을 날 수 있었다고 해도, 잠시 지나면 빗자루는 힘을 잃고 바로 아래로 낙하. 우리는 밧줄에 흉하게 매달려버리고 말았습니다.

며칠에 걸쳐서 몇 번이고 몇 번이고 몇 번이고 몇 번이고 도전해보았습니다만, 결국 얻을 수 있었던 결과는 밧줄에 꼴사납게 매달릴 뿐인, 꼴사납고 흉한 결말뿐이었습니다.

"그것 보라니까! 역시 제대로 날지도 못하잖아! 후후후, 우습네. 우스워. 결국 경주에 참가하든 말든, 결과는 달라지지 않을 거야!"

연습에 열중하고 있는 우리를 내려다보며 비웃음을 짓는 사람이 있었습니다.

"……셰리."

"뭐? 씨를 붙이라고. 이 계집애가."

퉤 하고 그녀는 침을 뱉었습니다.

"당신들의 패배는 정해진 거나 다름없어. 본 경기에서도 그 우스꽝스러운 모습을 보여달라고."

위에서 우리를 내려다보며 제멋대로 말한 다음 그녀는 다시 연습을 하러 돌아가 버렸습니다.

승부 전부터 이미 이겼다는 듯한 그 태도에 부아가 치밀어올라 참을 수가 없었습니다만, 그러나 우리가 놓인 상황은 분명 그녀가 비웃는 것도 당연하다 싶을 만큼 꼴불견일 터였습니다.

우리는 그저 비참할 따름이었습니다.

괴롭고 괴로워서, 분해서 견딜 수가 없었습니다.

"……어째서? 어째서 일레이나 씨와 둘이 타면 잘 안 되는 걸까요……?"

그 의문에 대한 답은, 안타깝게도 나도 알지 못했습니다.

"…………."

내 옆에서 일레이나 씨는 그저 하늘을 올려다볼 뿐이었습니다. 일레이나 씨는 마법사들을 가만히 올려다본 채로 입을 다물고 있었습니다.

무슨 생각을 하고 있는 것일까요?

아무 생각도 하지 않는 것일까요?

고민하는 것은 나 혼자뿐인 걸까요?

나 혼자서는 잘할 수 있습니다. 혼자인 편이 빠르게 날 수 있습니다.

일레이나 씨가 함께하면, 마치 족쇄가 달린 것처럼 아무리 해도 잘되질 않습니다. 이 불가사의한 현상은 대체 무엇이 원인일까요?

연습을 마친 어느 날의 일입니다. 나와 일레이나 씨는 너덜너덜해져서 집으로 돌아왔고, 식사를 한 다음, 그날의 끝을 거실에서 맞이하려 하고 있었습니다. 엄마는 이미 잠들어서 거실에는 둘뿐이었습니다.

"내일 연습은 오후부터 했으면 해요."

식후에 차를 마시면서 나는 일레이나 씨에게 말했습니다.

"음? 무슨 일이 있나요?"

"아르바이트를 하고 와야 해요. 그런고로, 오전 연습은 무리예요."

내가 단호하게 말하자 일레이나 씨는 "뭐, 상관없지만요……"라며 고개를 끄덕여주었습니다.

그날은 결국 그렇게 얼마간의 잡담을 나눈 다음 서로 방으로 돌아가면서 끝났습니다.

"…………."

밤이 깊어지고 내 방이 어둠에 감싸였을 무렵.

잠 속에 빠져들려 하던 내 귀에 잡음이 섞여들었습니다. 옆 방에서── 일레이나 씨가 현재 묵고 있는 방에서 이야기 소리가 들려왔습니다.

『네── 그런고로, 그게──.』

누군가와 이야기를 하고 있는 것일까요? 드문드문 들려온 그 목소리는 혼잣말이라고는 도저히 생각할 수 없었습니다.

『――그러네요. 그럼…….』

그러나 이 나라에 온 지 얼마 안 된 일레이나 씨가 누군가를 불러들였다고 생각하기에는 무언가 기묘했습니다.

일레이나 씨는 나와 만났고, 그 후로 줄곧 나와 함께 있었습니다. 적어도 여행에 동행한 사람이 있다고도 생각할 수 없었습니다.

일레이나 씨에게 아는 사람이 있다고 한다면, 나와 만나기 전에 이미 누군가와 친해졌다는 것이 되지 않을까요?

『――빗자루에, 농간을――.』

중얼 하고 옆 방에서 들려온 그 말은 묘하게도 분명하게 내 귀에 닿았습니다.

빗자루에 농간.

그때 나는 깨달았습니다.

나는 일레이나 씨와 만났을 때부터, 다음 레이스에 나가게 되었을 때부터, 줄곧 일레이나 씨에게 제멋대로 신뢰를 보내고 있었습니다.

그러나, 정말로 믿어도 되는 사람일까요? 그녀는 정말로 평범한 여행자인 것일까요?

여러 가지로 생각할 바가 있어 보입니다.

예를 들면, 일레이나 씨가 비 경주 운영 측의 입김이 닿은 인물이었다든가. 예를 들면, 셰리에게 부탁받아 내 편인 척을 하는 인물이었다든가.

——그녀는, 정말로 믿을 만한 사람인 것일까요?

내 머릿속에서 빙글빙글 소용돌이치는 나쁜 억측은, 그 후로 한동안 내 잠을 방해했습니다.

그다음 날 이른 아침, 아직 아무도 일어나지 않은 시간에 눈을 뜬 나는 2인분의 아침밥을 준비하고서 집을 나섰습니다.

그대로 아르바이트를 하러 갔습니다.

평일은 이렇게 시간만 있으면 아르바이트를 하고서 일당을 벌고 있습니다.

엄마는 "내 저금이 아직 제법 남았으니까, 딱히 아르바이트를 하지 않아도 괜찮단다?" 하고 말해주었지만, 그러나 선수 생명이 끊어졌을 때 일자리를 찾지 못한다면 언젠가 돈은 바닥나 버릴 것이라 생각합니다.

빗자루를 다루는 특훈도 되기 때문에 신문 배달 일을 하고 있습니다. 온 마을에 쳐진 밧줄을 피해가며 날면서 나는 신문을 집마다 휙휙 던지고 다닙니다.

대체로 몇 시간 정도 그런 식으로 날아다닌 다음은 의사 선생님을 찾아갑니다.

"평소의 그걸, 주세요."

나쯤 되면 이미 마을 의사 선생님의 단골손님이라고도 할 수 있습니다. 「평소의 그거」라고 말하면, 진료소의 아저씨가 "여기 있다"라며 늘 가져가는 약을 꺼내줍니다.

"요즘은 어떠니?"

아저씨는 약을 싸면서 나를 보았습니다.

"어떠냐고 물으신들."

곤란합니다.

"뭐, 엄마 상태는 변함없어요. 돈에 여유가 있으면 고쳐드리고 싶은 마음이지만……."

"그렇구나…… 뭐, 무리는 하지 말고."

"……네."

하지만 무리하지 않고는 병을 고칠 수 없다고 한다면, 반드시 10연패를 이뤄내야만 할 테지요.

그것을 이루기에는 내가 놓인 현 상황이 너무나도 불안정하지만 말이죠.

아르바이트를 마친 다음, 나는 일단 집으로 돌아왔습니다.

그러나 그곳에는 이미 일레이나 씨의 모습이 없었습니다.

"점심때 돌아올 테니 기다려달라고 메시지를 남겨놨을 텐데요……."

만들어놓은 아침밥과 함께 쪽지를 남겨두었는데 보지 못한 것일까요?

"일레이나 씨라면 훈련 전에 볼일이 있다든가 뭐라든가 하며 먼저 갔단다."

의아해하는 표정을 짓고 있는 나에게 엄마는 말했습니다.

"아마도 회장에 가면 있지 않을까?"

"…………."

대체 뭘 하러?

내 머릿속에서는 어제의 일이 빙글빙글 소용돌이쳤고, 안 좋은 예감만 들었습니다.

나는 곤란한 사태에 빠진 순간부터── 일레이나 씨와 우연히 만난 순간부터, 어째선지 일레이나 씨에게 신뢰를 보내고 있었습니다.

그러나 정말로 신뢰할 만한 사람인 것일까요?

지금은, 그조차도 알 수 없게 되었습니다.

나는 결국 망설이면서, 무거운 발걸음으로 빗자루 경기 회장으로 향했습니다.

그리고 보고 말았습니다.

일레이나 씨가 셰리와 얼굴을 마주하고 웃고 있는 모습을.

담소에 빠져 있는 풍경을.

그리고.

그 손에 내 빗자루가 들려 있는 것을.

"……역시, 그랬던 건가요……."

그림자 속에서 나는 그 뒷모습을 바라보고 있었습니다. 어쩌면 슬픈 표정을 짓고 있었을지도 모릅니다.

분명 처음부터 그런 것이었을 테지요.

일레이나 씨는, 이 나라의 다른 선수들과 뒤에서 만나고 있었던 것일 테지요.

분명 내 빗자루에 농간을 부리고, 날 수 없도록 꾸민 것일 테지요.

그래서, 나는 날지 못하고── 그래서, 10연패를 이루지 못한다.

그런 구성이었던 것입니다.

타인 같은 건 믿지 말았어야 했다── 내 가슴 깊은 곳에서 자라난 가시는 내 마음을 멈추지 않고 쿡쿡 찔렀습니다.

○

다음 날 아침엔 예고했던 대로, 제가 눈을 떴을 때 이미 도로시 씨의 모습은 없었습니다.

잠이 덜 깬 눈을 비비면서 거실로 향하자 거기에는 만들어둔 아침 식사와 『맛있게 드세요. 점심때는 돌아올 겁니다. 기다려주세요』라고 적힌 쪽지가 있었습니다.

어제 이미 들어서 알고 있습니다만…… 친절하네요.

"안녕하세요."

그런데 거실에는 이미 저 이외에, 그 메시지를 읽은 사람이 있었던 모양입니다.

그녀의 어머니가 의자에 앉아서 조용하게 식사를 하고 계셨습니다. 도로시 씨의 어머니는 제가 온 것을 알고 "안녕하세요" 인사하고 부드럽게 웃었습니다.

"그 아이는 지금 일하는 중이에요."

제가 그녀의 동향을 신경 쓰고 있다는 사실을 눈치챈 것일까요? 꿰뚫어 본 듯 그녀는 그렇게 말했습니다.

"어떤 일이죠?"

그녀의 맞은편에 앉으면서 제가 묻자 그녀는 창밖을 조용히 가리켰습니다.

그곳에는 빨랫줄이 벽에서 벽으로 이어진 마을의 정경이 있을 뿐이었습니다.

그러나 그 사이를 재빠르게 통과하며 하나의 빗자루가 순식간에 지나갔습니다. 그런가 했더니만 직후에 맞은편 창에 휙 하고 신문지가 떨어지는 것이 제 눈에 보였습니다.

과연, 그렇군요.

"신문 배달인가요?"

빗자루를 다루는 특훈으로 안성맞춤이라 할 수 있겠군요.

"맞아요. 그 아이는 어릴 때부터 저렇게, 빗자루를 잘 다룰 수 있도록 훈련하고 있어요—— 그래서 지금의 저 아이가 있는 거죠. 지금은 이 나라에 저 아이를 모르는 사람은 없을걸요. 최연소로 9연패를 기록한 비 경주 선수는 아주 보기 드무니까."

도로시 씨의 어머니는 창문 밖을 눈부신 듯이 바라보고 있었습니다.

"저 아이의 노력을 이 나라의 많은 사람이 알고 있죠. 그래서 이 나라의 많은 사람은, 저 아이를 진심으로 응원하고 있어요. 하지만 어리고 재능이 많은 아이는, 좋은 의미로든 나쁜 의미로든 주목을 받고 말아요."

"그렇죠."

조금 우쭐하기만 해도 건방지다느니 어쩌니 하며 트집을 잡지요. 잘 알고말고요. 예.

"저 아이를 응원하는 사람 중에는, 마음 한편으로는 저 아이가 실패하기를 바라는 사람이 적지 않게 있을 거예요. 경주에 나오는 다른 선수들과 마찬가지로. 상승세가 언제까지고 이어질 리 없다며, 어딘가에서 그녀가 꺾이기를 기대하고 있죠."

"……그렇게 되지 않았으면 좋겠네요."

"네── 그래서, 당신에게는, 저 아이의 좋은 협력자가 되어주길 바라고 있어요."

"…………."

답을 하지는 않았습니다.

"그나저나, 당신은 무슨 병을 앓고 계신 건가요?"

딱히 감출 셈은 아니었나 봅니다. 그녀는 "아아" 하고 생각났다는 듯이 맞장구를 치고서 답했습니다.

"심장병이에요. 약이 없으면 침대에서 일어나는 것도 마음대로 할 수 없을 만큼 진행된 심한 병."

"…………."

"그래서 저 아이는 가사를 대신하고, 일당을 벌어다 주고 있어요. 나는 이런 몸이라, 이제 빗자루로 나는 것조차 못 하는 쓸모없는 신세거든요."

"……?"

저는 거기서 퍼뜩 깨달았습니다.

거실 구석에 수많은 트로피가 장식되어 있는 것을.

하나나 두 개 정도가 아닙니다. 셀 수 없을 만큼의 트로피가 휘

황찬란하게 방 한쪽을 비추고 있었습니다.

그 옆에는 한 장의 사진이 소중한 듯 장식되어 있었습니다.

척 보기에도 소극적일 듯한 여자아이와 빗자루를 한 손에 들고 이쪽을 향해 미소 짓고 있는 한 여성의 모습이, 그곳에는 있었습니다.

행복한 순간을 잘라놓은 듯한 아름다운 사진이었습니다.

"그거, 그 아이와 내 옛날 사진이에요."

제 시선을 좇으며 그녀는 말했습니다.

"──나도 비 경주 선수였거든요. 아주 옛날이야기지만."

그러고서 그녀는 중얼, 중얼, 어떤 옛날이야기를 해주었습니다.

그것은 어떤 한 선수의 이야기였습니다.

그 어떤 선수는 빗자루를 다루는 비 경주 레이스에서 대활약하던 젊은 마법사였습니다. 딸을 키우면서 그녀는 레이스에 계속 참가했고, 그리고 계속 이겼습니다.

물론 지는 일도 있었습니다. 그래도 그녀는 몇 번이나 레이스에 출장했고, 승리를 쟁취해왔습니다.

그러나, 나이를 먹을수록, 시간이 흐를수록, 그녀의 승리는 힘들어져 갔습니다.

그녀는 심장병을 갖고 있었던 것입니다. 그것을 숨기면서 그녀는 사람들 앞에서 활약을 계속했습니다. 그런 그녀의 모습에 딸은 매우 감동했던 모양입니다.

"언젠가 엄마처럼 되고 싶어."

그런 흔하디흔한 대사를 뱉을 만큼.

어려워져가는 현실 속에서 그녀는 발버둥 쳤습니다. 승리를 쟁취하기 위해 계속해 싸웠습니다. 그리고, 그녀는 누구도 이룬 적 없는 위업에 다가갔습니다.

빗자루 경기 9연패.

계속해서 레이스에 나간 결과, 계속해서 이긴 결과, 그녀는 10연패를 눈앞에 두게 되었습니다. 모두가 그녀의 승리를 믿었습니다.

그러나.

"10연패가 걸린 레이스 중에, 이 병이 발병했죠."

그녀는 가슴에 손을 대고서 말했습니다.

"나는 어이없이 빗자루에서 낙하했고, 결국 10연패는 놓쳤어요."

"……그래서 지금 당신 따님이, 당신의 뜻을 이어받으려 하고 있다, 그런 건가요?"

처음 만났을 때 어떻게 해서든 이기고 싶은 사람이 있다──라고, 도로시 씨는 말했습니다만.

그런 것이었습니까.

그러나 그녀는 천천히 고개를 저었습니다.

"그것만이 아니에요. 그 아이는, 이번 상금으로 내 병을 치료하려고 계획하고 있어요."

"…………."

즉, 도로시 씨에게 있어 다음 레이스는 모든 것을 건 싸움이기도 한 것일 테죠. 만약 진다면, 그녀는 꼭 이기고 싶었던 사람에게 지는 것이 된다. 만약 우승을 놓치면, 어머니의 병이 낫지 않을지도 모른다.

그녀에게는 처음부터 선택지가 하나뿐이었던 것일 테죠.

그래서 지금도, 쉴 없이 노력을 거듭하고 있다──.

"그런데, 내가 아까 한 말에는 아직 답해주지 않았는데요."

갑자기 그녀의 어머니는 그렇게 말했습니다.

"……무슨 말씀이죠?"

제가 고개를 갸웃거리자 그녀는 저를 똑바로 바라보며 말했습니다.

"도로시의 좋은 협력자가 되어달라고, 부탁했잖아요."

그래서 저도 그녀를 마주 바라봐 드렸습니다.

"대답할 것도 없습니다."

제 대답도 처음부터 선택지가 하나뿐이었으니까요.

저는 그대로 도로시 씨를 기다리지 않고 훌쩍 회장으로 향했습니다.

쪽지에 기다리라는 말이 쓰여 있었던 것 같은 기분이 듭니다만, 뭐 세세한 건 됐습니다.

저는 회장 안을 가로질러 도로시 씨의 빗자루가 놓여 있는 사물함 쪽으로 향해 갔습니다.

"어머! 누군가 했더니만 계집애 친구잖아. 이런 데서 뭘 하고 있는 거야? 혹시 연습? 연습하러 온 거야? 그렇게 못하면서?"

도중에 이상한 게 말을 걸어왔습니다.

저기…… 이 사람은…… 분명…….

"셰리?"

"뭐? 씨를 붙이라고 이 녀석이고 저 녀석이고 사람을 우습게 아네."

퉤 하고 침을 뱉은 셰리 씨는 저를 빤히 노려보았습니다.

"그래서, 뭐 하러 온 거려나? 당신. 친구는?"

"…………."

무시했습니다.

무시한 데다 "아! 잠깐 기다려!"라며 저를 쫓아오는 그녀를 시야에서 차단하고, 저는 사물함을 열어 빗자루를 꺼내고, 회장으로 나가려 했습니다.

그러나 저를 저지하듯, 그녀는 제 앞을 가로막았습니다.

"……무시하다니, 배짱 좋네."

낮게 울리는 그 목소리에 저는 눈을 내리떴습니다. ……무서웠기 때문이 아닙니다.

도로시 씨의 빗자루를 주시하고 있었던 것입니다.

언뜻 보기에는 그저 오랫동안 써왔을 뿐인, 무엇 하나 특별할 것 없는 빗자루였습니다. 손가락으로 쓰다듬어보니 거슬거슬한 감촉이 전해졌습니다. 자루는 매끈해서 손가락에 착 감겼습니다.

그러나 그 자루를 자세히 잘 살펴보면, 만져본 것만으로는 알 수 없을 만큼 가느다란 균열이 나 있었습니다.

빗자루는 섬세한 물건입니다. 마력을 쏟아 마법사들을 떠오를 수 있게 하지만, 그러나 여기에 균열이 생기거나 비 부분이 갈라지거나 하면 생각대로 날 수 없게 되어버립니다. 어쩌면 기분이 상한 빗자루가 날기를 거부해버릴지도 모릅니다.

사실 얼마 전 제가 빗자루에게 말을 하게 했을 때, 제 빗자루는―― 그녀는 말했습니다.

『한 명이라면 탈 수 있는데 두 사람이 된 순간 탈 수 없게 된다는 것은 즉, 빗자루에 어떤 문제가 있으리라 생각하는 것이 자연스럽겠죠. 예를 들면, 어떤 농간을 부렸다든가.』

빗자루에 농간.

확실히. 그럴듯하군요.

도로시 씨의 빗자루에는 분명, 누군가가 손을 쓴 흔적이 있었습니다.

"이걸 한 건 당신인가요?"

저는 애써 상냥한 미소를 지어 보이면서 그녀에게 물어봐 드렸습니다만, 그러나 셰리 씨는 비웃으며 대꾸했습니다.

"무슨 말이려나?"

그렇게 시치미를 뗐습니다.

"딱 한 번만 다시 묻겠습니다. 이걸 한 건 당신인가요?"

우후후 하고 웃으며 저는 다시 물었습니다.

그녀는 역시 웃기만 할 뿐, 답하지 않았습니다.

그때였습니다.

"…………."

제 등 뒤에서 소리가 났습니다.

힐끔 시선을 주자 소녀의 뒷모습이 보였습니다.

저와 비슷한 머리카락 색과 저와 달리 둘로 나눠 묶은 그 머리카락을 흔들면서, 여자아이는 달려갔습니다. 연약하고 자그마한 등을 이쪽으로 향한 채.

"…………."

저는 바로 그녀를 뒤쫓아갔습니다.

다만, 악당을 처리한 다음에 말이지요.

●

회장에서 도망친 내가 도착한 곳은 일레이나 씨와 처음 만났던 장소── 무엇 하나 특별할 것 없는, 평범한 길가.

일레이나 씨가 며칠 전까지 수상한 점을 보던 그곳에는 이미 그 누구의 모습도 없었습니다. 그저, 사람들이 지나쳐 갈 뿐입니다.

그저, 사람들이 나에게 의아하다는 낯빛만 보낼 뿐입니다.

"…………윽. 우…… 우으……."

자신의 눈에서 눈물이 흐르고 있다는 사실을 깨달은 것은 그때였습니다. 한심한 목소리가 흘러나왔고 청승맞은 눈물이 지면에 떨어졌습니다.

무엇이 슬픈 것일까요.

"뭘 하고 있나요?"

깜짝 놀랐습니다.

돌아보니 일레이나 씨가 미간을 찌푸리고서 내 얼굴을 들여다

보고 있었습니다.

한심한 얼굴을 보일 수 없어 나는 고개를 돌리려 했지만, 일레이나 씨는 "……우는 건가요?"라며 내 뺨에 손을 대고서 그것을 방해했습니다.

나는 다시 얼굴을 손으로 가렸습니다.

"…………."

손으로 가려진 시야 너머에서 일레이나 씨가 곤란해하는 표정을 짓고 있다는 것이 왠지 모르게 느껴졌습니다.

"도로시 씨. 당신은 아마도 착각을 하고 있는 게 아닌가 싶네요."

"착각 같은 거 안 해요."

"하고 있어요."

"안 했어요."

"하고 있다니까요."

"……안 했다고 말했잖아요!"

깜짝 놀랐습니다. 나도 이런 목소리를 낼 수 있었군요.

"어차피 일레이나 씨도 다른 선수들과 마찬가지로 뒤에서 나를 비웃었던 거죠? 어리고! 그러면서 계속해서 이기다니 건방지다면서! 사실은 내가 얼마나 노력하고 있는지도 모르고서!"

"…………."

"나도 아무것도 안 하고 여기까지 온 게 아니에요! 누구에게도 지지 않을 만큼, 누구보다도 빗자루로 연습하고, 겨우 여기까지 온 거예요! 깨닫고 보니 친구도, 신뢰할 수 있는 사람도 없어지고 말았지만── 그래도, 멈추지 않고 여기까지 왔어요! 어째서 모두 나를 방해하는 건가요!"

"……나는 달라요."

"다르지 않아요! 당신도, 셰리와 함께 웃고 있었잖아요……!"

"…………."

일레이나 씨는 다시 곤란한 듯한 표정을 지으며 입을 다물고 말았습니다.

내가 곤란하게 만들고 만 것일 테죠.

알고는 있습니다.

일레이나 씨는 흐느껴 우는 내 어깨에 손을 대고서, 그저 이렇게 말했습니다.

"일단 빗자루에 타세요. 연습, 해야죠?"

"……싫어요. 이제 안 해요."

"그럼 어떻게 할 건가요? 이대로 끝낼 건가요? 그걸로 당신은 만족하나요?"

"…………."

내가 답할 말을 찾지 못하고 있으려니 일레이나 씨는 어이없다는 듯이 한숨을 내쉬었습니다.

그리고.

"——잠깐 실례하겠습니다."

내 뒤로 돌아 들어가더니 태연하게 그렇게 말하고서 두 팔을 내 겨드랑이 사이에 끼워 동작을 제압했습니다.

"앗? 잠깐…… 일레이나 씨, 무슨——."

흘리던 눈물도 잊고서 당황하는 나를 무시하고, 일레이나 씨는 그대로 무릎을 굽혔습니다. 풀썩, 지지를 잃은 내 몸은 일레이나 씨의 무릎 위에 올라앉게 되었습니다.

빗자루에 올라탄 모양이다, 하고 알아챈 것은 우리 몸이 그대로 공중에 둥실 떠오른 다음이었습니다.

"무, 무슨 짓이에요?! 놔주세요! 이제 안 탄다고 말했잖아요!"

나는 일레이나 씨 위에서 버둥거리며 저항을 해 보였지만 그녀는 "싫습니다"라고 말할 뿐이었습니다.

"아, 정 싫다면 뛰어내려도 딱히 상관없답니다? 뭐, 이 높이에서 떨어지면 무사하지는 못할 거라고 생각하지만요. 아래에는 밧줄이고 뭐고 아무것도 없으니까요."

아니, 그 정도가 아니라 내 귓가에 위협의 말을 속삭이는 지경이었습니다.

이 사람 정말로 성격이 나쁘군요…….

"…………."

빗자루의 높이가 거리의 건물 지붕과 같아졌을 무렵, 나는 완전히 포기했습니다.

둥실 떠다니는 빗자루는 천천히 비 경주 경기장으로 나아갔습니다. 이대로 연습하죠, 일레이나 씨가 그렇게 말하고 있는 듯했습니다.

"마력을 넣어봐 주세요."

일레이나 씨는 때때로 강제적인 사람이었습니다. 나에게 그런 말을 한 직후에는 내 손을 잡고서 빗자루를 잡게 했으니까요.

"……하지만, 그래서는 또 떨어질 거예요."

"그렇게 되지 않도록 제가 손을 썼다고 말하고 있는 거랍니다."

"…………."

이제 여기까지 온 이상 나는 들은 대로 따를 뿐입니다. 애초에 지금 여기서 반항하다가 "아, 그럼 이제 됐어요. 잘 가요"라며 빗자루에서 떨궈지면 어찌할 방도가 없습니다.

그래서 나는 망설이면서도 빗자루에 마력을 쏟아 넣었습니다.

일레이나 씨의 마력과 나의 마력이 뒤섞인 빗자루는 그대로 떨어지고——.

하는 일 없이, 그대로 깔끔하게 하늘을 가르며 멈추지 않고 날고 있었습니다.

앞으로 나아가는 내 빗자루는 지금까지와는 비교도 되지 않을 만큼 빠른 속도로, 거리의 풍경과 스쳐 지나갔습니다. 기분 좋은 바람은 어느 틈엔가 젖어 있던 내 눈동자를 완전히 마르게 해주었습니다.

"만져본 것만으로 알았습니다. 이 빗자루, 당신 어머니 것이었죠? 무척 낡았고, 꽤 오래전부터 쓰고 있는 것 같은데—— 자루에 금이 가 있던 탓에 빗자루의 기분이 상했던 모양입니다. 둘이서 타면 폐해가 생겼던 건 그 탓일 테지요."

속삭이듯이 일레이나 씨는 말했습니다.

"앞으로는 소중히 여겨주세요."

나는 그녀에게 답했습니다.

"빗자루를 사람처럼 대하시네요."

라고, 웃으면서.

○

레이스 당일이 되었습니다.

50주년 기념 레이스라서인지, 아니면 평소에도 이런지, 비 경주 경기장에서 보이는 마을 풍경은 마치 축제처럼 끓어오르고 있는 듯 보였습니다.

길가에는 사람들로 가득 넘쳐났고, 코스상에 위치한 민가의 창문은 빠짐없이 전부 활짝 열려 있었고, 주민들이 창밖으로 고개를 내밀고서 레이스가 시작되기를 기다리고 있었습니다.

"호오오…… 대성황이네요."

저는 그저 그 광경에 눈을 크게 뜰 뿐이었습니다.

"오늘은 평소보다 사람이 많은 것 같네요."

제 옆에서 도로시 씨는 익숙한 듯 말했습니다.

"이제 곧 시작하겠어요. 일레이나 씨. 가죠."

꼬옥, 그녀는 제 로브 자락을 잡아당기며 비 경주 경기장을 향해 걷기 시작했습니다.

출발 위치에는 이미 다른 마법사들이 전부 모여 있었습니다.

아무래도 레이스 직전까지 이쪽을 신경 쓸 여유는 없는지, 저희를 그렇게나 멀리하던 그녀들은 빗자루를 조정하거나, 혹은 둥실둥실 주변을 떠다니며 준비운동을 하거나 하며 각자 제 할 일을 하고 있었습니다.

물론 레이스 직전이므로 그녀의 모습도 보였습니다.

"셰리."

도로시 씨의 부름에 움찔 어깨를 떨며 뒤를 돌아본 것은 바로 빗자루에 농간을 부려 저희를 방해했던 셰리 씨, 바로 그 사람이었습니다.

"······어, 어머나······ 도로시잖아. 무슨 일이지······?"

명백하게 얼마 전까지의 당당하던 기세가 사라지고 없었습니다. 의기소침이라고도 할 수 있습니다. 혹은 무언가에 겁을 먹었다고도 할 수 있겠습니다.

"어라? 어쩐 일이죠? 오늘은 평소처럼 화내지 않네요?"

도로시 씨는 의아한 표정을 지었습니다.

"어, 저기······ 오늘은 좀······ 긴장을 해서요······."

셰리 씨의 시선이 힐끗 저를 향했습니다.

"············?"

마치 다른 사람처럼 변한 셰리 씨의 모습에 고개를 갸웃거린 후 도로시 씨는 "뭐, 됐어요. 오늘 레이스, 열심히 해봐요"라며 미소 지어 보이고 걸음을 옮겼습니다.

그 자리에 남겨진 저와 셰리 씨.

"열심히 해볼까요? 셰리 씨."

"······네, 네."

셰리 씨는 마치 도망칠 곳을 잃은 자그마한 동물처럼 두려움에 떨었습니다.

저는 그런 그녀를 달래듯이, 그녀의 어깨에 손을 올려주었습니다.

"경주 도중에 우리는 평등한 입장이니까, 진심으로 덤벼도 딱히 상관없답니다?"

저는 그녀의 귀에 조용히 속삭여주었습니다.

"하지만 레이스 밖에서 그런 지저분한 수를 쓰는 것은 간과할 수 없습니다."

"아, 네, 네…… 죄송합니다…….'"

"알고 있겠지요? 앞으로 그런 짓을 했다간…… 말이죠?"

그냥은 넘어가지 않을 겁니다──라고 속삭이고서 저는 도로시 씨의 뒤를 쫓았습니다.

분명 앞으로는 셰리 씨도 도로시 씨를 위협하거나, 방해하지 않을 테죠. 그녀에게는 빈틈없이 따끔한 맛을 보여주었으니까요.

"……무슨 이야기를 하셨나요?"

갸웃하고 고개를 기울이는 도로시 씨에게 저는 웃어 보였습니다.

"비밀이에요."

○

하늘을 향해 쏘아진 한 발의 신호탄이 레이스의 시작 신호였습니다.

심장이 철렁할 만큼 요란한 소리에 깜짝 놀라며, 도망치듯이 출발 지점에서 여섯 개의 빗자루가 날아올랐습니다.

가로 일렬로 늘어선 2인승 빗자루들은 거리 위를 일직선으로 지나갔습니다. 우리 바로 아래에서는 환호성이 마을 풍경과 함께 흘러갔습니다.

우리가 탄 빗자루 조종은 전부 도로시 씨에게 맡기고 있습니다. 저로 말할 것 같으면 뒤쪽에서 빗자루에 마력을 쏟아붓고 있을 뿐, 바꿔 말하자면 그저 빗자루에 앉아 있을 뿐이라고도 할 수 있겠습니다.

제가 그런 느낌을 받을 만큼, 그런 생각을 할 만큼, 뒷모습밖에 보이지 않는 도로시 씨는 빠르고 대단했습니다.

그녀를 따라잡을 수 있는 사람은 아무도 없었습니다.

긴 직선이 끝나고 커브에 들어섰을 때 도로시 씨는 빗자루를 힘껏 비스듬하게 기울이고, 푸른 하늘을 올려다보며 속도를 줄이는 일 없이 그대로 회전했습니다.

돌아보니 다른 빗자루들이 점점 멀어져가고 있었습니다.

아무도 그녀를 따라잡지 못했습니다.

거리의 환성은 그녀가 골에 가까워질수록 점점 커졌습니다. 사람들이 손을 흔드는 모습이 보였습니다. 민가의 창문에서, 길 한가운데에서, 사람들의 목소리가 그녀의 등을 밀어주고 있었습니다.

골 근처에 도로시 씨의 집이 있었습니다.

그 창에서 한 사람, 그녀의 어머니가 천천히 손을 흔들고 있는 모습이 보였습니다.

설령 동업자들에게 미움받는다고 해도, 설령 누군가가 방해를 한다고 해도, 그러나 그녀를 막을 수 있는 것은 처음부터 없었을 테지요.

이렇게나 그녀를 응원해주는 사람이 있으니까요.

"일레이나 씨."

골을 눈앞에 두었을 때, 도로시 씨는 뒤를 돌아보지 않은 채 중얼거리듯이 제 이름을 불렀습니다.

소란스러운 함성 속, 끊이지 않고 불어오는 바람 소리 속, 그러나 그 목소리만은 무척이나 맑았습니다.

"고맙습니다."

그 말이 무엇에 관한 말이었는지는, 알지 못합니다.

그러나 답할 말은 단 하나밖에 없을 테지요.

"천만에요."

그리고 레이스는 막을 내렸습니다.

그것은 한 소녀의 10연패가 달성된 순간이기도 했습니다.

○

『무려 10연패 달성! 훌륭합니다! 이 나라가 세워진 이후 최고의 성과입니다!』

사회자가 사람들을 부추기자 환성은 더욱, 더더욱 커졌습니다. 그야말로 함성과 구별이 되지 않을 만큼.

골인한 우리는 코스로 만들어진 거리 위를 빗자루로 날았습니다. 유명인이라도 된 기분이었습니다. 거리가 성원에 감싸여 있었기 때문입니다.

그래서 저희는 성원에 손을 흔들어 답했고, 깨닫고 보니 두 사람 모두 웃음을 꽃피우고 있었습니다.

　이것으로. 드디어.

　"도로시 씨."

　저는 말했습니다.

　"해냈네요. 이걸로 어머님 병도——."

　제가 그렇게 말을 꺼내자 그녀는 조금 부끄러워하며 답했습니다.

　"……엄마에게 들으셨나요? ……그러네요. 이걸로, 겨우 엄마도 치료에 전념할 수 있을 거예요. 돈은 넉넉하게 들어올 테니까요."

　거리를 향해 손을 흔들면서.

　뭐.

　그건 그렇고.

　"그나저나 우승 상금 말인데요."

　"엑? 바로 돈 이야기인가요…… 속 보이네요."

　찌릿 눈을 가늘게 뜨는 도로시 씨.

　아뇨 아뇨 아뇨 아뇨. 오해를 하고 계신 것이 아닌가 싶사옵니다만.

　"필요 없다고 말하려고 했는데요……."

　"네에?"

　"우승 상금과 10연패 상금 양쪽 모두 당신이 가져야만 합니다. 저에게 보수는 주지 않아도 괜찮아요. 마음 쓰지 마세요."

　"…………."

도로시 씨는 당황한 모양이었습니다. 아주 조금 기쁜 듯한 미소를 띠고 있으면서도 눈썹을 늘어뜨렸습니다.

　"하지만, 그래서는 일레이나 씨가……."

　"아무리 저라고 해도, 병에 걸린 어머니를 돌보는 소녀에게서 돈을 빼앗을 만큼 염치없진 않답니다."

　사정을 알기 전까지는 그녀에게 우승 상금을 받을까? 같은 생각을 조금은 하기도 했습니다만, 아니, 정말이지 아주 조금 생각하기도 했습니다만, 뭐하면 10연패 상금도 조금은 받아버릴까 하는 생각도 했습니다만.

　그녀의 어머니를 만난 후로는 그럴 마음이 전부 사라지고 말았습니다.

　"거리에서 사기를 치던 일레이나 씨가 그런 말을 하는 건가요……?"

　"그건 그겁니다."

　그보다 저, 그렇게까지 돈에 곤란한 것도 아니니까요. 거리에서 돈을 번 것도 그 일부분이지만요.

　딱히 무리해서 돈을 벌지 않아도 괜찮으려나 하고 생각했습니다. 어쩌면 우승해버리는 바람에 약간 흥분했을 뿐인지도 모르겠지만 말이지요.

　"제 마음이 바뀌기 전에 돈을 써버리는 편이 좋을 겁니다."

　"그건 즉, 어서 엄마를 치료해주라는 말인가요?"

　"어떻게 받아들이든 상관없습니다."

　제가 시선을 피하자 도로시 씨는 키득키득하며 웃음을 흘렸습니다.

그런 그녀에게서는 다른 사람들과 압도적인 차이를 내며 레이스에서 승리한 실력을 가진 사람 같은 느낌은 전혀 들지 않았습니다.

그저 한 명의 소녀가 즐겁게 웃고 있을 뿐이었습니다.

"일레이나 씨."

한바탕 웃은 다음 그녀는 조용히 말했습니다.

"엄마의 기록을 뛰어넘는 것이 목표였어요. 엄마의 병을 고치는 것이 목적이었어요. 목표도 목적도 이뤘어요. 이걸로 만족이에요."

"…………."

제 눈에 도로시 씨의 표정은 무척이나 후련해 보였습니다.

"그럼 이제 비 경주는 은퇴하나요?"

"설마요."

그녀는 웃으면서 말했습니다.

"엄마를 뛰어넘어 하나의 골을 통과했을 뿐이에요. 아직 끝낼 수는 없죠."

오히려, 지금부터가 새로운 시작이에요——라고, 그녀는 말했습니다.

그것참, 그것참.

어쩐지, 기분 탓인지도 모르겠습니다만, 어딘가 저의 여로와 비슷한 부분이 있는 듯 느껴졌습니다. 느끼고 말았습니다.

그래서 저는 역시 왠지 모르게 납득했습니다.

"그렇군요——."

그리하여, 여기서부터 다시, 시작입니다.

○

"후후후……."

그런데 돈에 악착같은 저 같은 인간이 우승 상금은 필요 없다는 둥 하며 큰소리를 친 데에는 이유가 있습니다.

그날, 레이스를 마치고 도로시 씨와 헤어진 후에 저는 비 경주 경기장으로 걸음을 옮겼습니다.

레이스를 하기 위해서가 아닙니다. 당연히.

"이거, 부탁합니다."

저는 비 경주 경기장의 접수처에 종잇조각을 내밀었습니다.

비 경주권입니다.

거기에는 레이스의 승리 예상이 쓰여 있었습니다.

들은 이야기이기는 합니다만, 이 나라의 레이스는 승리를 예상해 돈을 걸고 있다지 뭡니까? 즉, 예상이 적중하면 돈을 받을 수 있다는 것이지요.

그런 좋은 이야기에 제가 낚이지 않을 리가 없지요. 게다가 제가 우승한다는 것은 거의 틀림없으니까요.

이런 쉬운 돈벌이 방법이 있어도 괜찮은 겁니까? 우후후.

"네에, 알았습니다."

접수처 직원은 제게서 종이를 받아 들더니 거기에 새겨진 글자와 제 얼굴을 번갈아 보면서 창백해졌습니다.

그것도 그럴 테지요.

저는 큰 금액을 이 비 경주권에 쏟아부었으니까요.

돌아오는 금액은 상상을 뛰어넘는 것이 될 터입니다.

억만장자도 꿈이 아니지 않을까요?

아아, 이 돈을 받으면 무얼 살까요? 우선은 빵 가게를 사서 제 소유로 삼아볼까요? 우후후후후······.

등등. 망상을 부풀리는 저에게 접수처 직원은.

"저기······."

라며 매우 면목 없다는 듯이 말을 꺼냈습니다.

"손님······ 선수는 내기에 참가할 수 없게 되어 있어서······."

도무지 믿기 어려운 말이었습니다.

"그러니까 이 비 경주권은 무효가 됩니다."

"············."

"저기······ 손님······?"

"······환불은······ 가능합니까······?"

"매우 죄송합니다만 규칙상 환불은 불가하게 되어 있는지라······."

"············."

"저기······ 손님······?"

"······어찌해도 무리인 겁니까······?"

"무리입니다."

"······어찌해도?"

"규칙이라."

"············."

"…………."

이리하여 더러운 돈벌이를 해보려 했던 마녀는 이러저러하여 그 나름대로 호된 꼴을 당하게 되었던 것입니다.

해피 엔딩.

제 2 장

푸른 하늘 아래, 문을 통과한 그곳에서 저를 기다리고 있던 것은 가로수가 규칙적으로 늘어선 큰길이었습니다. 길가에 면한 민가는 가을답게 마른 잎을 지붕에 얹고 있었습니다. 차가운 바람이 부드럽게 불어오자 그 낙엽들은 팔랑 하늘을 날다 떨어졌습니다.

거리에 사람들의 모습은 그다지 보이지 않았습니다.

경치는 그럭저럭 아름다웠습니다만, 쓸쓸함을 느끼게 하는 거리라고도 말할 수 있었습니다.

저를 지나쳐 가는 바람은 쓸쓸한 거리를 한탄하는 듯 차갑게 불어갈 뿐.

"…………."

대체로 이렇게 인적 없는 마을이라는 것은 두 개의 패턴으로 분류할 수 있습니다.

이렇다 할 특색도 없고, 활기도 그다지 없는 마을.

혹은 치안이 나쁘고, 사람들이 위험을 느낀 나머지 밖을 나다니지 않게 되어버린 마을.

과연 이 마을은 어느 쪽일까요——.

"어이, 아가씨. 거기 서."

과연, 후자가 맞는 모양입니다.

길을 막듯이 갑자기 제 앞에 나타난 사람은 젊은 남성이었습니다. 손에는 짧은 칼을 쥐고 있었습니다. 입가는 스카프로 가리고 있어서 잘 보이지 않았습니다.

짧은 칼을 뱀 대가리처럼 흔들흔들 흔들면서 남자는 "헤헤헤……" 하고 정말이지 잔챙이 같은 웃음을 흘렸습니다.

"너, 이게 뭔지 알지? 반항했다간 그 목과 몸이 작별을 하게 될 거라고."

그리고 그런, 그야말로 잔챙이다운 대사를 내뱉었습니다.

그나저나 그 칼의 날로 자를 수 있는 것은 기껏해야 과일이나 싸구려 고기 정도라고 생각합니다만, 괜찮은 겁니까? 머리가.

그보다.

"저기, 조금 다른 얘기가 되겠습니다만, 이게 뭔지 아십니까?"

저는 가슴께의 브로치를 손끝으로 톡 하고 쳐 보였습니다.

그것은 마녀의 브로치였습니다.

저는 마법사 중에서도 최고위인 마녀랍니다. 제대로 겨뤘다간 당해내지 못할 겁니다. 이게 안 보이는 거냐. 암묵적으로 그렇게 말했던 것입니다.

대부분의 강도는 이것을 본 것만으로 납작 엎드리거나, 혹은 "에헤헤 농담입니다. 누님" 하며 무릎을 꿇고 아양을 떨거나, 그것도 아니면 "아, 죄, 죄죄죄죄송합니다 사람을 잘못 봤습니다!"라며 꼬리를 말고 도망쳐줍니다.

그런고로 저는 강도를 당하게 되었을 때는 가장 먼저 브로치를 보여주고 있습니다. 웬만한 시골이 아닌 한 이 브로치는 나름대로의 효과를 발휘해주기 때문입니다.

"뭐? 그게 뭔데? 처음 보는데."

"…………."

아아, 설마 여기가 웬만한 시골일 줄은 전혀 상상도 못 했지만 말이죠!

저는 탄식하며 대답했습니다.

"저기 말이죠…… 저는 마녀로……, 그러니까 마법을 쓸 수 있습니다. 요컨대 강하다는 겁니다."

"호오. 강하다고? 얼마나?"

"엄청나게 강합니다."

제 입으로 말하자니 어쩐지 부끄럽습니다만.

"저를 위협해서 돈을 빼앗으려고 하는 건 그만두는 편이 좋을 거라고 봅니다. 다칠 테니까."

"과연."

제 말의 의미가 전해졌는지 그는 고개를 끄덕였습니다.

"좋군! 원래는 가진 돈을 두고 사라지라고 할 셈이었는데, 저항할 셈이라면 이야기는 달라지지. 힘으로 빼앗기로 할까."

아, 전혀 전해지지 않았어.

"아니, 저기…… 어째서 싸우는 걸 전제로 이야기가 진행되는 겁니까……."

"나는 도둑. 그리고 너는 내게 포착된 사냥감. 즉…… 알겠지?"

"전혀 모르겠습니다."

"어이 어이 뭘 모르는 녀석이로군."

"당신이 그런 말을 하는 겁니까……?"

"요컨대 너한테는 돈을 내놓든가 싸우든가 하는 선택지밖에 없

55

다는 말이야. 가진 돈을 몽땅 두고 가든가, 아니면 나한테 억지로 빼앗기든가…… 자, 어느 쪽을 고를 거지?"

"선택지 없는 거 아닙니까."

"선택하게 해주지. 헤헤헤……."

"그러니까 선택지가 없지 않습니까."

입국한 직후이니, 이런 곳에서 분쟁을 일으키는 것은 내키지 않습니다.

여기서 그를 물리친다고 해도, 소란을 피운 탓에 이상한 녀석들에게 주목을 받게 될 가능성도 있습니다. 가능한 한 원만하게 넘어가고 싶습니다만…….

"……하아. 그럼 좋습니다. 자자, 어디서든 덤비시죠."

저는 어깨를 으쓱였습니다. 각오를 다진 것은 아니지만, 돈을 줄 정도라면 다른 방법을 취하는 편이 낫다고 생각한 것입니다.

"홋…… 나도 이 시골 마을에서 지루하던 참이거든. 힘껏…… 즐겁게 해달라고?"

번뜩하고 그가 손에 쥔 칼(겉보기엔 싸구려)이 빛났습니다.

제대로 붙었다 다치게 하면 귀찮은 사태로 발전할지도 모릅니다.

어쩔 수 없군요── 위협할 셈으로 그의 발아래를 전부 얼음으로 만들어드리거나 할까요?

"말하는 걸 깜빡했는데, 나는 가슴이 작은 여자아이는 취향이 아냐. 몸은 목적이 아니니까 그 점은 안심해도 돼."

그는 칼을 들고 자세를 취하면서 의미를 알 수 없는 말을 지껄였습니다.

역시 조금은 호된 꼴을 당하게 해주는 편이 좋을까요?

그렇게, 제가 약간 울컥하는 마음을 담아 지팡이를 꺼낸 바로 그 순간.

이 절체절명의 궁지(도둑님의)에 구세주가 나타났습니다.

그것은 누구인가.

"코 군! 도시락 두고 갔잖니! 도시락!"

그렇습니다. 어머니입니다.

그것은 갑자기 나타났습니다. 그의 등 뒤. 가정에서 사용할 법한 귀여운 토끼 장식이 달린 앞치마를 장비하고 안짱걸음으로 총총, 찰박찰박 샌들을 밟는 소리를 내며 달려온 그 여성은 그야말로 어머니. 마치 성스러운 불을 들어 보이듯이 들어 올린 그 손에 들려 있는 것은 앞치마만큼 귀여운 보자기로 싼 도시락.

그리고 성스러운 어머니는 도둑에게 도움의 손길(도시락)을 내밀었습니다.

"자, 여기!"

꽤 서둘러 왔는지 그녀의 호흡은 약간 거칠었고, 뺨은 약간 상기되어 있는 듯 보였습니다.

"정말이지. 덜렁이라니까."

너무나도 갑작스러운 상황에 넋을 잃은 도둑의 머리를 꽁 쥐어박는 그 주먹은 육체보다 정신에 치명적인 대미지를 주고 있는 듯 보였습니다.

"어, 어어어어어어어어어어어엄마! 어째서 이런 데 있는 거야?!"

조금 전까지 묘하게 허세를 부리던 캐릭터를 잊고서 허둥대는 도둑, 그러니까, 코 군 씨.

"코 군이 도시락을 깜빡해서 엄마가 서둘러 가져다준 건데? 그런 말투는 아니잖니? 엄마 화낼 거야."

흥흥 하고 뺨을 부풀려 보이는 어머니.

"피, 필요 없어 도시락 같은 거!"

"오늘은 코 군이 좋아하는 햄버그도 넣었는데?"

어째선지 의기양양한 표정의 어머니.

"피, 필요 없거든! 안 좋아하거든!"

"정말. 친구 앞이라고 해서 부끄러워할 거 없단다?"

찰싹찰싹 도둑의 어깨를 두드리는 어머니.

"시끄럽다고! 그보다 저리 가! 일하는 중이니까 방해하지 말라고!"

이미 그곳에 도둑은 없었습니다. 그저 반항기인 아들과 자식을 끔찍이 여기는 어머니가 있을 뿐이었습니다. 어째서일까요? 등교 도중인 남학생을 보고 있는 것 같은 기분입니다.

"네네. 열심히 하렴. 저녁 식사 때까지는 돌아와야 한다? 오늘은 코 군이 아주 좋아하는 햄버."

"됐으니까 가라고! 진짜로! 이제 그만 됐다고!"

"네에."

타박타박 멀어지는 어머니.

…………

그녀가 사라진 후에도 저희 두 사람 사이에는 느른한 분위기가 흐르고 있었습니다.

○

"홋…… 잠시 소란스럽게 했군. 미안하다. 자, 기분을 전환해서 다시 결투를 하기로 할까."

도둑인 남자는 과장된 헛기침을 하고서 다시 칼을 들었습니다.

저를 보는 그 눈은 마치 사냥감을 노리는 육식 동물 그 자체. 번뜩하고 빛난 칼(과도)은 피에 굶주린 것처럼 날카로운 칼끝을 빛내며 이쪽을 향하고 있었습니다.

꿀꺽, 제 목이 울렸습니다. 뺨을 타고 흐르는 땀은 차가웠습니다.

쓸쓸한 거리에 찌릿찌릿 얼어붙은 분위기가 흐르고, 긴장감이 넘쳐났습니다.

지금부터, 길 한가운데가 전장이 된다. 그런 기척이——.

"코 군, 파이팅!"

정말이지…….

도둑의 바로 뒤. 돗자리 위에 오도카니 앉은 여성은 그야말로 어머니. 한 번 집에 돌아가 가져 온, 낡기는 했지만 가족의 추억이 가득한 귀여운 무늬의 물건. 그 위에 샌드위치가 담긴 바구니를 두고, 그중 하나를 들고서 그녀는 토끼처럼 귀엽게 오물오물 먹고 있었습니다.

소풍입니까?

"뭐 하는 거냐고?! 엄마!"

"앗, 나는 신경 쓰지 않아도 돼. 일을 계속하렴. 코 군."

우후후 하고 웃는 어머니.

"되겠냐고! 얼른 가라고! 방해하지 좀 마!"

"네에."

………….

느른한 분위기가 계속해서 흐르고 있었습니다.

○

"홋…… 정말이지. 거듭 소란스럽게 해서 미안하다. 그럼 분위기를 전환해서——."

도둑은 다시 칼을 들었습니다.

그러나 이미 그 앞에 여행자는 없었습니다.

"아, 이 달걀 샌드위치 정말 맛있단다? 엄마 특제거든."

"맛있습니다."

"그렇지?"

도둑 바로 뒤. 돗자리 위에 고상하게 앉아서 소풍을 시작한 여성은 그야말로 어머니. 그리고 여행자.

완전히 느른한 분위기에 사로잡혀 버린 제가 그곳에 있었습니다만 샌드위치가 맛있으니 이제 뭐가 어찌 되든 상관없습니다.

"잠깐. 잠깐. 여행자. 뭐 하는 거냐?"

"런치타임입니다."

"지금은 나와 대치하던 중일 텐데?"

"조금 출출해졌으니 나중에 해주시겠습니까?"

"아니 나중에 한다든가 그런 이야기가 아니라고 생각하는데……."

애초에 과도로 위협당한 시점에서 저도 의욕이 사라졌습니다. 전설의 무기나 뭔가라도 들고 다시 나타나 줬으면 합니다.

"저기, 여행자님. 여행자님은 이름이 어떻게 돼?"

"일레이나입니다."

"그렇구나! 일레이나 씨라고 하는구나……. 그래서, 평소에는 어떤 일을 해?"

평소에? 평소 같은 말을 들은들 곤란할 뿐입니다만.

"일다운 일은 하지 않고 있습니다만."

"어머나 어머나…… 그렇다면 신부 수업 중?"

"아뇨, 그러니까 여행자라고 말하지 않았습니까……."

우물우물.

어쩐지 대화가 어긋나는 것 같은 기분이 듭니다만 달걀 샌드위치가 맛있으니 역시 의외로 어찌 되든 상관없는 저였습니다.

"응? 하지만 그것은 역할 이야기잖니? 나는 평소 하는 일을 물어본 건데……."

……어라?

"역할이라니 무슨?"

달걀 샌드위치를 씹으면서, 좀 더 알기 쉽게 이야기해주었으면 하고 생각했습니다.

그렇게 고개를 갸우뚱하는 저에게 그녀는 "으응?" 하고 저보다도 의아한 표정을 지어 보였습니다. 그리고.

"그게, 일레이나 씨는 배우잖니?"

그렇게 말했습니다.

어라? 어라 어라?

"배우가, 아닙니다만……."

"어머나 어머나! 역할에 몰입한 거구나! 조숙해라!"

어머니, 조숙하다는 단어의 의미를 한번 조사해보셨으면 합니다.

"그래서, 실제로 평소에는 어떤 일을 하고 있니? 설마 배우 일하나로 먹고살 셈이니? 엄마 걱정돼."

"……아뇨, 그러니까 배우가 아닙니다만."

과연. 그러니까 그렇게 된 것일까요?

도둑, 이른바 코 군 씨의 어머니는 아들이 설마 진짜 도둑이라는 것은 꿈에도 모른 채, 그저 배우로서 이런 일을 하는 것이라고 믿고 있다. 과연, 그렇군요. 그렇다면 이 놀라울 정도로 느긋하고 느른한 분위기도 이해가 됩니다.

"……저기 말이죠. 어머님, 솔직히 말씀드리자면, 저도 그렇지만, 애초에 댁의 아드님도 배우가 아닙니다."

"우리 애가, 배우가, 아니라고?"

뭐어? 하고 눈썹을 늘어뜨리며 고개를 갸웃거리는 도둑님의 어머니.

"하지만, 코 군은 언제나 『크크크…… 자, 돈을 내놔!』라고 거울

©Azure

앞에서 연습하고 있는걸? 그건 악역 연습 아니니?"

"도둑질 연습입니다."

"……하지만, 지난번에는 도둑이 되기 위한 의상이 필요하다며, 지금 입고 있는 옷을 만들어달라고 했는걸? 이건 역할을 위한 거 아니니?"

"그건 정말로 도둑 흉내를 내기 위한 겁니다."

"어머나……!"

도둑의 어머니는 경악하며 눈을 크게 부릅떴습니다.

그리고 자리에서 일어나 "코 군, 대체 어떻게 된 거니? 엄마 그런 얘기 못 들었는데?"라며 도둑님을 몰아붙였습니다.

"시, 시끄러워! 엄마랑은 관계없잖아!"

있는 힘껏 센 척하는 그의 모습에서는 이미 위압감 같은 건 찾아볼 수 없었습니다.

"우으으…… 엄마는 슬퍼……. 어째서 이런 아이가 되어버린 걸까……."

도둑님의 어머니는 훌쩍훌쩍 울기 시작했습니다.

아아. 울렸다.

제가 책망하는 시선을 보낼 것도 없이 도둑 씨는 몹시 당황하고 계셨습니다.

"……! 저, 저기…… 따, 딱히 이건 그거거든! 도둑 흉내를 냈을 뿐 진짜로 도둑이 되려는 생각 같은 건 없거든!"

조금 전 저와 대치하던 때의 대사들을 꼭 좀 들려드리고 싶은 심정입니다.

"괜찮은가요?"

저는 달걀 샌드위치의 답례도 할 겸, 도둑 씨 어머니의 편을 들기로 했습니다. 그녀의 어깨를 다정하게 감싸면서 손수건을 내미는 저의 그 모습은 말이 아닌 행동으로 "잠깐, 거기 남자애. 사과해"라고 몰아붙이는 여학생의 측근처럼 보이지 않는 것도 아니었습니다.

"고마워, 일레이나 씨⋯⋯."

도둑의 어머님은 제 손수건을 받아 들더니 주저 없이 코를 흥하고 풀었습니다. 어머님. 무슨 짓입니까. 어머님.

"일레이나 씨, 저기 있지. 여기, 이것 봐. 이거, 코 군이 어렸을 때 사진이거든."

어째선지 갑자기 아기였던 시절의 도둑 사진을 꺼내는 어머니. 늘 갖고 다니는 겁니까? 그거.

"이때는 과자가 되는 게 꿈이랬어⋯⋯."

"네에."

과자가 되는 게 꿈이라니, 뭡니까?

"맛있어 보이는 이름이라서 기억하고 있는데⋯⋯, 분명⋯⋯ 마피아."

"어머님그건범죄조직의속칭입니다."

머핀과 헷갈린 걸까요?

"우으⋯⋯ 언제부터 이렇게 삐뚤어지고 만 걸까⋯⋯."

"어머님, 아마도 처음부터입니다."

어린아이 시절부터 무엇 하나 성장한 게 없지 않습니까⋯⋯.

도둑 씨의 너무나도 어린애 같은 모습에 눈물을 금할 수가 없습니다.

"어떡하면 좋을까?"

"저한테 물으신들 곤란합니다만……."

도둑 씨에게 힐끔 시선을 던졌습니다.

매우 안절부절못하는 도둑 씨가 그곳에 있었습니다. 아마도 그는 어머니를 싫어하지 않는 것일 테죠. 그저 단순하게 솔직해지지 못하는 것일 뿐입니다.

대체로 이런 솔직하지 못한 성격은 고치려 해도 고쳐지지 않는 경우가 많고, 애초에 어중간한 부분에서 완고하거나 해서 상당히 귀찮습니다.

함부로 고치려 하기보다는 솔직하지 못한 상태로 이쪽에서 주도권을 쥐고 다루는 편이 쉽기도 합니다.

………….

그렇게.

그 시점에서 저는 비책을 하나 떠올렸습니다.

"어머님, 잠깐 귀를 빌려주세요."

그리고 저는 말했습니다.

소곤소곤.

○

"홋…… 정말이지, 몇 번이고 몇 번이고 소란스럽게 해서 미안하군. 그럼 다시 분위기를 바꿔서—— 손들어!"

의기양양하게 길 한복판에서 그리 외친 그 남자는 도둑.

검은 스카프를 입에 감고 있기 때문에 입가는 보이지 않습니다. 손에는 칼을 쥐고 있었고, 그 날카로운 칼끝이 명확한 살의와 함께 이쪽을 향하고 있었습니다.

"여기서 내게 포착당한 것으로 네 운은 다했다. 자, 돈을 내놔! 모조리 말이야! 반항하면 힘으로 빼앗아주지!"

남자는 외쳤습니다.

불쌍한 여행자는 손을 들어 항복의 자세를 취했고, 공포에 질려 부들부들 떨기까지 했습니다.

"후후후…… 허튼 생각은 하지 말라고. 그렇지 않으면 이 국자로 때려줄 줄 알아."

그런데, 도둑은 한 사람이 아니었습니다.

도둑 남자의 뒤에서 뽕 하고 나타난 것은 도둑의 동료. 도둑 남자와 똑같은 의상으로 갈아입고 돌아왔습니다만, 그만 깜빡하고 평소의 습관대로 앞치마와 샌달을 장비한 채였습니다. 무기로는 국자를 지참한 그 여성은 바로 어머니.

어머니가 도둑 동료가 되었습니다.

"잠깐."

"자, 코 군! 해치우세요! 돈을 모조리 빼앗아버리죠!"

매우 적극적인 어머니.

"아니잠깐기다려뭐하는거야엄마."

"응? 미안. 이상하니……? 엄마 도둑은 처음 해보는 거라……."

"아니 그게 아니라."

"혹시 똑같은 의상을 몰래 만들어서 화난 거야? 미안해. 워낙 역작이라 그만."

"아니 그게 아니라. 저기, 뭐지? 뭐 하고 있는 거야……?"

"엄마, 걱정이 돼서 왔단다."

끝에 하트 마크라도 붙을 듯 귀엽게 윙크해 보이는 어머니.

"앞으로는 코 군이 일하러 갈 때마다 나도 따라갈 거란다?"

"…………."

이제 화낼 기력도 잃고 축 늘어진 도둑. 챙그랑 하고 과도를 떨어뜨리고 그대로 무너져 내리기까지 했습니다.

그것은 즉 이렇게 된 것이었습니다.

언제까지고 도둑을 계속할 셈이라면, 언제까지고 엄마가 따라다닙니다.

도둑 남자는 현실에서 도망치고 싶은 듯이 양손으로 얼굴을 덮었습니다.

"좀 봐주세요……."

어른씩이나 돼서 부모를 동반하고 일을 한다는 부끄러움과 엄마와 페어 룩이라는 뭐가 뭔지 알 수 없는 콤비네이션이 그의 정신을 너덜너덜하게 파괴했습니다.

저는 주저앉은 그의 어깨에 손을 올리고, 한마디만을 말씀드렸습니다.

"도둑을 그만두면 어머님은 따라오시지 않을걸요?"

싱긋 웃으면서.

요컨대 어머니 동반이 싫다면 그만두시지? 라는 이야기일 뿐입니다.

○

그 후로 며칠 동안 저는 그 나라에 머물렀습니다.

그 사건 이후로 저는 딱히 그와 만날 예정도 없었고, 여행의 만남은 일생에 한 번뿐인 인연이라고도 말하니, 그들과 만날 약속을 하고 얼굴을 마주할 기회 같은 것은 특별히 없었습니다.

뭐, 하지만 그렇다고 해서 그다지 곤란할 것도 없었습니다. 달걀 샌드위치의 맛이 약간 그리워지는 정도였습니다.

그런데 제가 마을을 떠날 날이 되었을 때였습니다.

저는 길가에서 우연히 그들의 모습을 다시 발견했습니다.

이른 아침. 작업복을 챙겨 입고서 집에서 뛰어나오는 청년의 모습이 보였습니다. 얼굴은 잘 보이지 않았습니다만, 머리 모양도 그렇고, 체격도 그렇고, 왠지 그 모습은 이전에 대치했던 도둑과 비슷한 듯한 기분이 들었습니다.

"코 군! 도시락 가져가야지! 도시락!"

무엇보다, 집에서 뒤늦게 나온 여성의 뒷모습이 그야말로 본 적 있는 사람 그 자체였습니다.

아, 예의 그 엄마와 아들이다. 그렇게 어딘가 신기한 것을 발견해버린 듯한, 득을 본 듯한 기분이 된 제가 그곳에는 있었습니다.

"여기. 일 열심히 하렴."

아들에게 손수 싼 도시락을 건네는 어머니는 그대로 서둘러 달려가는 아들의 등을 언제까지고 바라보면서 손을 흔들고 있었습니다.

결국 도둑 씨는 어머니 동반 도둑 일에 진저리가 나서—— 반항심에 제대로 된 직업을 가지는 쪽을 선택한 모양이었습니다.

그곳에는 이제 도둑 같은 건 없었습니다.

사이 좋은, 매우 평범한 어머니와 아들의 모습이 있을 뿐이었습니다.

해피 엔딩.

"걱정이야…… 새 직장에도 따라가 볼까?"

후우, 하고 뺨에 손을 대면서 청년의 뒷모습을 바라보는 어머니.

………….

아, 해피 엔딩이 아니었습니다.

제3장

성실한 정치가

그날, 신문사에 들어온 제보는 그다지 놀랄 것도 없는, 별것 아닌 원한에 관한 것으로 보였다.

신문사 출입구 문에 되는 대로 끼워져 있던 봉투에는 몇 장의 사진과 한 통의 편지가 동봉되어 있었다. 정보를 장사 밑천으로 삼고 있다 보면 이런 종류의 밀고는 온 나라를 소란스럽게 만드는 것부터 단순한 장난까지, 끊이지 않는다. 이른 아침에 출근한 기자는 그 편지를 펼치면서도, 그러나 그 내용에 관해서는 전혀 흥미를 가지려고 하지 않았다.

온 나라가 한창 다음 대통령을 정하는 선거를 치르는 중이기에 가치 없는 기사에 시간을 할애할 만큼 한가하지도 않았다. 웬만한 일이 아닌 한 이 편지는 그 자리에서 찢어버리게 되리라고, 기자는 그렇게 생각했다.

사실, 이 편지에 쓰여 있던 내용은 너무나도 어이가 없었다.

『며칠 전 이 나라에 입국한 재의 마녀 일레이나는 악녀다. 나는 이 여자에게 속아 전 재산을 잃는 지경이 되었다. 나는 이 마녀에게 복수하고 싶다. 이 마녀를 사회적으로 매장해주지 않겠나?』

그렇다고 한다. 편지를 보낸 사람의 이름은 없었고, 그곳에 있던 것은 잿빛 머리카락, 유리색 눈동자를 가진 10대 안팎으로 보이는 어린 마녀의 사진뿐이었다.

이 나라에는 한 명도 없는 마법사. 그것도 마녀라고 하는 최고위 칭호를 가진 소녀가 이 나라에 왔다는 것은 물론 알고 있었다.

71

신문기자가 아니라도 당연한 일이었다. 그토록 보기 드문 존재가 이 나라에 왔으니까.

나라가 잠잠할 때였다면 아마 기자도 그녀를 대상으로 무언가를 취재하러 갔을지도 모르지만, 지금은 나라의 앞날을 정하는 시기이기도 했다. 신문기자들은 모두가 허둥지둥 뛰어다니고 있다.

말할 것도 없이, 가치 없는 기사에 시간을 할애할 만큼 한가하지 않았다.

"…………."

그러나 기자는 그 편지를 가슴 주머니에 감춰 넣고서 신문사 문을 열었다.

○

"좋아, 아주 좋아! 그 쓰레기를 보는 듯한 눈초리, 아주 좋아!"

찰칵, 찰칵. 카메라 셔터 소리가 들릴 때마다 역겨워하는 눈빛을 돌려드리는 참으로 마음씨 착하고 참으로 아름다운 소녀가 그곳에는 있었습니다.

그것은 누구인가.

그렇습니다. 저입니다.

"저기…… 이제 그만 됐을까요?"

"아니, 잠깐! 한 장만 더 찍게 해줘! 자! 다음은 이 꽃을 들고서 이쪽으로 미소를 지어줘!"

남자는 카메라의 검은 천에서 불쑥 얼굴을 내밀더니 하얀 장미를 제 손에 들려주고 "그걸 입에 물어줘"라며 엄지를 치켜세웠습니다. 반으로 접어줄까 생각했습니다.

주변 나라의 사람들에게 들은 이야기입니다만, 이 나라에서는 사진 문화가 그럭저럭 발전해 있는 모양이었습니다. 이러한 아마추어 카메라맨에게 피사체가 되어주지 않겠느냐는 말을 들은 횟수가 제법 됩니다.

정말로 제법 됩니다.

이 나라에 온 지 사흘째가 됩니다만, 그래도 여전히 "거기 너, 귀여운걸. 사진 찍게 해주지 않을래? 헤헤헤……" 하고 몇 번이나 말을 걸어왔으니까요.

"좋아! ……아. 잠깐. 저기, 입에 물어달라고 했는데…… 버리는구나……. ……아! 하지만 그 쓰레기를 보는 듯한 눈초리 아주 좋아! 멋져! 최고야!"

찰칵, 찰칵, 셔터를 누르는 소리는 계속되었습니다.

"지쳤습니다……."

결국, 저는 아마추어 카메라맨에게 몇 시간이나 구속되어 있다 겨우 풀려났습니다.

이 도시에 온 지 벌써 사흘째.

큰길은 변함없이 사람들로 넘쳐났고, 소란스럽기도 했습니다. 그런 중에 진절머리가 난다는 표정을 짓고서 걷는 사람은 저 하나 정도였고, 거리의 시끌벅적한 소리는 제 귀에 한층 더 울려 성가시기까지 했습니다.

이 나라는 며칠 후에 새 대통령을 정하는 선거가 열리는 모양인지, 그것을 위한 선거 활동으로 지금은 한창 들끓고 있다던가요.

아무튼 그런 사정도 있어, 거리는 유난히 소란스러웠습니다.

"약자에게 빛을! 저는 정치가로서—— 저를 이끌어준 사람들을 위해 이 나라에 모든 것을 바치겠노라 맹세하고 싶습니다!"

큰길을 따라 조금 걷자, 그 한가운데에 세워진 마차 위에서 목소리를 높이는 남자의 모습이 보였습니다. 사람들로 둘러싸인 가운데에서 그는 검은 슈트를 입고 있었습니다. 나이는 나름 젊었고, 30대쯤 되었을까요?

그의 이름은 매슈.

이 나라에 사는 국민이라면——, 아니, 사흘 동안 머물렀을 뿐인 저조차도 이름 정도는 알고 있을 만큼 유명한 사람이었습니다.

『도시에 밝은 미래를—— 매슈』

그러한 추상적인 코멘트와 검은 슈트의 남자가 실린 포스터가 온 도시에 넘쳐나고 있기 때문입니다. 매일 똑같은 웃는 얼굴을 보다 보면 아무래도 좋든 싫든 얼굴 정도는 기억하게 되는 법입니다.

"불황에 괴로워하는 국민을 저는 외면하지 않을 것입니다! 이 나라를 위해서 우선 격차의 시정과 영토 문제 해결을 최우선으로 하고자 합니다! 영토 문제 해결을 위해 가장 중요한 것은 무엇인지 아십니까? 그것은 서로를 용서하는 것이라고 생각합니다! 한때 저도 실수를 범하고, 한동안 이 정계에서 쫓겨났던 과거가 있습니다만, 그러나 그때 시간을 들여 용서해준 아내의 존재가 저를 여기까지 데려와——."

뭐, 그가 하는 말은 제게 횡설수설로 들립니다만.

그러나 국민에게는 어느 정도 지지를 받고 있는 모양입니다.

"역시 그가 새 대통령으로 뽑혀야 해——.""저런 성실한 정치가, 지금까지 본 적이 없어——."

어디선가 그런 대화가 귀에 들어왔습니다.

저는 어른이 되기도 전에 마녀로서 여행을 나서기도 해서, 국정과는 원래부터 인연이 없는 생활을 보내왔기 때문에 안타깝게도 선거에서 이야기되는 말은 공허하게 울릴 뿐입니다.

이러한 곳에서 이야기되는 달콤한 말은 대개 실현되지 않습니다. 그렇다기보다 누구나 허풍스럽고 수상한 대사를 내뱉어대는 탓에 차이를 잘 모르겠습니다. 그러나 이 나라 사람들에게 있어서는 적어도 그렇지 않을 테지요.

그나저나 매슈 씨가 연설을 하고 있는 곳에서 조금 떨어진 자리에는 또 한 사람, 정치가가 있었습니다. 마찬가지로 마차의 짐받이에서 연설을 하고 있었습니다만, 이쪽은 마차가 쓸데없이 호화스러웠고 적어도 젊어 보이지는 않았습니다. 척 보기에도 베테랑 정치가처럼 보였습니다.

"이 나라의 모든 사람에게 저는 행복을 전하고 싶습니다. 젊음만이 무기인 정치가 아니라, 이 나라를 오랫동안 지켜봐 온 저이기에 할 수 있는 일이——."

차분한 언행으로 슬쩍 젊은 정치가를 비판하는 그는 버나드.

『모든 사람에게 행복을―― 버나드』

마찬가지로 이쪽도 민가의 벽에 선거 포스터를 붙인 대통령 후보 중 한 명이었습니다.

즉, 이 나라의 정상을 결정하는 선거는 젊은 매슈 씨와 베테랑 버나드 씨의 일대일 대결이라는 구도가 되어 있는 모양이었습니다.

어느 쪽이 우세한지는 언뜻 본 것만으로는 무어라 말하기 어렵습니다. 베테랑인 그도 젊은이인 그도, 사람들이 마차 주변을 둘러싸고 있었고, 그 수는 양쪽 다 비슷하게 보였기 때문입니다.

"어이 어이 마녀 씨. 잠깐 괜찮을까?"

멍하니 연설하는 모습을 바라보고 있으려니, 참으로 경박해 보이는 중년 남자가 제 시야를 가로막았습니다.

…………

"죄송합니다 사진이라면 거절하겠습니다."

저는 도망쳤습니다. 더는 아마추어 카메라맨의 먹이가 되는 것은 딱 질색이었기 때문입니다.

"앗! 잠깐, 아냐 아냐! 나는 카메라맨이 아니라고."

"그렇겠죠 카메라맨 지망인 아마추어니까요. 카메라맨은 아니겠죠."

"아니 그런 게 아니라……."

남자는 도망치는 제 앞을 다시 가로막더니 "나는 이런 사람인데"라며 명함을 내밀었습니다.

…………

"죄송합니다 저는 연예계에는 흥미가 없는지라."

저는 도망쳤습니다. 제가 귀엽다는 둥 하며 그대로 연예계에 데뷔라도 시킬 셈이지요? 그런 수에는 넘어가지 않습니다.

"아니, 연예 사무소 관계자도 아닌데…………. 너, 자의식 과잉이야……."

"하아…… 그럼 뭔가요?"

"……그러니까 이런 사람이라고."

남성은 다시 제게 명함을 내밀었습니다.

…………

어쩔 수 없이 저는 그것을 받아 들었습니다.

『아자미 신문사 기자 프랭크』

과연, 신문사 기자님인가 봅니다.

"죄송합니다 취재는 좀……."

저는 역시 도망쳤습니다.

"아니 아니 아니! 잠깐 기다려! 이야기만이라도 들어주지 않겠어? 응? 부탁이야!"

"에이………………."

귀찮습니다.

"돈 줄게."

"뭘 알고 싶으신가요?"

갑자기 의욕이 생겼습니다.

"너, 돈에 약하구나……."

어이없어하면서 신문기자는 펜을 꺼냈습니다.

"너는 다른 나라에서 온 사람이지? 이번 선거의 결과, 어찌 될 거라고 생각해?"

외지 사람인 저에게 일부러 말을 걸기에 대체 무슨 일인가 했더니만, 그냥 선거 취재였습니다. 저보다 더 적당한 사람이 여기저기에 잔뜩 있는 것 같습니다만…… 아마도 외지 사람의 단순한 의견을 듣고 싶다든가 하는 그런 사정인지도 모르겠습니다.

"……저는 딱히 어느 쪽을 편들고 있지 않으니까, 뭐라고 말할 수가 없습니다만……."

바로 지금 연설을 하고 있는 두 사람을 비교해보면서 저는 대답했습니다.

"아마도, 현 단계에서의 승부는 반반이라고 봐야 하지 않을까요? 어느 쪽이 이겨도 이상하지는 않다고 생각합니다."

"오호라! 그건 어째서 그렇게 생각했지?"

"…………."

저는 말했습니다.

"우선 젊은 매슈 씨는 연설 중에 자주 아내분과의 관계성에 관해 말하고 있죠. 그 덕분에 젊은 층을 끌어들이는 데 성공하고 있는 듯 보입니다."

과거 매슈 씨는 아내 몰래 다른 여자를 만난 사실을 대립하는 정치가에 의해 폭로 당하고, 정계에서 쫓겨날 뻔했던 적이 있다던가요? 그 후, 자신의 잘못을 인정하고 아내에게 사죄한 그는 시간을 들여 서로의 관계성을 되돌린 끝에, 지금은 아내에게 지지를 받으며 이렇게 선거 자리에까지 돌아올 수 있었다고 합니다.

자주 있는 흔한 미담이라고 생각합니다.

아무래도 몇 번이고 들었던 만큼 기억하고 있습니다.

"한편 또 한 사람의 후보자인 버나드 씨는 옛날부터 정계에 있던 만큼, 인연을 소중히 여긴다고 생각합니다. 실제로 그의 주변을 둘러싸고 있는 것은 연배가 있는 분들뿐입니다. 고령자층을 잘 끌어들이고 있는 것일 테죠."

"양쪽의 정책에 관해서는 어찌 생각하지?"

"딱히 어찌 되든 상관없습니다."

"너무하군……."

"선거란 결국 단순한 인기투표 아닌가요?"

"자네 정말 너무하군……."

곤란을 뛰어넘어 성공한 젊은 정치가와 그 앞을 막아선 베테랑 정치가.

알기 쉬운 대립 구도라고 말할 수 있겠습니다. 국민이 이 대결의 행방을 지켜보고 싶어 하는 것도 무리는 아니지 않을까요?

"뭐, 하지만 우리로서는 어느 쪽인가 하면 버나드 씨 쪽이 대통령이 되어줬으면 하거든."

태연하게 기자 플랭크 씨는 말했습니다.

"저런 이상론을 부끄러운 줄도 모르고 말하는 그런 정치가가 이 나라의 정상이 되는 건 수치라고 생각하지 않나? 불륜남이기도 하고."

"하지만 젊은 층의 지지는 얻고 있는가 본데요."

"그렇지. 뭐, 젊은 놈들은 그저 그의 젊음에 끌리고 있을 뿐이니까. 실제로 그가 연설 자리에서 이야기하는 건 뭐지? 그저 눈물이나 부르는 에피소드잖아? 저런 걸로 사람을 선동하려 하다니, 정말이지 삼류나 하는 짓이라고 생각해."

"…………."

"아니, 그러니까 우리 어른들은 저런 것보다 버나드 씨가 이겨 줬으면 하거든. 하지만, 자네가 말했던 대로 현재의 전국은 반반이라고 봐도 틀림없을 거야. 그래서는 곤란하다고."

알겠어? 하고 그는 고개를 갸웃거리며 제게 말했습니다.

무슨 말을 하고 있는 건지 전혀 모르겠습니다. 하지만.

"……혹시 저에게 나쁜 짓을 시키시려는 겁니까?"

왠지 모르게 짐작되는 바가 있었습니다. 그러나 기자 프랭크 씨는 "아니 아니, 그렇지 않아"라며 연기를 쫓듯이 손을 내저었습니다.

"내가 자네에게 해줬으면 하는 건, 옳은 일이야."

그리고 그렇게 말하며 저에게만 보이도록 가슴께의 주머니에서 사진을 꺼내 슬쩍 보여주었습니다.

거기에는 제 사진이 몇 장이나 있었습니다.

"자네, 이 나라에 와서 사흘째지? 그런데 지난 이틀 동안 대체 얼마나 부정한 방법으로 돈벌이를 한 거야?"

그 사진에는 제가 이 나라에서 장사를 하는 현장이 확실하게 담겨 있었습니다. 첫 번째는 목걸이를 싸게 구매하는 제 사진. 두 번째는 "이 목걸이를 하고 행복해졌다는 후기가 다수 들어왔습니다"라는 간판을 내걸고서 노점을 연 제 사진. 세 번째는 목걸이를 금화 한 닢에 팔고 있는 제 사진.

세상에나, 깜짝이야. 이 세 장만 봐서는 제가 마치 사기를 치고 있는 것 같지 않습니까?

"내가 말하고 싶은 바를 알겠지?"

싱긋 웃음을 지으면서 기자 프랭크 씨는 "좀 부탁하고 싶은 게 있으니, 우리 신문사까지 와주지 않겠어?"라며 제게 등을 보였습니다.

"이 사진, 자네에게 속은 피해자한테서 온 제보였는데── 딱히, 나는 자네를 사회적으로 실추시킨다든가, 자네를 위기에 빠뜨리고 싶다고 생각하고 있지는 않아. 그저 약간 협력해줬으면 할 뿐이야. 옳은 일을 하기 위해서 말이지."

그리고 그는 말했습니다.

"뭐── 자네가 우리 편이 되어주지 않는다면, **그렇게 만드는 것**도 생각하지 못할 것 없지만."

하고.

적어도 그가 지금 하고 있는 짓은 옳지 못한 일이라고는 생각했습니다.

○

"젊은 정치가 매슈한테는 로리라고 하는 아내가 있는데, 그녀는 뛰어난 미인이지. 겉모습만으로 말하자면 그야말로 이상적인 여자야."

기자 프랭크 씨는 신문사로 저를 불러들이더니, 담배에 불을 붙이며 말했습니다.

"그러나 그런 삼류 정치가를 배우자로 고른 점에서 알 수 있듯이, 그다지 머리는 좋지 않은 모양이야. 남편이 불상사를 일으킨 후에도 그 사후 처리에 이용당했으니까."

그는 저에게 책을 몇 권 건네주었습니다.

아무래도 자서전인지 표지에 아름다운 여성의 사진이 실린 책에는 『정치가의 아내로서 살아가려면』이라느니, 『불상사를 일으킨 남편을 용서하기까지』라느니 하는 그런 종류의 문구가 띠지 안에 적혀 있었습니다.

"이 책들은 전부 매슈가 로리에게 쓰게 한 거라고, 우리는 의심하고 있지."

그는 입으로 담배 연기를 토해내면서 이야기했습니다.

이 부부가 지금에 이르기까지의 전말은 너무나도 흔한 이야기였습니다.

지난 몇 년 동안의 일입니다.

아직 신출내기였던 무렵의 정치가 매슈 씨는 아내가 있으면서도 비서와 관계를 맺었고, 그것이 대립하던 정치가의 손에 의해 들통나고 말았습니다.

정치와는 아무런 관계가 없는, 정치가의 인간적인 부분을 도시 사람들 모두가 비판했고, 그를 지원해주던 사람들은 하나둘 그의 곁을 떠나갔습니다. 그때까지 얼마나 순풍에 돛을 달았든, 인연의 끝이란 갑작스레 찾아오는 법인가 봅니다.

결국 그때부터 올해까지의 몇 년 동안, 그는 무대 위에서 모습을 감추게 되었습니다. 그러나 분명 그것도 당연한 일인 것일 테지요. 부정을 저지른 남자에게 나라를 맡길 수는 없다고, 민의가 그의 길을 막았으니까요.

그러나 올해까지라고 말했듯, 지난 몇 년 동안 모습을 감추었다고 하는 사실에서 알 수 있듯, 그는 올해 들어서부터 정치가로서의 활동을 재개했고, 지금은 거물급 정치가와 일대일 대결을 할 정도로 성공했습니다.

대체 무엇이 그를 이 정도의 인물로 만들어놓았을까요?

"지금까지의 일은 전부 매슈의 책략이었어."

기자 프랭크 씨는 이미 짧아진 담배를 수북이 쌓이고 쌓인 재떨이에 눌러 끄며 말했습니다.

"매슈가 실각한 이후, 올해에 이르기까지 줄곧 로리가 매슈와 교대하는 듯한 형태로 무대 위에서 활약했거든."

남편이 실각하고서 아내 로리 씨는 신문 등의 미디어에 몇 번이고 불려 나오게 되었습니다. 거기에서 그녀는 "남편이 한 짓은 용서할 수 없다" "하지만, 아직 믿고 싶다는 마음도 있다"라며 순수한 마음을 밝혔다고 합니다. 무슨 일이 있어도 남편을 뒷바라지하는 성실한 아내의 모습이 그곳에는 있었고, 남편의 행동에 가장 상처 입었으면서도 그러한 내색을 하지 않고 다부지게 행동하는 그녀의 자세에 감동을 받은 사람도 많았다는 모양입니다.

시간을 들여서 남편이 다시 일어설 수 있도록, 아내 로리 씨는 온갖 수를 다 썼던 모양입니다. 자서전을 출판하거나, 강연회를 열거나, 자신의 패션 브랜드를 세우거나, 그리고 레스토랑을 경영하거나, 후반 부분은 그저 단순한 취미가 아닙니까? 하고 딴죽을 걸고 싶어지는 점이기는 합니다만, 적어도 국민은 그녀의 그러한 행동을 전면적으로 긍정한 모양이었습니다.

그런 연유로 그녀의 호감도가 필연적으로 남편의 호감도로도 이어졌고, 이렇게 매슈 씨가 무대 위에 다시 올라갈 수 있게 되었던 것이라고 합니다.

그러나 신문기자는 그것이야말로 매슈 씨의 계산에 의한 것이라고 주장했습니다.

"부정이 밝혀진 후, 매슈는 아내를 이용해서 자신의 호감도를 높이도록 계획한 거야. 자서전을 출판한 것도, 강연회에 나오게 된 것도, 가게를 열게 된 것도, 전부 남편의 지시가 있었기 때문이지."

"그러한 증거가 있습니까?"

제 물음에 기자 플랭크 씨는 고개를 저었습니다.

"근거는 없어. 눈곱만큼도."

과연, 요컨대 단순한 억지입니까. 그렇게 제가 납득하려 했을 때, "하지만" 하고 그는 입을 열었습니다.

"그 증거를 잡기 위해서, 자네에게 협력을 부탁하고 싶은 거야."

그는 말했습니다.

"증거를 잡지 못한 보도는 허구에 지나지 않아. 그리고 그러한 보도만큼 얄팍한 것도 없지. 우리는 우선 매슈의 거짓말을 밝혀내기 위해 아내에게 이야기를 들어봐야만 한다고 생각하고 있어."

"……저에게 무얼 시키고 싶으신 건가요?"

"자네는 마녀지? 마녀라면 마법으로 거짓말을 할 수 없게 만든다든가, 혹은 자백제를 만든다거나 할 수 있지 않아?"

"과대평가가 지나치네요."

"못 하는 건가?"

"그렇게는 말하지 않았습니다."

그러나.

"그렇게 했는데, 만약 로리 씨가 당신들이 예상했던 대로의 말을 하지 않았을 경우에는 어찌할 셈입니까?"

보기에 따라서는 옳은 일을 하려 하는 정의감 넘치는 신문기자처럼 보였습니다. 그러나 그의 언동 하나하나가 그저 단순히 매슈 씨를 몰락시킬 수만 있다면 그것으로 좋다고 하는 생각을 드러내고 있는 듯 보였습니다.

그들 신문사에 있어서는 버나드 씨가 당선되는 것이 본인들의 형편에 좋고, 매슈 씨가 당선되면 성가신 것일 테죠. 그렇기에 어떻게 해서든 스캔들을 잡아내 다시 그를 무대 위에서 끌어 내리려 생각하고 있다. 그렇게 보였습니다.

그러나, 그렇다고 한다면, 제가 만약 로리 씨에게 진실만 말하게 되는 마법을 걸었다고 해도, 그때 유력한 정보를 얻지 못했을 경우에는 어찌할까요? 만약 이 자리에서 그러한 마법을 걸었다고 한다면, 기자 프랭크 씨의 입에서 버나드 씨와 신문사의 질척하고 새까만 관계성이 엿보일 거라고는 생각합니다만.

"자네는 마녀지?"

그는 히죽 웃었습니다.

그리고 말했습니다.

"자백제를 만들 수 있다면, 거짓말을 하게 하는 약도 만들 수 있지 않겠어?"

로리 씨의 입에서 원하는 말이 나오게만 할 수 있다면 진실 같은 건 사실 어찌 되든 상관없는 것일 테죠.

그것이 눈앞의 신문 기자에게 있어서는 **옳은 일**인 모양이었습니다.

○

평일이기도 해서 길거리에 있는 찻집 안은 한산했습니다. 적어도 우리 이외에, 이 자리에 손님으로 보이는 사람은 거의 없었고, 멀리 카운터 쪽에서 웨이트리스가 식기를 정리하고 있는 소리가 창가 자리까지 들려올 정도였습니다.

"이 가게는 내가 경영하고 있는 찻집인데, 뭐, 보는 대로 그다지 잘되진 않아. 혹시, 모두 선거에 정신이 없어서 그런 것뿐일까?"

네 명이 앉을 수 있는 자리는, 제 반대쪽만을 제외하고는 모두 채워져 있었습니다. 제 옆에는 기자 프랭크 씨.

그리고 그의 맞은편에서는 로리 씨가 고상하게 입가를 가리며 조용히 웃고 있었습니다.

그 모습은 분명 아름다운 여성 그 자체였습니다.

"그래서, 오늘은 무슨 용건일까?"

"네. 남편인 매슈 씨와의 관계성에 대해서 듣고 싶어서 말이죠."

기자 프랭크 씨는 저를 힐끔 바라보며 말했습니다.

"혹시 괜찮다면, 정치가로서의 매슈 씨를 아내의 시선으로 이야기해주셨으면 해서요."

"어머!"

로리 씨는 손을 통, 하고 쳤습니다.

"좋아요! 남편의 선거 활동에 도움이 된다면, 꼭 협력할게요!"

"네. 그거 다행입니다. 그럼——."

기자 프랭크 씨는 손에 펜을 들고서 몇 가지 간단한 질문을 날리기 시작했습니다.

저의 역할은 옆에 앉아서 멍하니 있는 정도인지라, 특별히 무언가를 하지도 않고, 옆에서 오가는 대화에 귀를 기울이는 것 정도밖에는 할 일이 없었습니다.

대체 무엇을 위해 이 자리에 있는 것인지 의아할 정도였습니다.

"——오래 기다리셨습니다. 블렌드 커피입니다."

잠시 있자, 웨이트리스분이 한가하게 있는 제 앞에 석 잔의 커피를 들고서 나타났습니다.

옆에서는 중요한 인터뷰가 진행되고 있기도 해서 저는 "아, 여기에 놔주세요" 하고 친절한 손님인 척을 하며 커피를 제 앞에 전부 놓았습니다.

그리고.

"저기, 설탕 필요하세요?"

지나치게 공손한 여자아이인 척을 하며 인터뷰에 끼어들었습니다.

기자 프랭크 씨는 잠자코 고개를 저었습니다. 로리 씨는 "그럼 설탕 하나"라며 웃어 보였습니다.

너무나도 심심했던 저는 완전히 단순한 잡무 담당이 되어 있었습니다.

아니, 이 시점까지는 분명 저의 역할이라는 것은 거의 없는 것이나 마찬가지였기 때문에, 당연하다면 당연하다고 할 수 있었지만요.

제 역할은, 이 시점부터 발생하게 됩니다.

저는 커피잔에 첨벙 하고 하얀 덩어리 하나를 던져 넣고서 스푼으로 휘저었습니다. 정말이지 엄청나게 마구 저었습니다. 커피에 아주 잘 녹아들도록.

"자, 드세요."

제가 건넨 커피를 로리 씨는 아무런 의심도 없이 받아 들고 "고마워요"라며, 역시 미소를 지어 보였습니다.

겉과 속이 다르지 않은 사람으로 보입니다만.

"…………."

그러나 실제로 그녀가 어떠한 어둠을 안고 있는지는 지금부터 밝혀질 것입니다.

커피에 제가 무엇을 넣었는지, 그녀는 알 수 없을 테니까요.

"저기—— 그럼 다음 질문입니다만."

기자 프랭크 씨는 로리 씨가 커피잔을 내려놓자 그렇게 입을 열었습니다.

"남편과의 관계성에 관한 것입니다만, 당신은 지금, 대등한 관계입니까?"

그것은 핵심을 찌르는 질문처럼 느껴졌습니다.

소문이 거짓인지 진실인지. 매슈 씨가 백인지 흑인지.

로리 씨가 제대로 된 사고력을 지금도 갖고 있다고 한다면, 분명 웃으면서 "대등합니다" 같은 답을 할 테지요.

"…………."

그러나 지금 그녀의 얼굴에 미소는 그다지 없었습니다.

"……아뇨. 대등하지는, 않았, 습니다…… 예전부터."

마치 비몽사몽 한 듯, 힘없이, 그녀는 대답했습니다.

"대등하지 않다? 그것은 무슨 뜻입니까?"

기자 프랭크는 의아하다는 표정을 만들어 보이면서 고개를 갸우뚱했습니다.

뻔뻔한 태도로군요. 제가 계책을 쓴 덕분에 이렇게 로리 씨의 입에서 진실이 나온다는 걸 알면서 말이죠.

"…………."

저는 두 사람의 모습을 잠시 조용히 지켜보았습니다.

로리 씨는 지금 진실만을 전부 이야기하게 되어 있습니다. 어떤 질문에 대해서도 수치심과 사고력을 도외시하고 소상히 이야기해줄 것입니다.

만약 이 상태에 빠진 그녀가 기자 프랭크 씨가 기대하는 그런 말을 하지 않을 때는, 다시 새 커피를 주문해 약을 타서 그녀에게 건네기로 되어 있습니다.

즉, 상황이 어떻게 되든 그녀는 기자가 원하는 진실을 이야기해야만 하는 것입니다.

"옛날부터…… 나와 매슈 사이에는, 명확한…… 주종 관계가…… 있어서……."

그러나 새로운 커피를 주문할 필요는 전혀 없어 보입니다.

그녀가 하고 있는 말은 대체로 기자 프랭크 씨가 예상한 범위 내에 들어갔기 때문입니다.

"저희……는, 부부 관계를 가장한 노예 계약을 했습니다……, 거역하는 일은……, 결코 있을 수 없습니다……."

"뭐라고요? 그게 무슨 뜻입니까?"

기자 프랭크 씨는 놀란 듯 보였습니다. 입가가 명백하게 히쭉거리고 있었지만 말이죠.

"그가, 지금, 이렇게 대통령 후보로까지 비상한 것은……, 전부 계획한 대로…… 일이 진행되어주었기 때문……입니다."

"……어떻게 된 거죠? 그건 즉, 이전에 그가 벌였던 불륜부터 지금에 이르기까지의 모든 것이 계획된 것이었다는 뜻입니까?"

이젠 감출 생각조차 없는 유도 신문이었습니다.

"그 말씀대로입니다……."

뭐 이쪽도 감출 마음은 없는 모양입니다만.

"이게 무슨 일인지……!"

기자 프랭크 씨는 과장되게 놀라고 계셨습니다. 그러나 역시 얼굴은 히죽대고 있습니다.

"그건 즉, 매슈 씨가 이렇게 대통령 후보로까지 나올 수 있게 된 것은, 전적으로 그가 지금까지 계획을 면밀하게 짜고 실행했기 때문이라는 뜻입니까? 부부 관계이면서도, 당신은 지금까지 그에게 노예처럼 이용당했단 거죠?"

기자 프랭크 씨는 감출 마음이 없다면 전부 들어버리겠노라는 욕심쟁이 같은 자세를 보였습니다.

전부 아무렇지 않게 이야기하고 마는 상태인 그녀이니, 그 질문에도 매우 자연스럽게, 우리가 예상한 범위 내의 진실을 정직하게 이야기하고 말 겁니다.

그럴 터입니다.

"⋯⋯아뇨, 틀립니다."

그러나 그녀는 천천히 고개를 가로저었습니다.

그리고 말했습니다.

"⋯⋯노예라는 건, 제가 아니라, 남편 쪽입니다."

그것은 아마도, 기자 프랭크 씨가 예상했던 것과는 분명하게 사정이 다른 진실이었습니다.

○

그녀의 입에서 나온 진실은 기자 프랭크 씨조차 전혀 예상하지 못했던 것이었습니다.

로리 씨와 매슈 씨 부부 사이에 주종 관계와 같은 것이 있었다, 라는 전제는 아마도 옳았을 테지요.

그러나 그 관계성은 정반대였습니다.

"지금까지 전부, 그는 나를 위해 애써온 것입니다. 그렇게, 짜여 있었습니다."

그녀는 담담히 이야기했습니다.

"그는 과거, 비서와 부정을 저질러 문제가 되었고, 실각에 몰렸습니다만—— 그것은 전부 제 지시에 따른 것이었습니다."

한때는 정치 세계에서 물러나야만 했던 젊은 정치가를 아내가 헌신적으로 지지하고, 그리고 새롭게 활동을 재개하여, 지금은 나라를 짊어질 선거에서 싸운다고 하는 전개조차 전부 짜여진 것이었다고 그녀는 이야기했습니다.

젊은 정치가인 그는 과거, 다른 베테랑과 비교해 무기라고 부를 수 있는 것이 한없이 적었고, 게다가 지명도도 그다지 높지 않았습니다.

각 신문사도 그저 젊기만 할 뿐인 정치가보다도 거물급 정치가의 기사를 다루는 경우가 많아 압도적으로 불리한 상황은 틀림이 없었습니다.

정치 세계에서 살아남기 위해서는 지명도가 필요했던 것입니다.

이름을 알릴 필요가 있었습니다.

지명도 없는 정치가는—— 아니, 정치가만이 아니라, 지명도가 없다는 것은, 존재가 알려지지 않았다는 것은, 그것은 즉 존재하지 않는다는 것과 같기 때문입니다.

"그래서 저는 생각했습니다. 옳은 방법으로 주목을 모으는 것보다 **잘못된 방법**으로 주목을 받아버리는 쪽이 훨씬 득이라고."

그것을 위해 이름을 파는 행위로서 고른 방법이 매슈 씨의 불륜이었습니다.

두 사람의 부부 생활은 거짓으로 도배되어 있었습니다.

예상대로 매슈 씨는 나쁜 의미로 주목을 모았고, 결국 사람들에게 뭇매를 맞는 형태로 정치 세계에서 매장되고 말았습니다. 그리고 그 후의 처리는 로리 씨가 맡았습니다.

강연회를 열고, 가게를 열고, 표면에 나서 남편과의 원만한 가정생활을 어필해온 그녀는 사람들에게 어떻게 비쳤을까요?

부정을 범한 남편을 용서한 그녀의 모습은 적어도 나쁘게는 비치지 않았을 터입니다. 한심한 난봉꾼인 남편에게 변함없는 애정을 바쳐온 그녀라는 우상은 순식간에 사람들에게 칭찬을 받게 되었던 것입니다.

그리고 시간이 지나 매슈 씨의 죄가 로리 씨의 활약으로 완전히 없었던 것이 되었을 무렵.

매슈 씨를 다시 무대 위에 세우고, 그녀는 그를 대통령으로 만들려 했습니다.

그 무렵에는 이미 매슈 씨의 인상은 180도 바뀌어 있었습니다.

"그게, 평소 좋은 사람이 나쁜 짓을 하는 것보다 평소 나쁜 사람이 가끔 좋은 일을 하는 편이 좋은 인상을 줄 수 있다고 하잖아요? 나는 그 양쪽을 모두 남편에게 시켰던 거죠."

로리 씨는 변함없는 미소를 머금은 채, 그렇게 말했습니다.

○

『세기의 악녀? 정치가 매슈의 아내 로리의 무시무시한 본성』

신문 1면에는 로리 씨의 사진과 함께 그러한 글이 적혀 있었습니다.

다음 날 신문은 그녀의 기사로 도배되어 있었습니다. 그녀의, 라기보다 그의, 라고 하는 편이 옳을지도 모르겠습니다만.

"어때? 이걸로 이제 버나드 씨의 당선은 확실하겠지?! 악녀에게 놀아나던 한심한 매슈를 계속 응원하는 사람 같은 건 이제 없을 거야."

"…………."

어제 일을 정리한 기사가 완성되었으니 꼭 봐줬으면 한다는 말을 듣고 신문사까지 불려갔습니다만, 거기서 건네받은 것은 무어라 말하기 어려운 것이었습니다.

너무나도 적나라하게 쓰여 있었습니다. 그녀가 어제 이야기했던 것이 그대로 전부 기사화되어 있었습니다.

"이거, 편향 보도에 해당되지 않나요?"

저는 신문을 휙휙 흔들어 보였습니다만, 기자 프랭크 씨는 이런 이런 뭘 모르네 하고 말하듯이 어깨를 으쓱였습니다.

"아니. 진실을 있는 그대로 썼을 뿐인데?"

"하지만 이래서는 당신의 신문사가 버나드 씨를 응원하고 있다고 말하는 것이나 다름없는 게 아닌가요?"

"뭐, 그 말대로지만. 그러나 여론은 그리 생각하지 않을걸?"

"…………."

공정성이라는 말은 아마도 이 나라에 있어서 신문지보다 얄팍한 것인가 봅니다.

그리고 그것을 감출 생각도 전혀 없는 모양입니다.

그것참, 지독하군요.

"마녀님, 고마워. 자네 덕분에 이 나라는 안녕할 거야. 버나드 씨가 당선되고, 이 나라를 올바른 방향으로 이끌어줄 테지."

"……그거 다행이로군요."

저는 그를 보지도 않고 손을 내밀었습니다.

"……응? 뭐지? 악수인가?"

바보입니까?

"저를 몰래 찍은 사진, 돌려주시겠습니까?"

"아, 그거 말인가."

기자 프랭크 씨는 조금 전까지 진심으로 잊고 있었는지 "어디, 어라? 어디에 뒀더라?"라며 잠시 가방을 뒤지고, 이윽고 "자, 여기"라며 제가 찍힌 몇 장의 흑백 사진을 건넸습니다.

"감사합니다."

저는 그것을 낚아채 주머니 속에 쑤셔 넣었습니다.

"이걸로 당신과의 협력 관계는 해소인 거겠죠?"

"하하핫! 나로서는 조금 더 자네의 힘을 빌리고 싶지만 말이지. 뭐든 자백시키는 약 같은 편리한 걸 만들 수 있다니, 역시 마녀야. 자네, 우리 신문사에서 일해보지 않겠어?"

"과대평가가 지나치십니다."

"그렇지도 않은데."

"뭐, 어차피 당신들에게 협력하는 일은 앞으로 일절 없을 겁니다."

정중하게 거절하는 제게 그는 웃었습니다.

"──뭐, 됐어. 앞으로 다시 이 나라를 방문할 일이 있으면 또 부탁해."

그리고 그는 빙글 발길을 돌려 신문사로 들어가 버렸습니다.

"네. 안녕히."

아마도 두 번 다시 만날 일은 없을 테지요.

그 후, 매슈 씨가 어떠한 결말을 맞이했는지를 외람되지만 이야기하겠습니다.

신문을 통해 아내의 악행을 폭로 당한 그는 연설 자리에서 무너져 내렸습니다. 울면서, 지금까지 이야기해왔던 것이── 아내의 지지로 여기까지 올 수 있었다 같은 말이 전부 엉터리였던 것을 사과했습니다.

사실은 아내에게 괴롭힘을 당하고 있었다고. 사실은 올바른 방법으로 선거에서 이기고 싶었지만, 아내가 억지로 불륜을 저지르게 했다고 이야기했습니다.

지금은 이혼 수속을 밟고 있는 중이라고도 했습니다.

그러나 의외로 사람들의 증오는 그가 아니라 그의 아내에게로 향했습니다.

악녀로서 표적이 된 로리 씨는 지금까지 열었던 대부분의 가게 문을 바로 닫아야만 했고, 그녀의 책은 반품되어 쌓여갔습니다.

이윽고 정식으로 매슈 씨와의 이혼이 성립되었고, 그녀는 살고 있던 집에서 쫓겨나 사람들 앞에서 모습을 감추게 되었습니다.

악녀가 맞이할 만한 결말이라고 할 수 있었습니다.

한편, 매슈 씨는 그 후로도 선거 활동을 계속했습니다. 오랫동안 아내에게 괴롭힘을 당했다고 해도 나라를 생각하는 그의 마음에 거짓은 없었던 것입니다.

사람들은 오랜 시간 견뎌온 그에게 감동했습니다.

"힘내!" "지지 마!"

그런 흔하디흔한 말이 그의 등을 밀어주었습니다.

기자 프랭크 씨가 취재를 통해 쟁취한 악녀의 진실로 인해 확실하게 상황은 변했습니다.

다만, 그것은 상정했던 것과는 정반대의 결과를 가져왔습니다.

로리 씨의 기사가 세상에 나온 후, 그리고 매슈 씨와 로리 씨가 이혼한 후, 그의 인기는 지금까지와는 비교도 할 수 없는 것이 되어 있었습니다.

아내에게 오랫동안 괴롭힘을 당하면서도 여전히 나라를 위해 애써온 그의 성실한 자세에 사람들은 반해버리고 만 것입니다.

아내가 악녀라고 해도, 그것은 그의 평판과는 관계가 없었습니다.

신문사들보다도 마을에 사는 사람들 쪽이 그러한 점을 훨씬 잘 알고 있었습니다.

그렇기에 기자 프랭크 씨는 잘못 판단했고, 끌어내리려고 했던 평가를 반대로 올리는 결과를 불러일으켜 버린 것입니다.

그나저나.

저는 기자 프랭크 씨에게 거짓말을 했습니다.

저와 로리 씨는, 찻집에서 취재를 할 때 처음 만난 것이 아니었습니다.

"……오늘 발매되는 신문에 따르면, 매슈 씨가 당선되는 게 확실한 모양입니다. 어떠신가요?"

"너무나도 예상대로라 재미없네요."

이혼 후, 그녀는 저를 집에 초대해 커피를 대접해주었습니다. 원두를 금방 갈았다고 합니다.

김이 피어오르는 컵을 스푼으로 저으며 그녀는 웃었습니다.

저는 그녀에게 맞추듯이 커피를 한 모금 마셨습니다.

"커피. 맛있네요."

"그렇죠? 가게에 내놓았던 것과 같은 거니까요."

그녀는 설탕 하나를 넣은 커피를 마시고 "평소와 같은 맛이 나네요" 하고 웃었습니다.

아마도 기자 프랭크 씨와 마주했을 때도 그 맛이 났을 겁니다.

그게, 제가 그때 넣었던 것도 평범한 설탕이었으니까요.

○

로리 씨와 제가 처음 만난 것은 이 나라에 입국한 첫날이었습니다.

입국한 후 한동안 나라 안을 어슬렁거리던 저는 그녀가 경영하는 가게에 우연히 걸음을 하게 되었습니다.

"어머. 당신, 여행자인가요?"

창가 자리에 앉은 저의 반대편에 갑자기 앉은 것이 바로 그녀였습니다.

뭔가요이사람은갑자기. 어머무서워라. 그렇게 경계하는 저에게 그녀는 "아, 경계하지 말아요. 나는 딱히 수상한 사람이 아니니까"라는 매우 수상한 말과 함께 명함을 내밀었습니다.

"……흐음."

거기에는 경영자니 정치가의 아내니 하는 온갖 직함이 가득 쓰여 있었습니다. 역시 수상해.

그런 수상하기 그지없는 그녀는 제게 이 나라에 관한 이야기를 멋대로 하기 시작했습니다.

"이 나라는 지금 선거로 들끓고 있답니다. 거물 정치가와 젊은 정치가의 일대일 승부라는 구도가 되어 있죠."

그러나 이 나라의 선거에는 어떤 문제가 포함되어 있다고도 말했습니다.

그것은 신문사들의 보도 방식이었습니다. 버나드 씨를 지지한 나머지 신문에서 다루는 기사는 전부 버나드 씨의 활약에 관한 것뿐이었습니다. 공정함이라는 것은 지면에 보이지 않았고, 어디까지고 불공평한 보도를 하고 있다. 그녀는 그렇게 말했습니다.

"이대로는 신문사에 의해 제 남편이 무너지고 말 거예요."

그러니 힘을 빌려주었으면 한다고도.

그녀는 말했습니다.

"사실은 올바른 정치가가 올바르게 나라를 이끌기 위해 선거에서 이겨야 합니다. 그러나 지금 이 나라의 정치는 부패했고, 그것이 이뤄지지 않고 있죠. 이기는 건 언제나 인기가 있을 뿐인 인간이에요. 나라의 앞날을 정하는 선거는 단순한 인기투표가 되어버렸어요."

그리고 사실.

제가 거리에서 보았던 연설 광경도. 그야말로 단순한 인기투표를 위한 연설로 보였습니다.

대중이란 어쩌면 인기가 있는 쪽에 모여드는 것인지도 모릅니다. 거기에 명확한 이유도 없이 그저 주목을 받는 것이야말로 주목을 받는 최대의 이유인 것일지도 모릅니다.

그것은 마치 빛에 이끌려 몰려드는 날벌레 같기도 했습니다.

"정말로 올바른 정치가를 당선시키기 위해, 힘을 빌려주지 않겠어요?"

그녀는 제게 그렇게 말했습니다.

그 제안에 네 그러십니까 알았습니다 하고, 바로 고개를 끄덕이지는 않았습니다. 그녀가 거짓말을 하고 있을 가능성도 있었고, 증거도 없이 협력한다는 것은 있을 수 없는 일이라고 생각했기 때문입니다.

그래서 저는 "생각해보겠습니다"라고만 말하고, 그날은 그렇게 헤어졌습니다.

그런데, 다른 이야기입니다만, 이 나라는 아마추어 카메라맨이 많은지 길을 걷고 있을 뿐인데도 카메라맨이 "너, 귀여운걸. 모델이 되지 않을래? 헤헤헤……" 하고 말을 걸어오는 일이 다수 발생했습니다.

실제로 제가 이 나라에 체재한 첫날도 여러 번 있었고, 이튿날도 마찬가지였습니다.

사진을 찍힐 때마다 기념으로 찍은 사진을 몇 장인가 건네받았습니다.

그리고 이 나라에 머문 지 이틀째가 되는 날, 저는 그녀의 가게를 다시 찾아갔습니다.

그때도 그녀는 "협력해줄 마음이 들었어요?"라며 고개를 갸우뚱거렸습니다.

"…………."

저는 길에서 찍힌 사진을 몇 장 꺼냈고, 그리고 한 장의 편지를 썼습니다.

"저는 당신이 옳은지, 아니면 신문사가 옳은지 모르니, 지금 여기서 바로 당신 편을 들 수는 없습니다."

그리고 쓴 편지에는 제가 악행을 저질렀다고 하는, 밑도 끝도 없는 말이 적혀 있었습니다.

"이걸 오늘 밤 안에 신문사 입구에 넣어두고 오겠습니다. 만약 신문기자가 올바른 일을 하려 하는 사람이라면, 분명 이 편지는 무시되거나, 혹은 제 악행을 폭로하려 할 테죠. 만약 그들이 나쁜 짓을 하려 하고 있다면, 분명 그들은 저의 약점을 잡았다고 착각하고서 저를 협박하러 올 테고요. 그렇게 되면 저는 당신에게 협력하겠습니다. 그렇지 않다면 당신에게 협력하는 일은 없을 겁니다."

그리하여 저는 이 나라에 체재한 지 사흘째를 맞이했습니다.

그리고 안타깝게도 신문기자는 잘못된 짓을 하려 하고 있는 사람이었습니다.

"그나저나, 괜찮은가요? 당신은 결국 그를 당선시키기 위해 모든 것을 잃었는데요."

그녀가 매슈 씨를 당선시키기 위해 취한 방법은 자신의 모든 것을 내던지는 일에 가까웠다고 생각합니다.

"상관없어요."

변함없이 커피를 마시면서 그녀는 웃었습니다.

몇 년 전의 불륜 소동은 그녀가 꾸민 일이었고, 후에 남편을 유명하게 만들기 위한 긴 포석이기도 했습니다.

그를 당선시키기 위해서는 그를 유명하게 만들 수밖에 없다. 그의 올바름을 증명할 수밖에 없다.

아마도 그렇게 생각했을 테지요.

그렇기에 수년 전에 그녀는 그에게 불륜을 강요했고, 그리고 지금 폭로시켰다.

모든 죄가 자신에게 있다고 자백함으로써 무엇보다도 잘못을 저지른 아내를 곁에 두고 있던 그를 올바른 사람으로서 주목받게 한 것입니다.

©Azure

무엇이든 자백하게 하는 약을 먹었다──고 하는 전제를 만들어두고, 그녀의 악행이 밝혀진 것처럼 꾸몄던 것입니다.

"저는 옳은 일을 하기 위해서 잘못된 일을 했습니다."

그리고 그녀는 말했습니다.

"그는, 올바른 일을 하기 위해 올바른 일을 하는 정치가로서 있어 주길 바랍니다."

"…………."

저는 커피잔을 내려놓았습니다.

"당신에게서 풀려난 매슈 씨, 상당한 활약을 하고 계시더군요."

그렇게 말하면서 그녀를 보았습니다.

지금 그의 인기는 그칠 줄을 모르고 있었습니다. 이대로 대통령이 되는 것은 확실하다고 할 수 있을 테지요.

"그렇겠죠. 그러지 않으면 곤란한걸요. 그걸 위해 나는 지금까지 그에게 인내를 강요해왔으니까요."

나라를 위해 봉사하는 성실한 정치가가 앞으로는 이 나라를 이끌어갈 테지요.

그러나 그를 이끌었던 것은 잘못된 일을 한, 성실함과는 거리가 먼 아내였다는 것을 이 나라의 누가 알고 있을까요?

분명 아무도, 그 사실은 모를 겁니다.

지금까지도.

앞으로도.

●

재의 마녀가 떠난 며칠 후에 그 나라에서 새로운 대통령이 탄생했다.

그것은 역대 최연소 대통령이기도 했다.

아마도 그 나라의 역사가 바뀐 순간이기도 했다──라고 신문사들을 시치미를 떼고 평했다.

무엇보다 성실함을 무기로 거물 정치가에게 맞서온 매슈에게 승리가 찾아오리라고는, 선거가 시작된 시점에서는 아무도 상상하지 못했다.

그런고로 새로운 대통령 매슈의 탄생에 온 나라가 들끓은 것도 당연한 일이라 할 수 있었다.

이 나라는 분명 올바른 방향으로 향해가리라── 모두가 그렇게 확신했다.

"고맙습니다."

나라의 변두리에 있는 작은 민가.

그곳에서 한 남자가 공손하게 머리를 숙이고 있었다.

그것은 나라를 짊어질 터인 남자였다. 이제 막 새로운 대통령이 된 남자였다. 혹은, 누구보다도 성실한 정치가였다.

정치가답게 오랫동안 고개를 숙인 다음, 그는 다시 고개를 들었다.

그 시선 끝에서는, 옛 아내가 지루하다는 듯이 턱을 괴고 있었다.

"다시 저를 이끌어주십시오."

그는 매달리듯이 말했다.

"다음은 무얼 하면 좋겠습니까?"

그 한마디에 옛 아내의 입꼬리가 살며시 올라갔다.

성실한 정치가가 그곳에는 분명히, 있었다.

그러나 그 성실함이 처음부터 나라를 향해 있지 않았다는 사실을 아는 자는 없었다. 그것이 누구를 향해 있는지를 이 나라 사람들은 아무도 몰랐다.

지금까지도.

앞으로도.

마법사 중에서도 최고위를 의미하는 칭호가 마녀이기는 합니다만, 마녀가 무슨 일이든 전부 척척 해낼 수 있는 특별한 인간을 의미한다고 믿고 있는 사람을 보면 저는 어찌해도 고개를 갸우뚱거리고 맙니다.

　마녀란 완벽하지 않습니다. 실수도 합니다. 불가능한 일도 있습니다.

　예를 들자면, 당연하게도 죽은 사람을 되살리는 일은 할 수 없습니다. 그리고 온 세상의 시간을 멈추는 것도 불가능하며, 날씨를 자유자재로 바꾸거나 하는 것도…… 아니, 할 수 있는 마녀도 있을지 모르겠습니다만 저에게는 불가능합니다. 할 수 있었다면 비 오는 날에 틀어박혀 있거나 하지 않았을 겁니다.

　그리고 불로불사가 되거나 하는 것도 불가능합니다. 살아 있으면서 죽는 것도 못 합니다. 깨어 있으면서 자는 것도 못 합니다. 그것 외에도 이것저것 있습니다만, 요컨대 온갖 것들이 불가능합니다. 할 수 있는 일을 열거하는 것보다도 아마도 할 수 없는 일을 늘어놓는 편이 쉬울 정도로, 불가능한 일은 다방면에 걸쳐 있다고 말할 수 있을 테지요.

　뭐, 딱히 그런 것들을 할 수 없어도 별로 곤란한 일은 없고, 할 수 있다고 해도 "아, 그렇군요. 흐응" 하고 하품을 해버리고 말 정도로 별것 아닌 일입니다만.

　그러나.

만약, 만약에, 어떤 병이라도 고칠 수 있는 마녀가 있다고 한다면 어떨까요?

마녀쯤 되면 대개의 사람은 부상을 치료할 수 있는 마법을 다루거나 합니다만, 어떤 병이라도 고칠 수 있는 마녀라고 하는 자는, 오랜 여행 동안 단 한 번도 본 적도 들은 적도 없었습니다.

그런 사람이 있다면 멋지겠네요.

부디 꼭, 이 깊은 병으로 누워 있는 저에게 와주었으면 좋겠습니다. 형편 좋게 나타나 저를 고쳐주거나 하지 않을까요?

"⋯⋯쿨럭."

그렇지 않으면, 어쩌면 저는 죽어버릴지도 모릅니다.

저는 지금, 그야말로 죽음의 문턱에 서 있었습니다. 생사가 오가는 큰 병에 걸려 있습니다.

이렇게 독백을 하고 있는 지금도 올려다보는 천장은 들쑥날쑥 일그러져 있고, 머리가 빙글빙글 돌 정도로 열이 오르고 있다는 것을 알 수 있었습니다. 시간이 너무너무 느리게 흘러가는 것 같은 느낌입니다. 시계의 초침이 저렇게 느리게 가는 것이던가요⋯⋯?

"괜찮으신가요? 일레이나 님."

침대 옆에서 저를 걱정하는 듯한 부드러운 목소리가 들려왔습니다. 머리를 들자 저와 같은 얼굴을 한 여성이 저를 내려다보고 있었습니다.

저는 고개를 저으려 했습니다만, 너무나도 나른해서 그럴 수 없었습니다. 할 수 없이 입을 열고, 한숨 가득한 목소리로 답했습니다.

"······괜찮지 않아요······ 죽을 것 같아요······."

그나저나, 잠시 다른 이야기가 되겠습니다만.

불운하게도 제가 앓게 되어버린, 목숨이 오가는 중대한 병이
란.

그것은 무엇인가.

그렇습니다. 감기입니다.

●

"아니 아니, 고작 감기 정도로 무슨 말씀이신가요?"

힘없이 침대에 누워 천장을 올려다보는 일레이나 님을 저는 내
려다보았습니다.

그녀와 언제나 행동을 함께하고 있는 빗자루인 저인지라, 그녀
가 이리된 이유도 알고 있습니다. 한겨울인데도 불구하고 "어쩐
지 오늘은 시원한 바람을 쐬고 싶은 기분이에요"라며 우쭐한 얼
굴을 하고서 창문을 활짝 열고 잠든 것이 나빴던 것입니다. 일레
이나 님은 아주 드물게 어찌할 도리도 없는 바보로 추락하곤 합
니다.

"우으······ 저는 분명 이 나라 특유의 성가신 감기에 걸려버린
거예요······ 분명 이제 곧 죽을 거예요······ 웬만한 방법으로는 나
을 것 같지 않아요······ 죽을 것 같아요······."

감기에 걸려 신체적으로 쇠약해진 나의 주인은 정신면에 있어

서도 취약함이 늘어난 모양이었습니다. 혹은 평소부터 이런저런 생각을 하면서 살아가는 폐해인 것일까요? 지금의 그녀는 나약함이 전면에 드러나 있다고 말할 수 있겠습니다.

"괜찮습니다. 일레이나 님. 분명 금방 편해질 겁니다."

"그러네요…… 그게 이대로 죽을 테니까요……."

"아닙니다그런의미가아니에요."

"네……? 안락사……인가요……?"

"그런의미도아닙니다."

온순해진 것을 뛰어넘어 이제 비굴해졌습니다.

감기 정도로 죽일 리가 없는데 말입니다.

그나저나 제가 이렇게 일레이나 님과 대화를 할 수 있다는 것은 즉, 일레이나 님이 인간 모습이 되도록 제게 마법을 걸었다는 뜻이 됩니다만.

제 기억이 분명하다면 "우으…… 약을…… 약을 사다…… 주세요……"라고 띄엄띄엄 신음하면서 저를 불러냈을 터입니다만.

"…………저기, 저는 약을 사러 다녀오고 싶은데……."

"안 돼요."

지금의 그녀는 혹시 제가 아는 일레이나 님이 아닌 것일까요?

침대 옆에 앉은 제 치마를 잡고서 놓아주지를 않습니다. 일레이나 님의 몸 상태가 좋지 않은 탓에 제가 사람 모습이 되기까지 시간을 상당히 잡아먹는 바람에, 저에게 약을 사러 가게 하려던 일레이나 님에서 혼자가 되는 불안함에서 벗어나지 못하는 일레이나 님으로 변해버리고 마셨습니다.

제가 사람 모습이 되었을 때 일레이나 님은 바닥에 쓰러져 계셨고, 바로 침대로 옮겨드렸습니다.

"……가지 말아주세요……"라며, 약을 사러 가려고 하면 그녀는 바로 이렇게 그렁그렁한 눈동자로 바라보는 것입니다.

"알겠어요……? 저를 이대로 혼자 두면 죽을 거예요…… 혀를 물고 죽을 거예요…… 알겠어요?"

"그 전에 혀를 깨물 기력이 있으신 건가요?"

"이써효오."

"없군요."

"이써효오."

"없군요. 어디를 어떻게 봐도 없군요."

"가지 말아주세요."

쳇바퀴 돌기였습니다.

"하지만 가지 않으면 일레이나 님의 병세는 좋아지지 않습니다."

저는 마음을 독하게 먹고 일레이나 님을 떨쳐내고 자리에서 일어났습니다.

"앗……."

그때의 일레이나 님의 표정으로 말할 것 같으면, 그것은 마치 길가에 버려진 강아지 같은 슬픔을 담은 표정이었습니다. 정말이지 필설로는 다 표현하기 어려울 만큼 몹시 연약하고 당장에라도 울음을 터뜨릴 것 같은 그 얼굴에 저는 약간 마음이 아팠습니다. 의외로 찌잉 하고 왔던 것도 여기에 덧붙여 써두겠습니다.

"……그럼 적어도 일레이나 님이 잠들 때까지 옆에서 책을 읽어드리겠습니다. 그러면 어떻겠습니까?"

일레이나 님을 치료하기 위한 약을 사고 싶은 저와 혼자 있고 싶지 않은 일레이나 님 사이에서 나온 절충안입니다.

저의 그 제안에 일레이나 님은 아주 조금 안심한 표정을 지었습니다.

"그거라면…… 알았어요…… 그럼, 제가 깨기 전에, 돌아와 줘야 해요……?"

"…………."

뭘까요……? 지켜주고 싶은 마음과 괴롭히고 싶은 마음을 동시에 간질이는 이 감각은…….

어흠 하고 헛기침을 해서 느닷없이 제 안에 나타난 삐뚤어진 감정을 쫓아내고, 일레이나 님의 침대에 앉았습니다.

그리고 펼친 책은, 일레이나 님이 가지고 다니는 『니케의 모험담』이었습니다. 이 책이라면 몇 번이고 반복해 읽었으니, 질려서 금세 잠드실 터.

"그러니까…… 옛날옛날, 어느 곳에 마녀가——."

"쿠울."

잠들었습니다.

시작한 지 5초 만에 일레이나 님은 잠이 들었습니다.

"…………."

무어라 말할 수 없는 기분에 감싸인 채로 제가 방을 나섰다는 것은 말할 필요도 없는 일이라고 생각합니다.

©Azure

●

　일레이나 님이 이 나라를 방문한 것은 지금으로부터 며칠 전이
었다고 기억하고 있습니다만, 아무래도 거리에는 그 무렵부터 병
이 만연해 있는 모양이었습니다.

　흐린 하늘 아래. 마을은 어두침침하게 그늘져 있었고, 길을 걷
는 사람들은 누구 한 사람 할 것 없이 몸에서 생기가 빠져나간 듯
힘없이, 마치 살아 있는 시체처럼 걷고 있었습니다.

　스쳐 지나가는 목소리보다도 기침과 재채기 소리 쪽이 많을 정
도였습니다. 모두의 몸 상태가 좋지 않다 보니 저도 자연스레 몸 상
태가 안 좋아지는 듯한 기분이 들었습니다. 기분이 들었을 뿐입니
다만. 애초에 저는 물건이니까 감기 같은 것과는 인연이 없습니다.

　"저기…… 우선 약국을 찾으면 되는 걸까요……?"

　저는 마을 안을 돌아다녔습니다.

　적당히 걷다 보면 어느 틈엔가 도착하겠지 하는, 주인을 그대
로 따른 방법으로 되는 대로 길을 나아갔습니다.

　그리고 약국은 의외로 우리가 묵고 있는 숙소 가까이에 있었습
니다. 이 정도 거리라면 일레이나 님이 직접 와도 되는 게 아니었
을까요?

　그런 생각이 들 만큼 가까웠습니다.

　그러나.

　"어이, 어떻게 된 거야!" "어서 약을 내놔! 이 자식아!" "우리 아

이가 병으로 고생하고 있어! 어서 어떻게든 해줘!" "약사인 네가 약을 안 만들면 누가 만들라는 거야!" "얼른 나와!"

가게 앞에는 인파가 생겨 있었습니다.

유행하는 병이 만연하면서 생긴 행렬── 같은 것이 아니라, 가게를 둘러싸듯이 무리 지어 있는 사람들에게서는 노성이 날아다녔고, 야유의 폭풍이 일고 있었습니다.

이것은 대체 어찌 된 일일까요?

"헷헷헷…… 엄청난 사태가 되어버렸어."

인파를 옆에서 바라보고 있으려니 상황을 다 안다는 표정을 한 노파가 갑자기 제 곁에 나타났습니다.

"이런 이런" 하고 어깨를 으쓱이면서 노파는 "이 나라에는 말이지…… 지금, 유행병이 만연하고 있어"라고 말을 이었습니다.

"아, 네……."

그렇죠.

"그래서, 이 가게 주인인 여자가 유행병의 특효약을 언제나 만들어줬거든? 그런데 최근 들어 약을 만들지 않게 되었어."

"그런가요……."

뭐, 어렴풋이 그런 게 아닐까 싶었습니다만…….

"그 탓에 이 나라는 지금 엉망진창이야. 병에 걸렸어도 고쳐줄 사람이 없으니까. 덕분에 약국 앞에서 이런 소동이 벌어지게 된 게지. 큰일이야. 헷헷헷……."

"…………."

그리고 노파는 보면 알 수 있는 일을 그저 설명하고 돌아갔습니다. 저 노파는…… 뭘 하고 싶었던 것일까요?

애초에 어찌 생각해도 이 약국 앞에 있는 분들은 불만을 늘어놓을 만큼 기운이 남아도는 모양이니, 약 같은 걸 먹지 않아도 자면 낫지 않을까 싶습니다만.

아무튼, 이러한 성가신 상황 속에서는 일단 약은 분명 구할 수 없을 테지요.

곤란하군요. 인파가 생겨 있는 것을 보건대, 아마도 일레이나 님이 앓고 있는 병을 낫게 할 약을 만들 수 있는 것은 이 가게의 주인뿐일 테니까요.

………….

아니 아니, 어라라?

이건 바꿔 말하자면, 이 가게 주인에게 약만 만들게 할 수 있으면 일레이나 님은 건강한 모습으로 돌아간다는 뜻이기도 한 거 아닐까요?

그럼 당장 약국 주인장을 만나러 가보기로 할까요.

"틀어박혀 있지 말고 기어 나오라고!" "그래! 맞아!" "약을 팔아!"

인파를 뚫고 나온 저는 몰래 가게 뒤편으로 돌아들었습니다.

그게, 저는 물건인지라 사람은 알 수 없는 것을 알 수 있습니다.

예를 들면 가게 뒤쪽에 출입구가 따로 있다는 것이라든가.

"……있다."

그리고 실제로 있었습니다.

『후후후…… 아무래도 들켜버린 모양이에요.』

뒤쪽 문이 요염한 분위기를 풍기면서 서 있었습니다.

『하지만 나를 억지로 열 수 있을까? 내 열쇠 구멍은 아주 고집이 세거든?』

뭔가 잘 모르겠지만 미묘하게 도발적인 태도를 보이고 계신 것에 왠지 화가 났습니다.

저는 문이 하는 말씀을 무시하면서 주변에서 철사를 조달했습니다.

그리고 열쇠 구멍에 가져다 댔습니다.

그게, 저는 물건인지라 열쇠를 따는 것도 간단합니다.

『훗……. 내 수비는 단단하거든? 나는 생애 하나의 열쇠에게만 지조를 바쳐왔어! 그리 간단히 열릴성싶』 찰칵찰칵.

『안 돼애애! 철사로 열려버려!』

간단히 열었습니다. 바로 열었습니다. 이 얼마나 가드가 무른 열쇠 구멍인지요.

『자, 잠깐! 너…… 나를 어떻게 할 셈이지?』

열었습니다.

『아아…… 그런……. 그만둬 주셔요…… 부끄럽사와요…….』

닫았습니다.

『고마워요!』

성가신 문을 지난 앞에는 어두컴컴한 방이 펼쳐져 있었습니다.

들어간 순간 느낀 것은 약국 특유의 약품 냄새였습니다. 코를 찌르는 듯한 냄새가 가득해서 자연스레 미간에 주름이 잡히고 말

앉습니다.

그곳은 매우 어질러진 방이었고, 또한 온갖 물건이 슬퍼하며 울고 있는 방이기도 했습니다. 바닥에 흩어진 종잇조각들. 조제 도중에 내던져졌을 터인 병. 폐기된 재료들. 앤티크 느낌의 가구가 최소한으로 놓여 있었습니다만, 그 가구들 전부에 그러한 물건들이 뒤덮여 있는 탓에 마치 쓰레기 집처럼 보였습니다.

그 방 안을 날아다니는 것은 물건들의 아비규환 폭풍. 버려진 것을 한탄하며 슬퍼하거나, 싫은 소리를 내뱉거나 하면서 그들과 그녀들은 방 한가운데에 웅크려 있는 집주인을 욕하고 계셨습니다.

『어이! 버리지 마!』『잠깐! 바닥에 굴러다니고 있잖아!』『좀 더 조심스럽게 다루라고 이 글러먹은 인간아!』등등, 마치 밖에 있는 사람들처럼.

"…………."

물론, 이 집 주인에게 그들의 말은 닿지 않습니다. 물건이니까요.

"후후후…… 이제 끝이에요……."

아니, 어쩌면 닿고 있는 것인지도 모르겠습니다. 집주인은 흰 가운을 입은 금발 여성이었습니다. 평소에는 매우 아름다운 분일 듯했습니다만—— 눈동자가 공허했고, 얼굴은 창백했습니다. 생기가 전혀 느껴지지 않았습니다.

"못 해먹겠어…… 전부 다 이제 어찌 되든 상관없어……."

그녀는 이 세상이 끝난 것처럼 중얼거렸습니다.

『어이, 희망을 버리지 마!』『잠깐! 기운 내라고!』『좀 더 자신을 소중히 여기라고 글러먹은 인간아!』

어쩐지 물건들이 응원을 하고 있습니다. 물론 목소리는 닿지 않겠지만.

"저기…… 괜찮으신가요……?"

저는 그녀 앞에서 무릎을 꿇었습니다. 왠지 눈앞의 여성이 가엾게 여겨졌던 것입니다.

고개를 든 그녀는 갑자기 방 안에 침입한 저를 보고도 그다지 놀라지 않고 "아…… 안녕하세요……" 하고 인사했습니다. 그리고.

"저를 죽여주실래요……?"

그런 엉뚱하기 그지없는 말을 꺼낸지라 너무나도 곤란했습니다. 무슨 말씀입니까?

"대체 무슨 일이 있었던 건가요……?"

"이제 저는 틀렸어요! 약 같은 거 못 만들겠어요! 어디 해 먹겠냐고 젠장!"

그녀는 그대로 벌렁 드러누워 울기 시작했습니다. 자포자기한 모양새입니다.

"저기…… 당신이 약을 만들지 않아서 곤란해하는 사람이 아주 많은 모양이던데요."

"내 알 바야?! 멍청아! 나도 병에 걸렸다고! 더는 약 같은 걸 만들고 있을 여유가 없다고!"

"어머나, 병에 걸리셨나요?"

119

그건 큰일이네요.

"무슨 병을 앓고 계신 건가요?"

그러자 그녀는,

"상사병!"

"응?"

"상! 사! 병!"

과연, 건강하시다는 거로군요.

이름도 모르는 약사 씨는 기막혀하는 저를 무시하고 중얼중얼 사정을 멋대로 이야기하기 시작했습니다.

"실은 최근에 친해진 남성이 있어요. 나도 그 사람이 싫지 않다고 생각했달까, 솔직히 좀 좋아하고 그랬는데…… 얼마 전에, 그 남성에게 목걸이를 받았어요. 목걸이. 보석이 장식된 목걸이로 아주 예뻤는데, 그거, 알아봤더니, 보석의 의미가 『우정』을 나타내는 보석이더라고요? 그러니까 즉, 이런 거예요. 『너와는 친구로 있고 싶으니까 딱히 너와 사귈 마음은 물론이고 결혼할 마음은 털끝만큼도 없지만 앞으로 육체적인 관계만은 쌓아가자고!』라는 뜻이었던 거죠! 이런 잔혹한 배신이 있나요? 아니, 없어! 제기랄!"

"……네에."

그녀는 목걸이를 내던지며 울었습니다. 그러나 몇 초 후에 "아앗…… 하지만 싫어지지가 않아! 좋아!"라며 목걸이를 주우러 가버리니, 정서가 매우 불안정합니다.

그러나 아무래도 그녀의 이 상사병을 어떻게든 하지 않는 한은 약을 지어주지 않을 테지요.

그렇지 않으면 저도 밖의 사람들 속에 섞여서 그녀에게 불만을 내뱉게 될 것만 같은 기분이 듭니다.

그래서는 일레이나 님이 원래대로 돌아오지 못합니다. 곤란합니다. 어떻게 해서든 이 약사 씨에게는 약을 만들게 해야만 합니다.

"저기, 관계없는 질문입니다만."

"뭐야!"

"……그 상사병이 해소되면, 당신은 약을 만들어주실 겁니까?"

"물론! 뭐, 무리일 테지만! 흥!"

이제 다 싫어! 라며 그녀는 부루퉁해져서 뒹굴었습니다.

이제 다 싫어! 라고 외치고 싶은 것은 오히려 이쪽입니다만, 뭐 됐습니다.

제가 하지 않으면 낫지 않을 테니, 하는 수 없습니다.

"그럼 제가 당신의 고민을 해결해드리도록 하지요——."

저는 그녀의 어깨에 손을 올리며 한마디의 말을 덧붙였습니다.

"그런데, 병은 마음먹기에 달렸다는 말을 아십니까?"

"뭐? 갑자기 뭐야?"

"아뇨, 왠지 모르게 괜찮은 말을 한 기분이 되어보고 싶었을 뿐입니다."

우선 지금은 그녀가 마음에 둔 사람이라는 남성을 찾는 것부터 시작해야만 하겠군요.

●

　그녀에게 목걸이를 빌린 다음 저는 그녀의 집을 나왔습니다.

　향한 곳은 그녀가 마음에 둔 남성의 거주지입니다.

　"여기에서 어디로 가면 남성의 집에 도착하나요?"

　저는 목걸이를 손에 걸어 들고 있었습니다.

　저는 물건인지라, 당연하게도 목걸이와도 말을 나눌 수가 있습니다.

　『이 길을 세 블록 나아간 곳에서 오른쪽으로 꺾으면 남성의 집입니다아.』

　"그건 진실입니까?"

　『진실입니다아.』

　참으로 참고서 같은 답이 돌아왔습니다. 목걸이의 말에 따라 세 블록 앞에서 돌아들자, 분명 남성의 집이 있었습니다. 아니, 저는 애초에 남성의 집이 어디에 있는지 몰랐으니, 당연히 목걸이가 『여기입니다』 하고 가르쳐준 집이 있었을 뿐입니다만. 아, 틀렸습니다. 『여기입니다아』 하고 가르쳐주었습니다.

　그곳은 무엇 하나 특별할 것 없는 매우 흔한 민가였습니다. 그러나 목걸이가 말하는 것이니 여기가 남성의 집이 틀림없을 테지요.

　"실례합니다."

　저는 초인종을 울렸습니다.

　기다렸습니다.

그러나 반응이 없습니다.

"실례합니다."

이번에는 문을 두드렸습니다.

반응은 없습니다.

시간도 없습니다.

어쩔 수 없습니다.

『기, 기다려……! 그걸 내 안에 넣어서 어떻게 할 셈.』

찰각찰각.

『아, 안 돼애! 철사로 이상해져!』

열렸습니다.

들어갔습니다.

"……후후후…… 이제 나는…… 틀렸어……."

문 너머에 있는 한 방에 남성이 웅크리고 있었습니다. 생기를 잃은 공허한 눈동자로 벽의 한 점을 빤히 바라보며 "아아…… 나도 벽의 얼룩이 되고 싶어……" 하고 인생을 반쯤 포기하고 있었습니다.

어머나.

대체 무슨 일이 있었던 것일까요?

"실연당했어…… 나……."

문을 따고 들이닥친 저를 보고도 놀라지도 경계하지도 않고 자기 자신의 신상을 멋대로 이야기하기 시작한 그는 아마도 더할나위 없이 지쳐 있는 것이리라 생각합니다. 자세히 보니 눈 아래에 다크서클이 있습니다. 분명 밤에도 잠들지 못할 만큼 무언가에 지쳐 계신 것일 테죠.

"그래…… 혹시 우리 집 물건을 훔치러 온 건가? ……멋대로 가져가…… 이제 나는 전부 다 어찌 되든 상관없으니까……."

아니, 무엇이 원인인지는 어렴풋이 알 수 있었습니다만.

남성은 생기가 빠져나가는 듯한 한숨을 내쉬었습니다.

"실은 말이지…… 얼마 전에, 살짝 관심이 갔던 여자아이한테 목걸이를 줬거든…… 그랬더니 말이지, 그 이후로 여자아이는 집에 틀어박히게 되어버렸어…… 지금까지는 약을 만들었는데…… 만들지 못하게 되어버렸어…… 그렇겠지…… 나 같은 기분 나쁜 녀석한테 목걸이 같은 걸 받으면 기분 더럽겠지……."

남성은 당장에라도 죽을 것 같은 분위기로 넘쳐나고 있었습니다.

"저기…… 괜찮으신가요……?"

아마 제가 진짜 빈집털이라고 해도 그의 안위를 걱정하리라 생각될 만큼 그는 너무나도 초췌했습니다.

"이제 틀렸어……."

"저기, 기운 내세요…… 당신, 그럭저럭 괜찮은 외모시네요?"

툭, 그의 어깨에 손을 올렸습니다.

"그만둬! 상냥하게 대하지 마! 눈물 날 것 같잖아! 좋아하게 되어버리잖아!"

"아, 괜찮은 외모라는 것은 객관적으로 본 것입니다만? 저는 딱히 당신에게 두근거리거나 하지는 않으니 언짢게 생각 마시길."

"……너무한 거 아냐?"

"평범한 겁니다."

"…………."

"그런데, 여성에게 건넸다고 하는 목걸이는 이겁니까?"

저는 목걸이를 들어 보였습니다.

"그, 그건……!"

남성의 눈빛이 달라졌습니다.

"어째서 네가 갖고 있는 거지……? 아아…… 그렇군…… 그녀는, 그걸 버렸구나…… 내가 기분 나빠서……."

이 얼마나 성가신 남자인지요.

"아닙니다. 당신에게 이야기할 것이 있어서 잠시 빌려 왔습니다."

저는 그리고, 말했습니다.

"이 목걸이── 이게 뜻하는 의미를 당신은 알고 계십니까?"

"…………?"

그는 눈썹을 모으며 고개를 갸우뚱했습니다.

"의미라고……? 아니, 그것 그냥 예뻐서 샀을 뿐인데……."

"…………."

그는 이 보석에『우정』이라고 하는 의미가 담겨 있다는 것을 전혀 몰랐다고 합니다.

그렇게 된 것이었습니다.

아니, 저는 물론 처음 시점에서 이미 눈치채고 있었습니다만.

『이 남성은 "이거, 그녀한테 어울리려나" 같은 말을 하면서 저를 찾았습니다아.』

125

그렇게 목걸이가 말씀하셨기 때문입니다.

처음 시점부터 저에게는 이 결말이 보였다고 말해도 별다른 지장은 없을 테지요.

즉, 요컨대 이러한 것입니다.

두 사람은 틀림없이 서로를 사랑한다.

단순하게, 상대를 생각하는 마음이 너무 커서 엇나가버렸을 뿐.

그리고 병은 마음먹기에 달렸다, 라는 것입니다.

●

"그런고로, 여기. 어서 드세요."

"약 싫어요. 가루 형태의 약 정말 싫어요."

제가 내민 약을 보고 고개를 돌리는 일레이나 님.

어린애입니까? 당신은 어린애입니까?

"투정 부리지 마세요. 이걸 먹지 않으면 낫지 않습니다."

"싫거든요."

"그럼 언제까지고 아픈 채여도 괜찮은 겁니까?"

"싫거든요!"

"그럼 어서 드세요."

"싫어요!"

바들바들 떨면서 고개를 돌리는 일레이나 님.

약을 사 오라고 해서 사 왔더니 사 온 걸 거절하다니 대체 뭡니까 진짜. 아니, 면역력이 약해지면 당신은 딴사람이 되는 겁니까? 그런 겁니까?

그 후로 저희는 "드세요" "싫거든요" 같은 별 볼 일 없는 공방을 반복한 후, "윾! 우윾!" 하고 싫어하는 일레이나 님에게 결국 억지로 약을 드시게 했습니다.

"우에에에에⋯⋯."

일레이나 님은 울었습니다.

이런 나약한 일레이나 님은 보고 싶지 않았다며 저도 울었습니다. 그러면서 일레이나 님의 그 모습을 망막에 새겨넣기는 했습니다.

"일레이나 님. 그런데 저는 이제 곧 원래 모습으로 돌아가게 됩니다만——."

"싫어요가지말아주세요."

"⋯⋯그럼 또 책을 읽어드릴 테니⋯⋯ 그걸로 참아주시겠어요?"

"알았습——쿠울."

"옛날 옛날, 어느 곳—— 에엑⋯⋯ 빨라⋯⋯."

무엇이 어찌 되었든, 이리하여 저의 모험은 막을 내렸습니다.

그 후로 잠시 잠든 일레이나 님의 머리카락을 쓰다듬거나 하는 잘못을 저지르기도 했습니다만, 이것은 뭐, 일레이나 님을 위해 일한 보수로서 합당한 것일 테지요.

그러니 아마도 일레이나 님이 건강해져 평소의 일레이나 님이 되어 눈을 떴을 때, 이 일기를 읽는다고 해도 아마 웃으며 용서해주리라고 생각합니다.

○

눈을 떴을 때는 열이 싹 내려간 상태였고, 덕분에 머리도 맑아졌습니다.

저는 열이 나면 아무래도 평소와는 정반대의 성격이 되어버리는 모양인지, 빗자루 씨에게 상당한 민폐를 끼쳤는가 봅니다.

임무를 마치고 옆에 오도카니, 침대 옆에 기대어진 빗자루는 마치 제 잠든 얼굴을 지켜보다 그대로 잠들어버린 것처럼 보였습니다.

그 옆에는 일기장이 한 권 놓여 있었고, 제 것과 비슷한 글자로, 제가 잠든 사이에 일어난 일들이 차례대로 적혀 있었습니다.

…………

읽으면 또 열이 나버릴 것만 같은 기분이 들었습니다. 아아 나도 참 이런 한심한 모습을 보였군요…… 죽고 싶어…….

그런 한심한 제가 되었어도 결국 이러쿵저러쿵하면서도 저를 돌봐주는 빗자루 씨이기에, 제가 어찌할 도리도 없게 되었을 때, 언제나 도움을 청하고 있습니다. 어리광을 부리고 맙니다.

저는 침대에 기대진 빗자루를 들어 무릎 위에 올려놓았습니다.

그리고 빗자루의 비 부분을 쓰다듬었습니다. 뻣뻣하고 거칠거칠해서 털끝만큼도 기분이 좋지는 않았습니다.

"앞으로도 곤란할 때면 가차 없이 의지할 셈이니, 잘 부탁드려요?"

그 목소리는 방 안에 울려 퍼졌고, 조용히 사라져갔습니다.

제가 또 무슨 일을 저질러 당신에게 무언가를 부탁해야만 하게 되었을 때. 또 불러내 폐를 끼치게 될지도 모르지만——.

그때도, 부디 웃으며 용서해주세요.

숲을 사이에 두고 나란히 마주한 두 나라의 사람들은 서로를 가로막듯이 펼쳐진 그것을 미혹의 숲이라 부르며 몹시 싫어했습니다.

그런 연유로 웬만한 일이 없는 한은 지나가는 일이 없었고, 나라의 사이를 잇는 무역로도 숲을 피해 우회하고 있었습니다. 그러나 미혹의 숲을 지나가면 왕래를 하는 데 걸리는 시간을 상당히 단축할 수 있다는 것도 안타깝지만 사실인지라, 웬만한 일이란 즉 그러한 경우를 가리키는 것이었습니다.

사정이 없으면 들어가지 않는 숲. 미혹의 숲.

그 숲속에 마녀가 한 명 있었습니다.

검은 로브를 두르고 삼각 모자를 쓴 그녀는 마녀이기도 했습니다만 여행자이기도 했습니다.

그녀는 잿빛 머리카락을 나부끼면서 유리색 눈동자로 숲을 둘러보았습니다. 울창한 숲은 하늘에서 쏟아지는 빛을 아래까지 잘 닿지 않게 했고, 스쳐 지나가는 나무들의 줄기에는 이끼가 자라나 있었습니다. 걸음을 옮길 때마다 질척한 감촉을 느끼면서 그녀는 얼굴을 찡그렸습니다.

그나저나.

숲에 들어서기 전에 『뭐? 지름길? 절대 그만둬! 정말로 미아가 될 거라고!』라며 근처 나라의 병사가 일부러 말려주었건만 그 따뜻한 마음을 저버리고서 "괜찮다니까요. 저는 지금까지 몇 번이나 이런 숲을 경험해왔으니까요" 같은 알 수 없는 자신감으로 가득한 말을 내뱉고, 결국에는 그 말대로 되어버린 마녀는 대체 누구인가.

그렇습니다. 저입니다.

그렇습니다. 미아입니다.

"못 해먹겠네요."

이 숲을 걷기 시작한 지 이제 한 시간 정도. 줄곧 같은 경치 속을 빙글빙글 돌고 있는 듯한 착각에 휩싸였습니다.

걸어도 걸어도 숲 너머는 전혀 보이지 않았습니다. 저는 대체 앞으로 얼마나 더 걸으면 되는 걸까요? 그보다 지금 앞으로 나아가고 있기는 한 걸까요? 사실은 같은 곳을 빙글빙글 돌고 있는 게 아닐까요?

너무나도 지루한 광경이 이어지고 있고, 게다가 혼자라 불안해진 탓에 저는 완전히 이 숲이 지긋지긋하게 느껴졌습니다.

저는 그 후로도 얼마간 걸음을 계속 옮겼습니다만, 경치가 모습을 바꾸는 일은 전혀 없었습니다.

이윽고 제가 피로와 지루함과 함께 어느 정도의 초조함도 느끼기 시작했을 때.

드디어 경치가 다른 색을 보여주었습니다.

"…………."

제가 나아간 곳에 한 여성의 뒷모습이 보였습니다.

머리카락은 검정에 가까운 파랑. 어깨 아랫부분까지 부드럽게 자라 있었습니다. 입고 있는 옷은 머리카락보다도 까만 드레스. 긴

치맛자락에는 진흙 하나 묻어 있지 않고 깔끔 그 자체였습니다.

한 손에는 바구니를 들고 있었고, 그녀는 줄곧 웅크려 앉았다 일어났다 하며 무언가를 따고 있었습니다. 그렇게 보였습니다.

마치 가까운 숲에서 나물이라도 캐고 있는 것처럼 보였습니다. 질척하고 축축한 숲과 어울리지 않게 기분 좋은 듯 콧노래를 부르고 있는 것이 여유롭기 그지없었습니다.

혹시.

이 숲에 사는 사람인 것일까요—?

"저기."

저는 별생각 없이 그녀에게 말을 걸었습니다.

직후.

"꺄아아아!"

그녀는 엄청나게 깜짝 놀란 표정으로 이쪽을 바라보고 그대로 넘어졌습니다.

"으아, 으아아아으아아……!"

놀라서 허둥댄 탓에 그녀의 머리에 바구니가 씌워졌고, 안에서 버섯이 투두둑 떨어졌습니다. 과연, 버섯을 따고 있던 모양입니다. 버섯인가요…….

"누, 누구신가요?"

"아, 저는 여행자인 일레이나라고 합니다."

저는 그녀에게 손을 내밀었습니다.

"괜찮으신가요?"

그녀는 제 손을 보고 얼굴을 올려다보더니 이윽고 자신이 매우 한심한 상태가 되었다는 사실을 깨닫고, 다시 허둥대며 버섯을 바구니에 담은 다음 제 손을 잡았습니다.

"고맙습니다……."

휙, 제 손을 잡고 일어선 그녀. 가까이 다가오고서야 깨달았습니다만, 키는 저보다 조금 커 보였습니다.

"앗, 저는 유스티아라고 합니다. 일레이나 씨는 여기에 무슨 용건으로?"

"…………."

저는 눈을 피했습니다.

"실은, 이쪽 나라에서 저쪽 나라로 가는 지름길을 좀."

"앗. 그럼 미아인가요?"

통, 하고 손을 친 유스티아 씨.

"…………아뇨, 아뇨. 아닙니다미아일리가없지않습니까. 이쪽 나라에서 저쪽 나라로 가기 위한 지름길로서 이 숲을 지나가고 있을 뿐입니다."

"네? 하지만, 여기, 꽤 깊숙한 곳인데요? 여기를 지나가는 시점에서 숲 주변에 있는 우회 루트보다 멀리 돌아온 게 되는데요."

"…………."

"미아인가요?"

"……미아입니다만, 불만이신가요?"

증거를 들이대진 끝에 부루퉁해진 제가 있었습니다.

그러나 유스티아 씨는 저의 그런 표정 따위는 신경도 쓰지 않고 다시 손을 통, 하고 쳤습니다.

©Azure

"그렇다면 길 안내라도 해드릴까요? 이 숲은 꽤 복잡해서, 혼자 나가려면 고생깨나 해야 하거든요."

울창한 숲과 어울리지 않는 느긋한 분위기를 띤 여성이었습니다.

"그건…… 고맙습니다…… 네."

그렇게 자신의 실태를 떨떠름하게 인정하면서 고개를 끄덕인 직후였습니다.

꼬르르륵 하고 무언가가 울렸습니다. 무언가 정체를 알 수 없는 짐승의 울음소리인가 싶어 주변을 둘러보았습니다만, 그 소리는 아무리 생각해도 제 배 부근에서 나고 있었습니다. 즉, 제가 배에 짐승을 키우고 있다는 것입니까? 그런 말도 안 되는.

경악하는 저를 보며 유스티아 씨는 쓴웃음으로 답했습니다.

"길 안내 전에, 식사를 할까요?"

그녀가 사는 집으로 향하는 길에 이런저런 이야기를 나누었습니다.

유스티아 씨는 아무래도 일부러 사람이 들어오지 않는 이 숲속에서 살고 있는 모양이었습니다. 저로서는 너무나도 생활하기 어려운 곳으로 보였습니다만, 그녀는 "살다 보면 익숙해져요"라고 말했습니다. 버섯투성이인데 어떻게 익숙해진다는 말입니까?

그녀의 집은 버섯을 따던 곳에서 그리 멀지 않았고, 몇 분 정도만에 도착했습니다. 복잡한 숲속, 나무들이 피해 간 것처럼 탁 트인 곳에 그녀의 집이 있었습니다.

지붕과 벽과 입구에 이르기까지 모든 것이 나무로 되어 있었고, 숲의 분위기 속에 잘 녹아들었습니다. 울창한 숲과 달리 햇볕을 듬뿍 받고 있는 것을 제외하면 그야말로 숲과 일체화해 있었습니다.

집 바로 옆에는 빨래가 널려 있었습니다. 생활감이 느껴집니다.

집 옆에는 누군가의 묘가 있었습니다. 이름은 보이지 않습니다. 다만 봉긋하게 솟아오른 흙이 새로운 것을 보면, 땅에 묻힌 누군가가 돌아가신 것은 그리 옛날 일이 아닌 모양입니다.

뜰 근처에서 남성이 장작을 패고 있었습니다. 휘익 탁, 휘익 탁, 기세 좋게 도끼를 휘둘러 내리는 모습은 상쾌해 보이기까지 했습니다.

남성은 이내 우리를 눈치채고 이쪽을 돌아보았습니다.

"아아. 유스티아, 어서 와. ……그쪽에 계신 분은?"

산뜻한 청년이었습니다. 나이는 20대 중반 정도일까요? 그는 저를 바라보며 고개를 갸웃거렸습니다.

유스티아 씨는 총총 남성을 향해 달려갔습니다.

"다녀왔습니다! 주인님."

그리고 그에게 안겼습니다.

"저쪽은 일레이나 씨. 미아인 마녀님이에요."

실로 불명예스러운 소개입니다.

그러나 그 한마디로 저에 관한 설명이 끝나 버리는 것도 사실이라, 그는 "아아" 하고 납득한 듯 고개를 끄덕였습니다.

"……뭐, 이 숲은 꽤 헤매기 쉬우니까. 여기로 데려왔다는 건, 식사를 대접할 셈인 거지? 유스티아, 준비해주겠어?"

그는 유스티아 씨에게 집으로 들어가자고 했습니다.

그리고 그는 저를 향해 말했습니다.

"밥이 다 되려면 시간이 좀 걸릴 거야. 괜찮다면 거실에서 너에 관해 들려주지 않겠어? ──보시다시피 우리는 다른 사람과 만날 일이 좀처럼 없거든."

저는 말 없이 고개를 끄덕였습니다.

"고마워…… 아, 인사가 늦었네. 내 이름은 줄리오. 잘 부탁해, 길 잃은 마녀님."

"일레이나입니다."

실로 불명예스러운 호칭입니다.

"──호오. 그래서 미아가 된 거구나. 너는 혹시 여행자인 것치고는 덤벙대는 편인 건가?"

"실례로군요. 이번에는 어쩌다 보니 그렇게 된 겁니다."

난로에 불이 지펴진 거실에는 따뜻한 공기가 흐르고 있었습니다. 주방에서 열심히 요리를 하는 유스티아 씨와 제 상대를 해주는 줄리오 씨.

어쩐지 행복한 부부가 사는 집에서 방해를 하고 있는 듯한 기분이 들었습니다.

아마도 두 사람은 그런 관계가 아닐 테지만 말이지요.

유스티아 씨는 줄리오 씨를 **주인님**이라고 불렀으니까요.

"당신들은 어째서 이런 숲속에서 살고 계신 건가요?"

제가 고개를 갸우뚱하자 그는 "아아" 하고 별것 아니라는 듯이 태연하게 고개를 끄덕였습니다. 그리고.

"우리는 여기서 사는 편이 좋으니까."

그렇게 답했습니다.

"어째서죠?"

"이 숲은 사람을 헤매게 하는 미혹의 숲이라고 불리잖아? 주변 사람들은 웬만한 사정이 없는 한은 들어오지 않고, 외지인이 들어가려고 하면 막지. 미아가 되니까."

"……그러네요."

시선을 피했습니다.

『뭐? 지름길? 진짜 그만둬! 정말로 미아가 될 거야!』라며 진심으로 말리려 했던 병사분의 얼굴이 뇌리를 스쳐 지나갔습니다.

"우리는 은거하고 있어. 그다지 다른 사람들과 만나지 않는 편이 좋아."

"……저도 타인일 텐데요."

"너는 유스티아가 데려온 아이니까 예외려나?"

그는 말했습니다.

"게다가, 우리도 가끔은 다른 사람과 대화하고 싶은 기분이 들기도 해."

모순되지 않나요? 그렇게 묻고 싶은 마음은 들지 않았습니다.

그보다도 신경 쓰이는 점이 있었기 때문입니다.

"……사람과 만나지 않는 이유는, 혹시 뒤뜰의 묘와 관계가 있는 건가요?"

저는 테이블 아래에서 몰래 지팡이를 꺼낼 준비에 들어갔습니다.

말투에 희미하게 담긴 경계심을 그도 바로 눈치챈 모양이었습니다. 그는 웃으면서 답했습니다.

"혹시 우리가 이 집에 살던 사람을 죽이고 살고 있다, 라고 생각하는 거야?"

"…………."

"아니야. 그건 아냐. 안심해. 뒤쪽에 있는 묘에는 분명 사람이 묻혀 있지만——."

그는, 그리고 말했습니다.

내뱉듯이.

혹은, 무언가를 참회하듯이.

"그건 말이지, 악인의 묘야."

○

그리고 그가 들려준 것은, 유스티아 씨의 옛이야기였습니다.

오래전—— 유스티아 씨가 아직 어렸을 때, 그녀는 노예로 팔려 갔다고 합니다.

어째서 노예가 되었는지는 모릅니다. 그러나 원해서 그리된 것은 아니라고 합니다. 그녀가 기억하고 있는 가장 오래된 기억은 어렴풋한 풍경 속에서 그녀를 다정하게 쓰다듬는 엄마의 모습이었기 때문입니다.

어떤 사정이 있어 유스티아 씨는 부모와 떨어졌고, 노예가 되어버렸던 것일 테지요.

처음에 그녀가 팔려 간 것은 다섯 살이 되었을 무렵. 벼락부자인 남자가 그녀의 외모를 마음에 들어 해서 그녀를 사 갔습니다. 그러나 고작 반년 만에 그녀는 다시 가게로 돌아왔습니다. 상인이 변사했던 것입니다.

다음으로 그녀를 사 간 것은 귀족 남자였습니다. 그는 메이드로 쓰기 위해 그녀를 샀습니다. 그곳에서는 몇 년 동안 지냈다고 합니다만, 유스티아 씨를 매우 마음에 들어 했던 귀족의 아들이 변사하면서 그녀는 다시 가게로 돌아오게 되었습니다.

그 후로도 그녀는 부잣집을 몇 번인가 전전했습니다만, 어째선지 그녀를 사 간 곳에서는 매번 누군가가 변사했습니다. 그것은 그녀를 산 당사자이거나, 혹은 그 아들이거나, 혹은 거래처의 인간이거나, 전부 제각각이었습니다만, 결국 그녀는 노예상에게로 돌려보내지곤 했다고 합니다.

마치 그렇게 되는 저주에라도 걸린 것처럼.

이윽고 그녀는 사신이라며 두려움을 사게 되었습니다. 그녀를 사 가려고 하는 사람은 없었습니다.

그녀가 열다섯 살 생일을 맞이했을 무렵, 한 청년이 그녀에게 한눈에 반해 그녀를 샀습니다.

그것이 줄리오 씨였습니다.

그는 그녀를 처음 본 순간 진심으로 반하고 말았습니다. 이렇게나 아름다운데, 대체 어째서 팔리지 않은 것일까? 의아하게 여기면서도 그는 그녀를 집으로 데리고 왔습니다.

본래 줄리오 씨가 그녀를 산 이유는── 외모가 너무나도 마음에 들었기 때문이었으나, 그다지 불순하다 할 만한 이유는 없었습니다.

고용되는 용병으로서 여러 나라를 돌아다녔던 그는 취사를 비롯한 가사를 전혀 하지 못했고, 그런 연유로 노예를 사서 집안일을 부탁하려 했던 것입니다. 빈번하게 이 나라에서 저 나라로 옮겨 다니는 탓에 친밀한 사람도 만들지 못했던 만큼, 외로움도 있었을지 모릅니다.

유스티아 씨는 일을 아주 잘하는 사람이었습니다. 그의 말을 얌전히 따랐고, 그야말로 노예답게 주인인 줄리오 씨를 위해 최선을 다했습니다. 줄리오 씨가 유스티아 씨의 외모만이 아니라 그 성실한 성격에도 매료될 때까지, 시간은 그리 오래 걸리지 않았습니다.

그녀에게 마음을 빼앗긴 그는 그녀의 마음을 얻기 위해 밤낮으로 이것저것 궁리를 했습니다.

"유스티아. 이리 와봐."

어느 날, 일하던 중인 그녀를 불러 말했습니다.

"언제나 일하느라 고생이 많아. 저기…… 괜찮다면, 이거."

그의 손에는 꽃다발이 들려 있었습니다. 그녀가 기뻐하리라 생각했을 테지요.

그러나 그와 그녀는 가치관이 너무나도 달랐습니다. 살아온 처지가 너무나도 달랐습니다.

"이걸 장식해두라는 말씀이십니까? 주인님."

그때, 평소처럼 성실한 얼굴을 하고서 유스티아 씨는 고개를 갸웃거렸다고 합니다.

"어? 아니…… 그, 선물인데……."

"선물? 어째서 주인이 노예에게 선물을 주는 겁니까?"

"…………."

"……?"

그는 그 후에도 몇 번이나 선물을 건넸습니다만, 그녀는 의아하다는 표정을 지을 뿐. 기뻐한 적은 단 한 번도 없었습니다.

단순히 신기했던 것일 테지요. 그녀에게 있어 그는 그저 주인일 뿐이었으니까요.

물건으로 꾀는 것은 아무래도 안 될 모양이다. 그렇다면 그녀는 무얼 바랄까? 그는 그것을 알 수 없었습니다.

"유스티아. 너는 뭔가 바라는 게 있어? 갖고 싶은 것이라든가, 장래에 되고 싶은 거라든가."

그 말에 그녀는 생기 없는 눈동자로 답했습니다.

"없습니다."

딱 잘라, 매우 차갑게.

"저에게는, 아무것도 없습니다."

그때 그는 깨달았다고 합니다.

지금의 그녀는 텅 비어 있고, 그저 일을 처리하고 있을 뿐인 인형 그 자체라고.

　그래서 그는 그녀가 기뻐할 만한 것을 찾는 일을 포기했습니다. 아무것도 없는 그녀는 분명 무엇을 해도 기뻐하지 않을 테니까.

　그 후로 그는 다양한 곳에 그녀를 데려갔습니다.

　함께 여행을 갔습니다. 함께 쇼핑을 갔습니다. 함께 연극을 보았습니다. 함께 도서관에 틀어박혔습니다. 다양한 것을 함께했습니다. 요리와 세탁 같은 가사를 그녀에게 배웠습니다. 자기 자신의 몸을 지킬 수단으로써 어느 정도의 검술을 가르쳐주었습니다.

　매일같이, 그는 그녀와 함께 다양한 일들을 했습니다.

　이윽고 텅 비었던 그녀 안에 지식과 교양이 채워져 갔습니다.

　그 무렵에는 지금의 그녀처럼, 그녀는 부드러운 분위기의 여성이 되어 있었다고 합니다.

　"유스티아. 이리 와봐."

　어느 날, 그는 다시 그녀를 불러 말했습니다.

　"언제나 일하느라 고생이 많아. 저기…… 괜찮다면, 이거."

　그의 손에는 꽃다발이 들려 있었습니다. 그녀가 기뻐하리라 생각했을 테지요.

　"고맙습니다…… 주인님."

　그 꽃다발을 받아 들었을 때의 미소는 무척이나 아름다웠다고. 그는 말했습니다.

　드디어 그와 그녀는, 주인과 노예라는 관계에서 마치 연인과 같은 관계가 되었다고 합니다.

　그러나.

"──나와 그녀의 관계는, 그 후로도 여전히 진전이 없었어. 나는 그녀를 만질 수 없고, 그녀도 그것을 허락하지 않았지. 우리 두 사람은 진정한 의미에서 행복해질 수 없었어."

그것은 대체 어떤 의미인 것일까요?

고개를 갸우뚱거리는 저에게, 그는 말했습니다.

"그녀는 저주받았으니까."

그 말이 뜻하는 의미가 대체 무엇인지를 저는 가늠하지 못했습니다.

그때였습니다.

"그 이야기의 다음은, 제가 하겠습니다. 주인님."

달그락하고 우리가 앉은 테이블 위에 음식이 차려지기 시작했습니다. 아무래도 대화가 너무 길었던 모양입니다. 유스티아 씨의 요리가 완성되어 있었습니다.

"다음 이야기를 하기 전에 우선은 식사부터 하시죠. 식기 전에."

유스티아 씨는 방긋 미소를 지었습니다.

○

식사를 마친 다음, 그녀는 약간 서두르듯 총총걸음으로 홍차 석 잔을 끓여 와 테이블 위에 올려놓았습니다.

"……여기서부터는, 가능하면 제 입으로 이야기하고 싶었어요."

그리고 부끄러운 듯이 그렇게 말했습니다.

"줄리오 씨는 당신을 평범한 노예가 아니라고 하셨습니다만……."

저는 가볍게 감사 인사를 하고서 홍차를 한 모금 마셨습니다.

"네. 평범한 노예가 아니죠. ──그게, 평범한 노예는 주인님과 이렇게 느긋하게 살거나 하지 않잖아요?"

"…………."

"…………아니, 그것만이 아니죠. 저의 내력을 알면, 어렴풋이 눈치챌 거라 생각합니다만……."

그녀는 담담한 모습으로 말했습니다.

"저는, 지금까지의 주인들을 죽음에 이르게 해온 나쁜 노예입니다──."

옛날.

그녀는 다양한 주인 곁을 전전했습니다. 어떤 때는 주인이 죽고, 어떤 때는 주인의 아들이. 반드시 누군가가 죽었고, 그녀는 다시 노예상에게 돌아가는 형태로, 결국 언제까지나 노예로서 살아왔습니다.

그녀가 지금까지의 주인들을 자신의 의사로 죽여온 것은 아닙니다. 그녀에게는 애초에 그런 힘도 없었고 지혜도 없었기 때문입니다.

그녀는 태어나서 지금까지 줄곧 노예다운 노예로서 살아왔을 뿐이었습니다.

처음 섬긴 주인이 죽음에 이르렀을 때, 그녀는 진심으로 안심했다고 합니다. 첫 주인은 노예에게 손을 대는 남자였던 것입니다. 그가 죽은 것은 그녀에게 덮쳐든 직후였습니다.

그 후 다음 주인을 섬겼을 때, 그때의 주인은 나쁜 사람이 아니었으나, 그 아들이 그녀에게 반했습니다. 아들은 그녀를 폭행하려던 직후에 목숨을 잃었습니다.

그 후로도 그녀는 노예라는 약자의 입장이었고―― 그것을 자기들 멋대로 해석한 남자들에게 몇 번이나 노려졌습니다. 그러나 그때마다 상대 쪽이 죽음에 이르렀고, 노예상으로 돌려보내졌다고 합니다.

역시 그녀도 자신에게 일어나는 이상을 깨달았습니다.

"아무래도 저에게는 독이 있었던 모양입니다. 그런 저주가 제게 걸려 있었습니다."

몸이 서로 닿을 뿐이라면 아무런 이상도 없습니다. 그러나 타액과 침을 비롯한 체액에 독이 포함되어 있다고 그녀는 이야기했습니다.

"제 입술을 빼앗은 남자는 직후에 목숨을 잃었습니다. 저를 덮치려 했던 남자들도 마찬가지입니다. 그들은 전부 제게 닿았고, 그 후에 죽어갔습니다."

그것이 평범한 노예가 아닌 이유입니다―― 라고 그녀는 말했습니다.

하지만.

"……어째서 그렇게 되어버린 건가요?"

제 말에 마녀는 답했습니다.

"옛이야기입니다. 제가 노예로서 팔려 간 직후. 노예 시장에 초라한 행색의 마녀가 나타났습니다."

후드를 깊게 눌러쓴 그 마녀의 얼굴도 나이도 그녀는 기억하지 못했습니다만, 그러나 그 마녀가 한 행동은 정확하게 기억하고 있다고 했습니다.

마녀는 우리 안에 갇혀 있는 그녀를 향해 지팡이를 뻗었고——그다음, 그녀의 머리에 대고 이렇게 말했다고 합니다.

『당신이 팔려 가지 않기를 간절히 바랍니다.』

그 말이 뜻하는 바는 알 수 없었습니다. 그저, 유스티아 씨를 쓰다듬으며 싱긋 입가를 누그러뜨린 그 마녀에게 그녀는 매우 이상한 기분을 느꼈다고 합니다.

상품으로서 팔리게 되었을 때도, 줄곧 그 말이 걸렸습니다.

그리고 주인으로서 섬겼던 사람이 차례차례 죽음이 이르자 그녀는 깨달았습니다.

"그 초라한 행색을 한 마녀는, 저를 손에 넣기 위해—— 다른 주인에게 팔리지 않도록, 저를 만졌을 때 저주를 건 것일 테죠. 그리고 실제로 저는 몇 번이나 노예상으로 돌려보내졌어요."

"…………."

"주인님과 함께 지내게 되고 얼마 후, 어떤 소문이 우리의 귀에 들어왔습니다. 수상한 마녀가 저를 찾고 있다고. 그때야 겨우 확신했습니다. 마녀가 저를 손에 넣고자 한다는 것을."

그녀는 줄리오 씨에게 상담을 했습니다. 그는 곧바로 그녀를 위해 일을 그만두었고, 이런 곳에서 은거를 시작했습니다. 그는 아무래도 금전적으로는 곤란하지 않은 모양입니다. 제법 비싼 노예를 간단히 살 수 있을 만큼은.

그리고 그와 그녀는 이 집에서 마녀를 맞아 싸우기로 했던 것입니다.

이유가 없으면 들어오지 않을 그런 숲속에서 살고 있는 두 사람의 이야기는 금세 소문이 났을 테지요. 이윽고 마녀의 귀에도 들어갔을 테지요.

"마녀가 이 집을 찾아온 것은 지금으로부터 며칠 전의 일이었습니다. 그녀는 곧장 주인님을 노렸습니다. 주인님을 죽이려 했습니다. 아무리 주인님이 용병으로서의 실력이 있다고 해도, 상대가 마녀여서는, 승산이 없었습니다. 그래서——."

그녀는 자신의 손을 문질렀습니다.

희고 가는 손끝은 희미하게 떨리고 있었습니다.

"제가, 그녀를 죽였습니다."

마녀가 유스티아 씨를 원한다고 한다면, 바라는 대로 마녀를 따라나서면 될 뿐인 이야기일 테죠.

다음은 무방비한 등을 단번에 찌르면 모든 것이 끝나버립니다.

간단한 일입니다.

술자가 죽으면 저주는 없었던 것이 될 테고, 이것으로 전부 해결일 테지요. 악인은 숨이 끊어졌고, 그녀와 그는 영원히 맺어진다.

그런 이야기를, 그와 그녀는 겪어온 것일 테지요.

"주인님은 저를 구해주셨습니다. 주인님 덕분에 저는 드디어 저주에서 풀려났습니다. 자유의 몸이 되었죠. 그래서 저는 이제 이 사람과 부부가 되려고 해요."

유스티아 씨의 얼굴은 매우 편안하고 안심한 듯 보였습니다.

"다만, 가능하다면 어머니와도 만나보고 싶어요. 분명 어머니는 원해서 저를 버린 게 아닐 거라는── 그런 기분이 들거든요.
기억 속 어머니는 아주 다정한 사람이었으니까요."

그래서 저는 여기서 줄곧 기다리고 있어요. 그녀는 그렇게 말
했습니다.

그녀를 불행에 빠뜨린 마녀가 없는 세계에서, 그녀는 앞으로
행복하게 살아가는 것일까요─?

어머니를, 기다리면서.

○

일주일 전.

변경의 나라. 달이 뜬 밤길을 걷고 있던 저는 그날, 이상한 여
성과 만났습니다.

"…………."

갑자기 이상한 여성이라니 무례한 데도 정도가 있다고 생각할
테지만, 큰길 한가운데에 엎어져 있는 마법사를 보고서 저는 가
장 먼저 환자이거나 다친 사람인가 싶어 크게 당황했던 것입니
다.

그래서 서둘러 그녀를 안아 일으키고 "괘, 괜찮으신가요!" 하고
어울리지도 않게 소리를 높이기도 했던 것입니다만.

"……우으으…… 죄송해요…… 저, 아무래도 몸이 움직이지 않
게 되어버린 모양이에요……."

숨은 붙어 있는 모양이었습니다. 검고 긴 머리카락을 가진 그 여성을 자세히 보니 가슴께에는 별을 본뜬 브로치가 있었고, 마녀라는 사실을 알 수 있었습니다. 게다가 꽤 낡아 보였습니다. 상당히 오래전부터 마녀로서 활약했던 것일 테지요.

아마도 꽤 노련한 마녀이리라 예상할 수 있었습니다.

그런 숙련된 마녀를 여기까지 몰아붙인 것은 대체 무엇일까요──.

제가 경계심에 사로잡혀 주변을 살피기 시작한 그때였습니다.

꼬르르르르르르르 하는 정체를 알 수 없는 짐승이나 무언가의 울음소리가 울려 퍼졌습니다. 무시무시한 괴물이 그녀를 여기까지 몰아붙인 것일까요?

………….

아뇨, 아무리 생각해도 소리는 그녀의 배 부근에서 났습니다만. 아무리 생각해도 단순히 공복을 견디지 못한 위장의 비명입니다만.

"……배가 고파요…… 실은 며칠 전부터 아무것도 먹질 못해서……."

제 품 안에서 그녀는 거기까지 말한 다음, 풀썩 의식을 잃었습니다.

"………….."

또 이 패턴입니까.

앞으로는 쓰러진 사람을 발견해도 무시해버릴까 하는 생각을 남몰래 했습니다.

"……은혜를 입었네요. 최근 들어 급하게 나라들을 이동하는 바람에 제대로 식사를 못 했거든요. 하마터면 목적지를 눈앞에 두고 숨이 끊어질 뻔했어요……."

결국, 숨이 끊어질 듯 말 듯 한 그녀를 숙소까지 데려온 저는 야식 삼아 사두었던 샌드위치를 그녀에게 건넸습니다.

굶주림을 겨우 면한 그녀는 자신의 이름은 실리스라 말하고, 자신이 여행하는 마녀라고도 밝혔습니다. 과연, 저와 처지가 비슷한 느낌입니다. 어쩐지 친밀감이 들었습니다. 저도 그녀에게 뒤늦지만 간단하게 자기소개를 했습니다. 그러자 그녀는 "어머! 어쩐지 친밀감이 솟아오르네요"라며 저와 거의 비슷한 감상을 말해주었습니다.

과연 그렇군요. 저와 그녀에게는 비슷한 부분이 있는 것일까요?

그러나.

"급하게 나라들을 이동했다니, 그건 어째서인가요? 누군가에게 민폐를 끼치고 목숨이 노려지고 있다든가? 사기를 치고 나라의 헌병에게 쫓기는 꼴이 되었다든가? ……뭐, 여행하는 마녀라면 드물게 종종 있는 일이지요."

드물게 종종 있다고 하는 수수께끼의 문장은 제쳐두고, 만약 제 추측대로라면 우리가 함께하는 것은 결코 좋은 일이라고는 할 수 없을 테지요. 서둘러 헤어지는 편이 서로를 위한 일이라고 생각했습니다.

하지만 그녀는 제게 선뜻 고개를 저어 보였습니다.

"아뇨. 저는 여행하는 마녀니까, 방문했던 곳들에서 누군가에게 폐를 끼치거나, 부당한 방법으로 돈을 벌어서 나라에 쫓기는 몸이 되거나—— 그런 성가신 일에는 관여한 적이 없답니다."

"…………."

"그런데 드물게 종종 있다는 건 무슨 말인가요?"

"……그러네요. 여행자는 그렇지요. 나라들에서 성가신 일 같은 건 보통은 일으키거나 하지 않죠."

"? 어째서 창밖을 보고 있는 건가요?"

"아뇨, 딱히……."

창밖은 달이 눈부시게 보일 만큼 맑게 개어 있었지만, 이야기의 행방은 미묘하게 수상한 방향으로 기울어가고 있는 듯한 기분이 든지라, 저는 뻔뻔하게 기침을 한 번 한 다음 "그나저나, 어째서 쓰러져 있었던 건가요?"라고 궤도를 수정했습니다.

"……서두르고 있었어요. 여기에는 이런저런 깊은 사정이 있는데……."

거기까지 말했을 때, 그녀는 문득 저를 바라보았습니다.

"저기, 좀 다른 걸 묻겠는데…… 일레이나 씨는 이 주변 나라는 이미 다 돌아보았나요?"

"아뇨, 전혀…… 아직입니다."

"이런……."

아무래도 그녀의 기대에 어긋난 모양인지, 실리스 씨는 표정을 흐렸습니다.

"그럼, 미혹의 숲에 관한 것도 모르나요?"

"? 네……."

미혹의 숲이라고요?

과연, 그렇군요. 이름부터도 수상쩍은 곳인 모양입니다만.

시간이 남아돌면 가보는 것도 괜찮겠네요.

"나는 그곳으로 가는 도중이었는데…… 그럼, 미혹의 숲에 사는 사람에 관한 것도 모르겠네요?"

저는 그렇게 묻는 실리스 씨에게 고개를 끄덕여 보였습니다.

"안타깝게도."

"그런가요……."

"……당신이 향해 가고 있는 목적지라는 건, 그 숲인 겁니까?"

"네── 누굴 만나러 간답니다."

그녀는 조용히 이야기했습니다.

"나는 사람을 찾기 위해 여행을 하는 중인데…… 그 숲에 사람이 살고 있는 모양이라는 정보를 언뜻 들었거든요."

"그게 당신이 찾고 있는 사람일 거라고요?"

"아마도, 그럴 거예요."

실리스 씨는 조용히 고개를 끄덕였습니다.

"확증이 없어서, 가능하면 다른 여행자분의 정보도 얻고 싶다고 생각했습니다만── 모르신다면 어쩔 수 없죠."

미혹의 숲이라는 것조차 방금 처음 듣고 흥미를 느꼈을 뿐인 저로서는 거기에 사는 사람에 관한 것은 알 여지도 없었습니다. 그녀의 말대로 어쩔 수 없는 일이라고 생각합니다만.

"어째서 그 사람을 찾고 있는 건가요?"

그곳에 사는 사람에게 흥미를 느꼈다고 해도, 그것도 어쩔 수 없는 일이라고 말할 수 있지 않을까요?

제 지극히 간결한 질문에 실리스 씨는 답했습니다.

"딸이니까요."

아주 아주 단적으로.

"어릴 때 노예로 팔려 간 딸이, 거기에 있어요."

○

실리스 씨는 옛날, 어떤 나라에서 일하던 마녀였습니다. 저주의 마녀라고 하는 위험한 마녀명을 내건 그녀는 나라를 지키는 중요한 역할을 맡고 있었습니다.

한 번 걸면 술자가 의도적으로 해제하거나 혹은 죽음에 이르지 않는 한은 사라지지 않는 저주를 가장 큰 특기로 하는 실리스 씨는 나라에서 귀한 대접을 받았습니다.

그 나라는 전쟁으로 혼란스러운 시대를 맞고 있었기 때문입니다.

적국과 비밀리에 연락을 주고받던 관리를 암살하고, 적의 장교에게 저주를 걸어서 생사여탈을 손에 쥐고 교섭의 우위에 서고, 혹은 자국 병사들에게서 죽음의 공포를 지워버리는 저주를 펼치고—— 위험한 마녀명을 가진 그녀는 위험한 장면에서 전부 활약했습니다.

그러나 그녀의 활약도 허무하게, 그녀의 조국은 멸망을 향해 나아갔습니다.

관리를 잇따라 죽인 탓에 국내에서는 서로를 의심하는 마음이 팽배해졌고, 저주를 걸었을 터인 장교는 적국에 간단히 살해당했습니다. 죽음에 대한 공포를 잃은 병사들은 적국에 계속해 자살 공격을 했고, 잇따라 목숨을 잃었습니다.

저주의 마녀에게 지나치게 의지했던 나라는 그렇게 스스로 저주를 받아갔습니다. 엉망진창이 되어갔습니다. 아마도 실리스 씨의 나라에 공격해 들어가는 일은 적국에게 매우 쉬운 일이었을 테지요.

"적이 내 나라에 공격해 들어오는 걸 알았을 때, 나는 국민들이 도망칠 수 있는 시간을 벌었어요. 나와 병사들이 나라에 남아, 싸웠죠. 딸은 다른 국민들과 함께 도망쳤어요."

"…………."

"병사들은 목숨을 잃었고, 나도 마력이 다하기 직전까지 싸웠어요. 그렇게 시간을 번 다음에, 나는 먼저 도망친 사람들과 합류하기 위해 나라 밖으로 도망쳤죠. 하지만, 합류 지점에는 사체가 켜켜이 쌓여 있었어요."

"……도망친 국민들은, 어떻게 되었나요?"

"어른들 대부분은 살해당했어요. 아이들 대부분은 적국에 납치되어 갔죠. 앞질러 가 매복해 있었던 모양이에요── 나는 나라 안에서 시간을 벌 셈이었는데, 오히려 우리 쪽이 시간 벌이에 이용된 거죠."

"……그럼 따님은."

"적국에 노예로 잡혀갔어요."

딸을 구해내는 일은── 아마도 어려웠을 테죠.

적국에 단신으로 들어간다면, 제아무리 마녀라 해도 무사히 넘어가지는 못할 겁니다. 그녀가 무사히 넘어간다 해도, 딸을 구할 수 있을 거라고는 장담할 수 없습니다. 그녀가 그것을 모를 리 없었을 테죠.

"딸이 잡혀간 다음, 나는 딱 한 번 적국에 잠입했었어요."

적국에 저주의 마녀인 그녀를 아는 자는 적지 않았을 겁니다. 그래서 그녀는 후드를 깊게 눌러쓰고 부랑자 같은 차림새를 하고서 노예 시장에 숨어들었다고 합니다.

주위가 전부 적들뿐인 상황에서 딸을 구해내는 것은 불가능했습니다.

노예 시장에서 딸을 봤을 때는 얼마나 슬펐을까요. 얼마나 구해내고 싶었을까요.

실리스 씨는 그저 우리 안으로 지팡이를 꺼내 들 수밖에 없었다고 합니다. 소동을 일으킬 수는 없었던 것입니다.

"그저, 나는, 딸이 누구에게도 상처 입지 않도록 하는 것밖에 할 수 없었어요."

물건으로서 가게 앞에 전시된 딸에게 실리스 씨는 한마디 『당신이 팔려 가지 않기를 간절히 바랍니다』라고만 말하고, 그리고 저주를 걸었다고 합니다.

그것은 타액에, 눈물에, 땀에, 모든 체액에 독을 포함시키는 저주였습니다.

앞으로 어떤 못된 주인에게 팔려 간다고 해도, 어떤 심한 취급을 받는다고 해도, 그녀가 인간으로서의 존엄을 빼앗기지 않도록 하기 위한 예방책이었습니다.

실리스 씨가 그 자리에서 딸에게── 유스티아 씨에게 할 수 있었던 일은 그것밖에 없었다고 합니다.

"그 후, 나는 그 나라를 나왔어요. 내가 살해당하면 저주가 소용없어지니까요── 그래서 할 수 없었어요."

그녀는 나라 밖에서, 다양한 나라를 전전하면서 시간이 흘러가기를 기다렸습니다. 줄곧 딸과 만나고 싶은 마음을 눌러 죽이며, 인간답게 살아왔습니다.

딸이 나라 밖으로 팔려 갈 가능성을 믿고서 "검은 머리카락의 노예를 찾고 있다"고 퍼뜨리기도 했습니다.

그렇게 10년의 세월이 흘러갔습니다.

"드디어…… 겨우 이때가 온 거예요. 헤어져야만 했던 그 아이가 지금 미혹의 숲에 사는 주인에게 사로잡혀 있다는 말을, 소문으로 들었어요. 드디어 그 아이와 만날 수 있어요. 그 아이를, 어둠에서 구해낼 수 있어요──."

실리스 씨는 주먹을 세게 움켜쥐었습니다.

오랫동안 간절히 바라던 비원이 드디어 이뤄지는 것입니다.

"……무사히 따님과 만날 수 있기를 기도하겠습니다."

그리고.

"따님과 다시 만난 다음에는 어쩔 셈이시죠?"

제 말에 그녀는 잠시 생각했습니다.

"그러네요……. 우선은 나쁜 주인을 집에서 쫓아내고, 딸과 둘이 숲속에서 은거라도 할까요?"

미혹의 숲속이라면, 조용히 살 수 있을 것 같으니까——라며 실리스 씨는 웃었습니다.

온화한 분위기가 그곳에는 있었습니다.

○

제가 그와 그녀의 집을 나온 것은 유스티아 씨의 이야기가 전부 끝난 다음이었습니다.

"밥, 잘 먹었습니다. 맛있었어요. 고맙습니다."

꾸벅, 형식적인 인사를 하고서 저는 돌아갈 준비를 시작했습니다.

"저는 그만 가봐야 할 것 같으니, 이만."

"아, 그럼 바래다줄게요."

유스티아 씨는 자리에서 일어나 허둥지둥 제 쪽으로 다가왔습니다.

길을 안내해주겠다는 약속을 했으니까요.

"처음에 말했던 배웅이라면, 괜찮습니다. 혼자서도 돌아갈 수 있습니다. ……여차하면 빗자루로 숲 위를 날아갈 수 있으니까요."

저는 천천히 고개를 젓고, "그럼 이만" 하고 문을 열고서 밖으로 나왔습니다.

저를 불러 세우려고 뻗어 왔던 유스티아 씨의 손이 그대로 멈추었습니다. 그래도 저는 눈을 내리뜬 채 밖으로 나갔습니다.

그곳에 더 있어 본들 어쩔 수 없을 테죠.

숲과 집 사이에는 트인 공간이 그저 펼쳐져 있었습니다.

집 바로 옆에는 빨래가 널려 있었습니다. 생활감이 느껴집니다.

집 옆에는 누군가의 묘가 있었습니다. 이름은 보이지 않습니다. 다만 봉긋하게 솟아오른 흙이 새로운 것을 보면, 땅에 묻힌 누군가가 돌아가신 것은 그리 옛날 일이 아닌 모양입니다.

분명, 며칠 전에 만들어진 무덤일 테지요.

"일레이나 씨."

줄리오 씨가 저를 불러 세운 것은 제가 묘 앞에 선 직후였습니다.

그는 잔걸음을 쳐 저에게 다가왔습니다. 그 혼자서 저를 쫓아왔는지, 유스티아 씨의 모습은 근처에 없었습니다.

"……저, 뭔가 두고 나오기라도 했던가요?"

부자연스럽게 고개를 갸우뚱거려 보이는 저에게 그는 고개를 저었습니다.

"두고 간 건 없어. 그저 이야기가 끝나갈 무렵부터 반응이 조금 이상해서 신경이 쓰였어."

태연함을 가장하고 있었다고 생각했는데, 역시 간파당했던가 봅니다.

저는 고개를 돌렸습니다.

"딱히, 아무것도 아닙니다."

고개를 돌린 그 앞에는 묘가 있었습니다. 그저 흙을 쌓아 올렸을 뿐인 쓸쓸한 묘가 그저 있을 뿐이었습니다.

"…………."

그는 제 시선을 따라 시선을 움직였습니다.

"……그 마녀가 결국 무슨 생각으로 유스티아에게 저주를 걸었는지는, 결국 나도 유스티아도 알 수 없었어. 진상을 이야기하기 전에 그녀는 죽어버렸으니까."

"……그렇군요."

"때때로, 생각하게 돼. 그 마녀는 정말로 나쁜 마녀였던 것일까 하고. 그 마녀가 했던 일은 틀림없이 유스티아를 불행하게 하는 것이었어. 평생 노예로 사는 것을 강제하는 듯한, 무슨 일이 있어도 평범한 생활을 보낼 수 없게 되는 혹독한 저주였지."

"…………."

"하지만 말이야. 나는, 우리는 그녀를 처음부터 악인이라고 생각하고 공격했지만, 어쩌면 그녀 쪽은 그럴 셈이 아니었을지도 모른다고, 그런 식으로 생각되기도 해. 혹 그 마녀는 어떤 사정이 있어서 유스티아에게 저주를 걸었던 게 아닐까── 그런 기분이 들어."

묘를 만든 것은 최소한의 속죄인 셈이지──라고, 줄리오 씨는 중얼거렸습니다.

그리고.

"너도야."

그의 시선이 이쪽으로 움직였습니다.

"저 말인가요?"

끄덕, 그는 고개를 끄덕였습니다.

"여기는 사정이 없으면 아무도 들어오지 않는 숲이야."

그는 말했습니다.

"여기에 들어왔다는 건, 뭔가 사정이 있는 거 아냐? 사정도 없는데, 빗자루로 날 수 있는데, 어째서 일부러 숲속을 걷고 있었지?"

"…………."

"혹시, 누굴 만나러——."

"아뇨."

고개를 저으며 저는 그의 말을 잘랐습니다.

사정이 없으면 들어오지 않는 숲.

만약 제가 이 숲에 들어온 사정이 있었다 해도, 그것을 그들에게 이야기해야 할 필요는 없을 겁니다.

그것은 분명 그들의 귀에 들어가서는 안 될 사정일 테니까요.

제가 누군가를 만나러 왔다고 해도, 만약 그 사람과 만나지 못했다고 해도, 그것은 그와 그녀에게는 아무런 관계도 없는 사정입니다.

그러니 저는, 애써 거짓말을 내뱉었습니다.

"저는 그저 지름길로 가고 싶었던 것뿐입니다. 정말로, 그저 그뿐입니다."

제 6 장

지금까지의 줄거리.

제 이름은 일레이나. 재의 마녀 일레이나입니다. 10대에 마법사 영역에 있어 최고위인 마녀라는 칭호를 얻은 저는, 저의 가련함으로 온 세상에 미소를 퍼뜨리기 위해 여행을 하고 있습니다.

그러나 여행에 고난은 따르는 법. 여차여차하여 저는 어느 틈엔가 신체 사이즈가 물리적으로 줄어들고 말았고, 무려 열 살 언저리까지 성장이 되돌아갔던 것입니다!

"흐에엥…… 이래서는 여행을 계속하는 건 무리예요……."

하지만 귀여움이 30퍼센트 증가했으니 결과적으로는 오케이인 기분도 들었습니다.

그러나 열 살 무렵의 저는 마법사로서 능력적인 면에서는 아직 미숙한 부분이 많았고, 현재의 제 지식이 있다고 해도 신체가 그것을 따라가지 못했습니다. 요컨대 마법을 잘 쓸 수 없게 되어버렸던 것입니다. 어떡해~!

이래서는 마녀라는 칭호조차 도움이 되지 않습니다. 하지만 어느 정도 마법을 쓰는 것은 가능한지라, 우선 입을 수 있는 옷을 열 살용 크기로 조정해두었습니다. 입어보니 의외로 어울렸습니다. 이것은 어쩌면 저는 이미 열 살 무렵부터 마녀로서의 재능을 갖추고 있었다고 말할 수 있는 것이 아닐까요? 만세입니다.

"…………"

……아니전혀만세입니다가아닙니다만.

너무나도 어이없는 전개 탓에 묘하게 제정신이 아닌 상태가 되면서도, 저는 주변을 둘러보았습니다.

창밖에는 눈으로 아름답게 뒤덮인 고즈넉한 나라가 보였습니다. 숙소의 한 방에는 저의 물건이 한쪽에 놓여 있었습니다. 어려지기는 했지만, 다행히도 어제까지의 기억은 분명히 제 안에 남아 있었습니다.

그렇다면 대체 무슨 일이 일어난 것인가?

반추해보도록 하지요.

제가 이런 사태에 처하기까지, 대체 무슨 일이 있었던 것인가를.

○

제가 그 나라를 방문한 것은 한 겨울날의 일이었습니다.

붉게 그을린 벽돌 건물이 나란히 늘어선 그 길거리는 희게 물들어 있었습니다. 며칠 전까지 계속 쏟아졌던 눈이 아름답게 빛나며 쾌청한 하늘 아래 펼쳐져 있었습니다.

그러나 쾌청하다고는 해도 한겨울 하늘은 태양의 따뜻함 같은 건 조금도 느끼게 해주지 않았습니다.

검은 로브와 삼각 모자. 목에는 목도리를 감고, 두툼한 타이츠도 신고 있었습니다만, 가차 없는 추위는 제 몸의 빈틈을 발견하고는 싸늘하게 쓰다듬었습니다.

"……추워."

주머니에 손을 찔러넣고서도 추위에 몸을 잔뜩 웅크린 제가 그곳에는 있었습니다. 이가 맞물리지 않고 덜덜 소리를 내기도 했습니다. 갓 태어난 어린 사슴처럼 떨었던 것도 덧붙여 써두겠습니다.

이 도시 사람들은 이러한 추위쯤엔 익숙한 것일 테죠. "이런 건 추운 축에도 못 듭니다"라고 말하듯이, 그들과 그녀들은 저보다도 얇은 옷차림으로 길가에 노점을 열거나, 혹은 태연하게 걸으며 쇼핑을 즐기거나 하고 있었으니까요.

"잠깐, 거기 꼬마 아가씨. 당신, 지금의 자신에게 불만을 품고 있지 않은가요?"

오히려 길가에서 태연하게 물건을 사고팔 수 있을 만큼 기운이 남아돈다고도 할 수 있었습니다. 갑자기 저에게 말을 걸어온 것은 길모퉁이에 놓인 나무 상자에 앉은 소녀였습니다.

폭신폭신 보들보들한 원통 같은 모양을 한 모자를 쓰고 있었고, 그 모자 아래로 부드럽게 흐르듯이 늘어뜨려진 것은 금색의 아름다운 머리카락. 옷차림은 아름다웠고, 기품 있는 고딕 드레스 같은 디자인의 검은 로브를 걸치고 있었습니다. 아름다운 복장에 더해 고상한 말투를 쓰는 것으로 보아, 어느 좋은 집안의 영애 같다는 것은 일목요연했습니다. 그러나.

"어디를 어떻게 보아도 당신 쪽이 꼬마 아가씨입니다만."

나이는 열 살 정도 되었을까요? 매우 어려 보이는 외모를 하고 있었습니다.

"흥! 얕보지 말아주세요! 저는 언젠가, 마녀가 될…… 예정인 매우 유망한 마도사랍니다! 이런 초라한 시골 마을로는 제 그릇을 다 담을 수 없지요! 떠받들어 모시도록 하세요!"

하아아, 꽤 이상한 게 말을 걸어오고 만 것 같군요.

저는 아무래도 이상한 것을 끌어들이는 운명인 모양입니다. ……가능하면 오늘 정도는 일찌감치 숙소에 들어가 잠을 자고 싶었습니다만.

"그나저나, 지금의 자신에게 불만을 품고 있다는 건 무슨 말인가요? 딱히 불만 같은 건 없는데요."

저는 이야기를 돌리는 느낌으로 진행하기로 했습니다.

"참고로 종교 권유는 거절합니다."

"안심하세요! 종교 권유가 아니랍니다! 저, 실은 요즘 엄청난 약을 개발했답니다. 바로 여기! 짠!"

수수께끼의 효과음을 입으로 내면서 그녀가 엉덩이 아래에 있는 상자에서 영차 하며 꺼낸 것은 투명한 액체가 담겨 있는 병이었습니다.

"그러니까, 이걸 마시면, 몸이 팟 해져서, 뭔가 몸에 그런 느낌이 되는 약이랍니다! 대단하죠?!"

"과연, 어휘력과 지능이 현저하게 저하하는 약입니까. 필요 없습니다."

지나치게 추상적이라 무엇 하나 전해지지 않았습니다.

"아무튼 이걸 마시면, 대단한 효과가 나온답니다."

"대단한 효과가 나오는 겁니까?"

전혀 모르겠는데? 입니다.

"특히 당신 같은 사람에게는 추천한답니다."

"······그러니까 저 같은 사람이라는 게 대체 어떤 겁니까?"

그러자 그녀는 빙긋 미소를 머금더니, 자신의 가슴에 손을 대고서 자신만만하게 말했습니다.

"가슴이 커진답니다!"

그렇게 말하는 그녀의 가슴은 깎아지르는 절벽이나 다름없었습니다.

"거짓말이로군요."

"거짓말이 아니에요! 이건 정말이랍니다. 이걸 마시면 정말로 커진답니다!"

믿, 어, 줘, 요! 그녀는 손을 휘휘 흔들었습니다. 병 안에 담긴 액체에 거품이 생겼습니다. 이 시점에서 이미 마실 마음은 완전히 사라졌습니다.

"싫습니다절대마시지않을겁니다. 그거 완전히 수상한 약이지 않습니까?"

"아니에요! 반년에 걸쳐 만들어낸 대단한 역작이랍니다!"

"대단한 역작인 수상한 약이잖아요. 알았습니다, 그럼 이만."

절대 마시지 않겠다고 하는 결의를 굳힌 다음 저는 발길을 돌렸습니다.

"멈춰 이 자식이랍니다!"

잘 이해할 수 없는 말을 외치면서 그녀는 제 뒤를 쫓아왔습니다.

"마시면 절대 후회하지 않는답니다! 마셔! 랍니다! 마─꺄아!"

챙그랑 하는 귀에 거슬리는 소리와 함께 그녀의 비명이 들려온 것은 그때였습니다.

……제 등 뒤에서 무슨 일이 일어났는지는 뒤를 돌아보기 전부터 어렴풋이 알고 있었습니다.

"……훌쩍. 제 역작……이……."

눈 범벅인 지면이 바닥에 떨어진 병과 함께 축축하게 젖어 있었습니다. 하얀 길 위에 자그마한 물웅덩이가 생겼습니다.

간단명료하게 말씀드리면 대단한 역작인 약은 순식간에 명을 다했습니다.

"저기…… 괜찮은가요?"

저는 바닥에 풀썩 주저앉아서 울고 있는 그녀의 어깨에 손을 올렸습니다.

그녀는 오열하면서 말했습니다.

"훌쩍…… 열심히 만들었는데……."

"아…… 그거 유감이네요."

"모처럼 열심히 했는데……."

고상하게 양손으로 눈가를 덮고 있지만 아마도 손 아래에서는 눈물이 흐르고 있을 테죠.

"……저기, 예비 같은 건."

제가 묻자 그녀는 천천히 고개를 저었습니다. ……어째서 예비용을 만들어두지 않는 것인지.

"예비는 없지만…… 다른 약이라면 있답니다……."

완전히 의기소침해진 그녀는 자리에서 일어나더니 불안정한 발걸음으로 걸어가 나무 상자 뚜껑을 열었습니다.

"……아, 하지만 전부 실패작인 쓰레기뿐이에요…… 이런 거 마셔본들 아무런 효과도 없어…… 이제 노점상 그만둘까 봐……."

"…………."

조금 전까지 그녀에게서 흘러넘치던 자신감은 넘어지면서 산산조각이 나버린 것인지, 제 눈앞에는 이것도 아냐 저것도 아냐 하고 울면서 나무 상자에서 병을 꺼내는 비참한 소녀의 모습이 있었습니다.

솔직히 보고 있을 수 없었습니다. 제 탓인가 묻는다면 그렇지 않다고 생각합니다만, 그러나 제가 발단이 되어 그녀의 역작이라는 약이 사라졌다는 것은 틀림없는 사실입니다.

"그 병들 중에서 가장 정상적인 약은 뭔가요?"

결국 저는 그녀의 약을 마시기로 했습니다.

"……이거랍니다."

그리 말하면서 그녀는 자그마한 병 하나를 제게 내밀었습니다.

"효과는?"

"……키가 큰 것 같은 느낌이 드는 기분이 된답니다."

"…………."

"……마실래요? 은화 한 닢인데."

"……그럼, 조금만."

어쩐지 마시지 않을 수 없는 분위기를 느낀 저는 그녀에게서 병을 받아 들었습니다. 그리고 뚜껑을 열고서 아주 조금, 입에 머금었습니다.

병이 입에서 떨어지자 걱정스레 저를 바라보는 그녀와 눈이 마주쳤습니다.

"⋯⋯어떤가요?"

"⋯⋯어쩐지 키가 큰 것 같은 느낌이 드는 기분이 되었어요⋯⋯."

"⋯⋯⋯⋯."

"⋯⋯⋯⋯."

무어라 말하기 어려운 기분을 느낀 채, 결국 저는 약값으로 금화 한 닢(사과의 뜻을 담아서 두둑하게 지불했습니다)을 건네고서 그녀와 헤어졌습니다.

○

그러고서 거리를 조금 걸은 다음, 저는 이 나라의 관청으로 향했습니다.

"오오. 당신이 재의 마녀님이십니까? 기다리고 있었습니다."

이 나라의 관리님은 저를 정중하게 맞아주었습니다. 자자, 어서 이쪽으로 오시지요—하고 안내된 응접실에는 소파가 마주 놓여 있었고, 방 한쪽에 자리한 장작이 타고 있는 난로에서 흘러나오는 열기는 추위에 얼었던 제 몸을 따뜻하게 감싸주었습니다. 저는 겉옷을 벗고서 소파에 앉았습니다. 관리님은 저와 마주 볼 수 있는 자리에 앉았습니다.

"이미 마법 총괄 협회 지부에서 이야기를 들으셨으리라 생각합니다만── 이번에 당신에게는 이 나라의 어떤 마법사 퇴치를 부탁하려고 합니다."

그리고 그렇게 말했습니다.

여행을 하고 있는 마녀라고 한다면 의뢰를 받는 일도 종종 있는 법이고, 이번에 저는 이웃 나라에 갔을 때 마법 총괄 협회로부터 "이웃 나라의 마법사가 좋지 않은 짓을 하며 문제를 일으키고 있으니 어떻게 해주었으면 한다"라고 부탁받았던 것입니다.

저는 마법 총괄 협회라는 조직에 소속되어 있지 않지만, 안타깝게도 주변에 소속 마법사가 없었고, 더욱이 사태는 긴급을 요하기도 하여 마법 총괄 협회에 직접 부탁을 받았습니다.

마침 돈이 부족했던 저는 짭짤한 금액의 보수에 그대로 낚여서 단번에 일을 받아들이기로 했습니다.

제가 이번에 이 나라를 찾은 것은 그런 사정이었습니다.

"그것참, 정말 곤란하게도 말이지요, 그 마법사는 감당이 안 되는 골칫거리입니다. 우리도 꽤 애를 먹고 있어서……."

그렇게 관리님은 저에게 대략적인 상황을 간단히 설명해주었습니다.

마도사 프리실라는 아직 열 살 정도의 어린 나이임에도 유례가 드문 재능을 가진, 이른바 천재라고 불릴 만한 마법사였습니다.

그러나 그녀는 그 재능을 올바른 방향으로 사용하지 않았던 모양입니다.

그녀가 만드는 약은 언제나 어딘가 기묘한 성질을 겸비하고 있다던가요.

예를 들면 그것은 갑자기 고양이 귀가 자라나는 이상한 약이거

나. 혹은 어째선지 열 살 어린 여자아이밖에 사랑할 수 없게 되어 버리는 기묘한 약이거나. 또는 돼지로 변해버리는 무시무시한 약이거나. 유창한 말솜씨로 능숙하게 사람을 속이며, 길거리에서 그 기묘한 약을 죄 없는 주민에게 먹이고는 돈을 뜯어내고 있다고 합니다.

게다가 약을 먹은 주민은 정상이라고는 하기 어려운 모습이나 성격으로 변해버리는 탓에 피해 보고가 접수되기 어려웠고, 피해 보고를 한다고 해도 제대로 상대를 하지 않은 탓에 지금처럼 피해가 확대될 때까지 나라가 눈치채는 일은 없었다고 합니다. 과연, 피해자를 속인 데다 입을 다물게 하고 돈을 뜯어내 왔던 것입니까? 책사로군요…….

…………

그나저나 열 살 마법사로 길에서 약을 팔고 있는 소녀, 라고요?

"참고로 그 프리실라 씨의 용모는?"

제 말에 관리님은 "그렇군요. 그러니까……"라고 기억을 더듬 듯이 허공으로 시선을 보내면서 답했습니다.

"금발에, 고딕 드레스 같은 로브를 입고 있고, 폭신폭신한 모자를 쓰고 있는 여자아이입니다. 그리고 말투가 조금 어른스럽습니다."

"…………………아, 그렇습니까."

어쩐지 어디선가 본 적이 있는 외모로군요.

수십 분 전쯤에 본 듯한 기분이 드는 외모라고도 말할 수 있겠 습니다…….

"왜 그러십니까? 재의 마녀님, 안색이 나빠 보입니다만……."

"……아뇨, 딱히."

관리님은 의아하다는 표정을 지으면서도 말을 이었습니다.

"아무튼 프리실라는 지금 수상한 약을 만들어 주민들을 곤란하게 만들고 있습니다. 서둘러 대처하지 않으면 피해는 늘어날 뿐입니다."

"…………."

입을 다문 제게 관리님은 정중하게 고개를 숙이며 말했습니다.

"재의 마녀님에게는, 긴급하게 프리실라의 확보를 부탁드리고 싶습니다. 이대로는 계속해서 주민들이 피해를 입게 될 테니까요."

혹시 제가 마셔버린 것도 그러한 수상한 약 중 하나였던 것일까요?

제가 만났던 여자아이는 분명 프리실라 씨의 외적 특징과 매우 비슷했고, 하고 있는 짓도 유사한 부분이 많이 있었으니…….

아니, 하지만, 그렇다고는 해도 꽤 둔해 빠진 아이처럼 보였으니…….

그냥 닮은 사람일 가능성도──.

"아, 그렇지. 참고로 프리실라는 어른을 방심시키기 위해 일부러 덤벙거리고 불쌍한 바보 같은 아이인 척을 해서, 약을 마시지 않을 수 없는 상황을 만들어내거나 하는 교활한 마법사이니 부디 조심해주십시오."

"…………."

"그리고『이건 실패작이에요』같은 말을 하면서 마시게 한 약은 대부분 기묘한 부작용이 나타나니까, 이쪽도 주의가 필요합니다."

".............."

아.

정말입니까?

"재의 마녀님, 부디 이 의뢰를 받아주시지 않겠습니까?"

관리님은 또다시 제게 고개를 숙였습니다.

....

받고 안 받고의 문제라기보다.

"당연합니다. 맡겨주세요. 제가 빠르게 해결해 보이겠습니다."

안 받으면 제가 여러 가지로 큰일이 나고 말리라는 것이 명백
했습니다.

"오오! 이 얼마나 믿음직한 말씀인지!"

그렇게 감탄하는 관리님의 눈에는, 어쩌면 저는 정의감 가득한
훌륭한 마녀로 보이고 있을지도 모르겠습니다.

뭐, 실제로는 수상한 약을 멍청하게 마시고 초조해하고 있을
뿐인 덤벙거리고 불쌍한 바보 같은 마녀지만 말이죠.

우후후.

……웃을 일이 아니로군요.

○

결국 저는 그 후 서둘러 프리실라 씨(라고 생각되는 여자아이)
와 만났던 곳으로 돌아갔습니다만, 제 동향을 간파한 것처럼 그

녀의 모습은 이미 그곳에 없었고, 그저 상자가 놓여 있던 흔적만이 남아 있었습니다.

아무도 없어 초조해진 저는 그 후로 거리를 헤맸고, 그녀의 흔적을 쫓으려 했습니다만, 제가 약간 노력한 정도로 찾을 수 있었다면 이 나라 사람들이 지금껏 애를 먹었을 리가 없었을 테지요. 찾지 못했습니다. 네.

해가 질 때까지 한번 해보자는 심정으로 찾아보았습니다만, 그녀가 어디로 사라졌는지 단서도 뭣도 발견하지 못했습니다.

헛수고로 끝났다고 말할 수 있겠습니다.

그러나 결국 거리를 돌아다니는 동안에는 제가 마신 약의 효과는 전혀 나타나지 않았습니다.

어쩌면 제가 마신 것은 정말로 단순한 실패작이었던 것이 아닐까요?

기묘한 부작용 같은 건 없는, 아니, 애초에 어쩌면 제가 만났던 여자아이는 정말로 그저 프리실라 씨와 닮았을 뿐인 전혀 다른 사람이었던 것은 아닐까요?

실제로 저는 숙소에 묵고 잠이 들 때까지, 낮에 만났던 그녀가 누구였는가 하는 의문에 대해 반신반의했습니다.

그리고, 아침에 일어났더니 저는 어린아이가 되어 있었던 것입니다.

"역시 본인이었잖습니까!"

정말 싫어! 같은 말을 하며 어린 여자아이처럼 감정에 몸을 맡기고서 숙소 침대로 다이브하는 저(열 살)였습니다.

"그보다 키가 큰 것 같은 느낌이 드는 약의 부작용으로 키가 줄어들다니, 진짜 뭡니까?"

완전히 부작용 쪽이 효과적으로 상회하고 있지 않습니까? 키가 줄어드는 약이라고 이름을 바꾸기를 강력하게 권유하겠습니다. 뭐 그런 이름의 약이라면 죽어도 마시지 않았겠지만 말이죠.

그나저나 이렇게 간단히 덫에 걸려버린 저는 얼마나 한심한지요.

그리고 이 어찌할 도리도 없는 상황 속에서 저는 또 한 가지 중대한 문제를 갖고 있었습니다.

돈이, 없습니다.

"……이 숙소에 묵을 수 있는 건 앞으로 사흘 정도인가요."

지갑 속에 남은 돈과 이 숙소 대금을 비교하고 자그마한 머리로 계산해본 결과, 식비 등등을 포함하여 생각해도 제게 남겨진 시간 제한은 앞으로 사흘. 사흘이 지나면 어린아이 상태인 채로 추운 하늘 아래에 내던져지게 됩니다. 그렇게 되면 다 끝장입니다.

……언제나 이러한 자금 부족 상태에 빠지는 듯한 기분이 듭니다만, 여행자란 식비나 입국비, 현지에서의 의류와 소모품 구입비 등으로 돈은 얼마가 있어도 부족합니다. 아무리 사기 같은 수법으로 큰 돈벌이를 했다고 해도, 쉽게 번 돈은 흡사 눈처럼 간단히 사라지고 마는 것이 흔한 일입니다. 과연, 세상에서 악이 사라지지 않는 것도 어쩔 수 없다는 생각이 들기 시작했습니다.

"……하아."

크게 한숨을 한 번 내쉬고서 저는 침대에 누워 천장을 올려다보았습니다.

일단 프리실라 씨를 찾는 일은 뒤로 미루고, 우선은 돈을 버는 쪽부터 시작해야만 할 것 같군요…….

○

추운 겨울 하늘 아래에서 싸구려 빨간 드레스를 걸치고, 마찬가지로 빨간 망토를 쓴 한 명의 소녀가 있었습니다.

"성냥…… 성냥 사세요……."

그녀는 성냥팔이 소녀였습니다.

길을 오가는 사람들의 시야에 바구니에서 꺼낸 성냥을 들이밀고는 "성냥 필요 없으신가요……?" 하고 힘없는 목소리를 내고 있습니다.

그러나 사람들의 마음은 마치 겨울처럼 차가워서 그들은 그 소녀의 행동을 차가운 시선으로 바라볼 뿐, 바구니 속 성냥은 줄어들 기미가 전혀 없었습니다.

"성냥…… 성냥 사세요── 꺄아!"

연신 성냥을 내밀던 그녀는 그 순간 스쳐 지나가던 남성과 어깨가 부딪혔고, 눈 위에 넘어졌습니다. 지면에 쏟아진 성냥을 하나하나 조심스럽게 주우면서 그녀는 두 눈 가득 눈물을 글썽였습니다.

"퉤. 이런 데서 성냥 따위를 파니까 그런 거 아냐."

그녀와 부딪친 남성은 내뱉듯이 그렇게 말했습니다.

"어디, 내가 하나 받아주지."

그리고 남자는 그녀의 손에서 성냥갑을 하나 빼앗았습니다. 이 얼마나 오만한 남자인지.

"저, 저기…… 그건 파는 물건인데……."

"뭐? 나랑 부딪쳐놓고 돈을 내라고? 공짜로 내놔."

"하, 하지만……."

그러나 소녀의 자그마한 저항도 허무하게, 남성은 성냥갑을 빼앗아 가버렸습니다.

이 얼마나 가엾은 소녀인지요.

그런데 그 불쌍한 소녀는, 대체 누구인가.

그렇습니다. 저입니다.

"성냥…… 성냥 사세요……."

불쌍한 소녀인 척을 하며 돈을 번다고 하는, 그야말로 어디 사는 열 살 마법사 씨와 비슷한 수법을 취하고 있었습니다. 완전히 쓰레기 같은 짓입니다.

"앗…… 저기…… 성냥……."

저는 행인들에게 계속해서 성냥을 내밀었습니다. 그리고 동시에 계속해서 무시당했습니다.

현 단계에서는 전혀 팔리지 않고 있습니다. 주변 잡화점에서 마구 사들인 성냥 재고는 아직 눈을 뜨고 볼 수 없을 만큼 남아 있었습니다. 이게 전부 다 팔려야 겨우 자금이 모일 텐데 말이지요…….

"호오…… 성냥이라……. 성냥에는 딱히 흥미가 없지만, 너 돈

©Azure

이 필요하니?"

드물게도 이렇게 흥미 본위로 저에게 접근해 오는 남자가 있었습니다. 이럴 때는 기회이니 철저하게 비위를 맞추어야 합니다.

"네에…… 저, 살 집이 없어서…… 성냥을 다 못 팔면, 노숙자가 되고 말 거예요……."

이때, 머뭇머뭇 부끄러워하면서 간절한 시선을 때때로 던지는 것도 잊어서는 안 됩니다. 이러한 연약한 여자아이를 연기하면 보호 본능을 자극당한 건전한 남자는 착각을 해줍니다.

"호오…… 그렇구나…… 큰일이네…… 괜찮으면 오빠가 하나 사줄까?"

뭐, 이런 식으로 말이지요.

"저, 정말인가요?! 고맙습니다! 기뻐요!"

"그래서, 얼마니?"

"금화 한 닢입니다."

"그래, 그렇—뭐? 금화 한 닢……? 성냥 한 갑인데?"

"금화 한 닢입니다."

"……비싼 거 아니니?"

"그렇지 않습니다."

"그보다, 너 성격이 달라진 것 같은데?"

"그렇지 않습니다."

"…………."

청년은 노골적으로 질색한 표정을 지었습니다. 터무니없이 비싼 가격을 부르자 완전히 살 마음이 꺾여버리고 만 것일 테죠. 보니 꺼내려던 지갑을 주머니에 다시 넣으려고까지 하고 있었습니다.

그러나.

"어, 어이! 귀여운 아가씨!"

바로 그때였습니다. 저에게서 성냥을 강탈해 갔던 오만한 남성이 돌아온 것은.

그는 매우 다급한 모습으로 다가오더니 제게 성냥갑을 들어 보였습니다.

"이, 이거! 하나에 얼마지? 팔아줘!"

"금화 한 닢입니다."

"좋아! 열 개 사지!"

시원시원한 아저씨는 그대로 금화 열 닢을 꺼내 제게 주었습니다. 그 대신에 저는 성냥갑을 그의 손에 올려놓았습니다.

"이용해주셔서 감사합니다."

그는 제게 인사를 하더니 "헤헤헤…… 이건 엄청난 성냥이야…… 혁명이야……"라고 중얼거리면서 사라졌습니다.

저는 성냥을 팔고 다녔습니다만, 그러나 그것이 평범한 성냥이라고는 한마디도 하지 않았습니다.

애초에 평범한 성냥이 하나에 금화 한 닢에 팔릴 리가 없지 않습니까?

"……그 성냥은 뭔가 특별한 장치라도 되어 있는 거니?"

청년은 손에 지갑을 꺼내 들고서 저를 내려다보았습니다.

그래서 저는 방긋 웃으며 단호하게 답했습니다.

"구입해서 직접 확인해보시는 게 어떨까요?"

●

마도사 프리실라는 어제와 마찬가지로 길에서 수상한 장사에
부지런히 애쓰고 있었습니다.

"거기 당신, 지금의 자신에게 만족하나요?"

그런 식으로 행인에게 말을 걸고서는, 대단한 효과를 가진
약── 같은 이름을 붙인 수상한 약을 팔아댔습니다.

"이 약은 대단하답니다! 무려, 비만이 해소되지요! 어떤가요?
사고 싶어지셨나요?"

그녀 앞에 멈춰 선 오동통한 남성에게 프리실라는 작은 병을 들
어 보였습니다.

콤플렉스나 향상심을 자극하는 듯한 약을 눈앞에 흔들어 보이
면 대부분의 사람은 손에 들고 마는 것입니다. 가슴이 작은 사람
이라면 가슴이 커지는 약이라느니 하며 약을 먹게 하면 됩니다.
키가 작은 사람이라면 키가 커진다느니 하면 됩니다. 가난해 보
이는 사람이라면 부자가 된다느니 하고 속삭이면 됩니다.

그런 유혹으로 그녀는 사람들의 발걸음을 멈추게 했습니다. 그
렇게 속아 멈춰 선 손님 중 절반은 그대로 약을 마시고 갑니다.

나머지 절반은 망설이거나 혹은 의심하며 자리를 뜨려고 하지
만── 그때는 어제처럼, 불쌍한 여자아이인 척을 하고서 억지로
약을 마시게 하면 되는 것입니다.

그녀는 그런 식으로 언제나 사람들을 속이고 돈을 뜯어냈습니다. 쓰레기 같은 짓입니다.

"아니, 됐어. 나한테는 이게 있으니까. 헤헤헤……."

그러나 눈앞의 뚱뚱한 남자는 작은 병 따위엔 시선도 주지 않고, 손에 든 성냥을 켜며 히죽거릴 뿐이었습니다.

그저 작은 불꽃이 흔들흔들 연약하게 흔들릴 뿐인, 무엇 하나 특별할 것 없는 성냥으로 보였습니다. 그러나 남자에게는 다른 무언가가 보이는 것일까요?

"헤헤…… 여기는 천국이야……."

그렇게, 프리실라로서는 이해하기 어려운 말을 남기고서 남자는 가버렸습니다.

뭐, 됐어. 프리실라는 다시 다른 손님에게 말을 걸었습니다.

그러나.

"아, 약이라면 됐어요. 나한테는 이게 있으니까요…… 후후후후……."

한 여성은 성냥 불을 바라보며 걸어가 버렸습니다.

"오오…… 젊어져…… 최고로구면……."

허리가 굽은 할아버지는 프리실라를 무시한 채 그대로 가버렸습니다.

"헤헤헤…… 최고야……."

침을 흘리면서 걷는 남성에게는 이제 말조차 걸지 않았습니다.

대체 무슨 일이 벌어진 것인가.

프리실라의 장사가 갑자기 어려워지고 말았습니다.

"크읏…… 누군가가 저를 방해하고 있는 건가요……? 무모한 짓을 해주시는군요……!"

프리실라는 분노로 몸을 떨었습니다. 아무래도 프리실라의 영역을 멋대로 짓밟은 어리석은 자가 있는 모양이다라는 것만은 바로 이해할 수 있었습니다.

그것은 즉, 그녀의 장사가 방해받고 있다는 뜻이며, 바꿔 말하자면 이 누군지도 알 수 없는 성냥팔이가 시비를 걸고 있는 것이나 다름없다는 뜻이었습니다.

"뭉개드리겠어요!"

프리실라는 성냥을 든 사람들을 거슬러 길을 걸어갔습니다.

그녀가 자신의 목적을 완수하기 위해서는 꼭 큰돈이 필요했던 것입니다. 방해를 받을 수는 없었습니다.

누가 수상한 성냥을 팔고 있는 것인가 하는 의문은 금세 풀리게 되었습니다.

큰길 한쪽 구석에 사람들이 몰려 있는 것을 프리실라는 보았습니다. 사람이 몰려들어 "성냥! 성냥을 줘!"라고 소리치고 있었습니다.

그 앞에는 곤란한 듯이 눈썹을 늘어뜨리고 "네네, 차례대로 줄을 서주세요"라며 미소 짓고 있는 한 소녀가 있었습니다.

"큭…… 누군가요? 저 계집애는……!"

원망스레 가늘게 뜬 시선 끝에는 열 살 정도로 보이는 소녀가 있었습니다. 그러나 어디 사는 누구인지, 프리실라로서는 짐작도 되지 않았습니다.

어깨 부근에 닿을 정도의 잿빛 머리카락. 그리고 유리색 눈동자. 입고 있는 드레스는 이 주변 지역에 전해지는 전통의상이었습니다. 그러나 프리실라는 저런 소녀를 이 나라에서 본 적이 없었습니다.

"…………."

빤히 응시하던 프리실라는 퍼뜩 눈치챘습니다.

"……어제 그 마녀님……?"

어제, 마녀에게 마시게 한 약은 몸이 어려지는 약이었습니다. 키가 큰 것 같은 느낌이 드는 기분이 되는 약, 이라고 한 것은 방심시키기 위한 거짓말일 뿐이었습니다.

어제의 그 마녀가 지금과 같은 모습이 된 것에 관해서는 아무런 위화감이 없었습니다. 오히려 자연스럽다고도 할 수 있는 유아 퇴행입니다.

그러나.

"어제의 마녀는, 마법 총괄 협회에서 파견된 마녀일 텐데……대체 저런 짓을 해서 무슨 이득이……?"

프리실라에게 애를 먹고 있는 이 나라의 관리가 마법 총괄 협회라는 조직에서 사람을 불러들였다는 이야기는 프리실라의 귀에도 들어왔습니다. 그러나 놀랍게도 프리실라를 잡기 위해 찾아온 것은 마녀였습니다. 즉 마법사라면 누구나 동경하는 최고위의 존재. 구름 위의 존재입니다.

설마 마녀씩이나 되는 자가 사람을 속여서 돈을 뜯어내거나 하는 짓을 할까요? 그야말로 쓰레기 같은 짓이라고도 할 수 있는 그러한 행위를, 격 있는 자가 할까요?

아뇨, 생각할 수 없습니다——라고, 프리실라는 고개를 저었습니다. 쓰레기 마녀 같은 게 있을 리가 없지 않습니까?

그렇다면 저런 짓을 해서 무슨 이득이 있는 것일까요?

자신을 깔보는 듯한 짓을 해서 대체 무얼 어쩌겠다는 것일까요?

"……! 설마……!"

프리실라는 그 순간 마녀의 진의를 깨닫고 말았습니다.

"저의 일을 방해하여 간접적으로 물건을 팔 수 없게 만들 셈이로군요……! 이 무슨 추잡한 짓인가요!"

프리실라는 성냥을 팔고 있는 어린 마녀를 그렇게 해석했습니다. 추잡한 짓을 하고 있는 자신에 관한 것은 깔끔하게 무시한 발언이었습니다.

혹은 그러한 물건을 파는 것으로 "당신이 먹인 약은 저에게 아무런 대미지도 주지 못한답니다?"라며 도발하고 있는 듯도 보였습니다.

"바라던 바예요……! 걸어온 싸움은 받아줄 수밖에 없지요……!"

으드득, 프리실라는 길 한쪽 구석에서 이를 갈았습니다.

그 광경은 그야말로 수상쩍기 그지없었습니다만, 그러나 그 자리에 있던 자들은 대부분이 어린 소녀에게 몰려드는 수상쩍은 자들이었던지라, 프리실라가 주목을 받는 일은 다행히 없었습니다.

○

제가 만들어낸 그 성냥은 원하는 망상을 볼 수 있는 성냥.

실제로는 평범한 성냥에 마법을 살짝살짝 부여했을 뿐입니다만, 의외로 이게 마구 팔렸습니다.

그야말로 한 개비의 성냥불처럼, 불이 붙고 나면 전부 타는 것은 순식간입니다.

"나한테도 줘! 열 개 살게." "나한테도!" "어이! 사재기는 안 되지!" "나에게도 주게나!" "아아! 망상을 더 보고 싶어! 주세요!"

연일 인파가 생기는 저의 성냥 판매장이었습니다. 최고입니다. 대박입니다. 이제 어쩐지 프리실라 씨는 어찌 되든 상관없는 기분까지 들었습니다.

"네네. 여러분, 차례대로요. 줄을 서주세요."

저는 매일 대박인 나날을 보내고 있었습니다.

싸게 산 성냥이 이렇게나 비싸게 팔리다니, 누가 생각이나 했겠습니까. 좋은 장사를 발견하고 말았습니다…….

그렇게, 저는 마음속으로 득의에 찬 미소를 지으면서 장사를 계속했습니다.

그러고 보니 며칠 전까지는 프리실라 씨 건을 서둘러 해결해 보이겠다고 씩씩거렸었지요.

대박 장사 탓에 이미 기억 속 저편으로 밀려나 있던 그 기억을 되살린 것은 성냥을 팔기 시작한 지 사흘째의 일이었습니다.

"네놈들! 여기를 어디라고 생각하는 거냐! 프리실라 님의 구역이다!"

제 앞에 생겼던 인파를 헤치고, 한 명의 힘 세 보이는 남자가 갑자기 나타났습니다. 눈은 핏발이 섰고, 한겨울인데도 얇은 옷차림을 했습니다. 거기에 더해 남아도는 근육을 과시하려는 듯이 노출을 하고 있어 정말이지 머릿속까지 근육으로 되어 있을 것만 같은 남자였습니다.

"네?"

저는 아무것도 모르는 불쌍한 여자아이인 척을 했습니다.

"프리실라 씨의, 구역⋯⋯인가요? 죄송합니다⋯⋯. 저, 그런 사정에 어두워서⋯⋯. 그저 여러분이 행복해졌으면 싶어서⋯⋯."

대체로 이런 식으로 울먹이며 말해두면 대체로 어떻게든 될 테지요. 열 살 정도의 여자아이 모습을 하고 있으니까요.

그런 세상을 우습게 여기는 썩어빠진 근성을 겉으로 드러내지 않도록 얼굴을 가리면서 저는 훌쩍였습니다.

그러나.

"울어도 소용없어! 여기는 프리실라 님의 구역이다! 어서 꺼져!"

눈앞의 근육남은 그저 마구 소리칠 뿐이었습니다.

얼굴을 가린 손가락 틈으로 슬쩍 그의 얼굴을 올려다보자, 남자는 계속해서 "프리실라 님, 프리실라 님, 프리실라 님은 대단해⋯⋯"라고 중얼거리고 있었습니다. 오호라, 이건.

"⋯⋯혹시 프리실라 씨의 약을 마셨나요?"

"여자아이가 길에서 팔던 약이라면 마셨다만? 근육이 늘어난다더군. 프리실라 님 만세."

"⋯⋯⋯⋯⋯."

아무래도 근육이 늘어난다느니 하는 말에 속아서 프리실라 씨의 노예가 되는 약이라도 마신 것일 테죠.

그런 약을 마신 남자가 제 눈앞에 나타났다는 것은, 예상컨대 그녀가 저를 쳐부수기 위해 나섰다는 뜻일 테지요.

과연, 그렇군요.

"알겠어? 네 녀석이 물러나지 않겠다고 한다면 이쪽에도 생각이 있거든? 알겠어? 내 이 근육으로 네 녀석을——."

"에잇."

어쩐지 눈앞에 얼쩡거리는 답답한 것이 있었던지라 저는 성냥을 켜서 근육남에게 보여주었습니다.

"네 녀석……을……."

근육남은 성냥 불을 가만히 바라보더니.

"……오오…… 보여…… 이 성냥은 뭐야……? 이상의 세계가 보여……!"

아무래도 프리실라 씨의 약을 마셨어도 제 마법은 유효한 모양입니다.

눈앞의 근육 씨는 환상의 광경에 환희하고 있는 모양입니다.

"근육투성이 세계가…… 보여……!"

…………

아니, 그건 지옥도잖습니까?!

아무튼 저는 프리실라 씨가 보내온 남자를 간단히 처리하고서 다시 성냥팔이에 전념했습니다.

이것 참, 너무 쉽군요…….

"이게 어찌 된 일인가요……!"

근육남이 순식간에 농락당하는 광경을 본 프리실라는 경악했습니다.

일시적으로 프리실라의 노예가 되는 약을 마신 남자라면, 분명 타고난 근육으로 성냥을 모조리 분쇄해주리라고 생각했던 것입니다. 머리 구석구석까지 근육에 지배당하고 있는 듯한 남자를 보내면 아마도 성냥의 영향에 당하지 않으리라고도 생각했습니다.

"크읏……."

까득까득, 프리실라는 손톱을 깨물었습니다.

"뭐, 됐어요…… 내 수하는 아직 더 있답니다!"

약간 자포자기하는 기색으로 프리실라는 빙글 뒤를 돌아보았습니다.

"자! 당신들! 저 여자를 처리하세요!"

그리고 그림자 속에 몸을 감추고 있는 상황이면서도 큰 소리로 외쳤습니다. 마녀에게 위치를 들키면 어찌할 것인가 같은 세세한 부분은 이제 전혀 신경 쓰지 않고 있었습니다.

"말씀대로…… 프리실라 님."

프리실라의 말을 받드는 안경 낀 꽃미남 한 명.

"헤헤헤…… 저 여자아이를 쓰러뜨리면 되는 거지?"

대담하게 미소 짓는 소년이 한 명.

"후후후…… 오랜만에, 진심을 다해볼까……."

요염한 눈빛으로 마녀를 바라보는 여성이 한 명.

그렇습니다.

그들은 프리실라의 사천왕.

프리실라가 며칠 동안 긁어모은 정예 중의 정예. 제각각 단독으로 마법사를 훨씬 상회하는 실력을 가진 자(본인들이 한 말이지만)입니다. 간단히 말해서 머리가 부족한 집단입니다.

사천왕이라고 하면서 세 명밖에 없는 것은 조금 전 순식간에 처리된 근육남이 마지막 한 명이기 때문입니다.

참고로 근육남은 사천왕 중 최강.

"…………."

"…………."

"…………."

그런고로 세 사람의 의욕은 매우 떨어졌습니다. 이제 집에 가고 싶은데, 라는 마음의 소리가 들려오는 것 같을 정도였습니다.

"자! 어서 가세요! 얼! 른!"

마녀를 가리키며 떼를 쓰는 프리실라.

"아뇨, 하지만 프리실라 님……." "헤헤헤…… 좀 무리예요." "나무서워……."

아무리 프리실라의 노예 상태가 되었다고는 해도 자아를 완전히 빼앗긴 것도 아니었습니다.

"우으으으……."

이렇게 되면 모처럼 고생해서 프리실라의 노예 상태로 만든 의미가 없습니다.

"……좋아요. 알았습니다. 그렇다면 이 약을 마시도록 하세요."

프리실라는 나무 상자에서 부스럭거리며 약을 세 병 꺼내더니, 그것을 세 사람에게 건넸습니다.

그것은 신체 능력을 향상시키는 약이었습니다.

"오오…… 이건……!" "대, 대단해……!" "아아…… 힘이 솟구쳐……!"

요컨대 도핑입니다.

"후후후…… 이것만 있으면 만사 해결이랍니다! 자, 가세요!"

그리고 자신을 되찾은 사천왕(하지만 세 사람)은 고작 열 살 소녀를 쓰러뜨리기 위해 쓸데없이 씩씩하게 진군해 갔던 것입니다.

○

뭔가 이상한 3인조가 나타난지라 세 사람에게 제각기 성냥불을 보여주었습니다.

"어? 진짜? 나를…… 좋아해……? 아니, 실은 나도…….."

안경 꽃미남은 아무래도 여자아이에게 고백받는 망상이라도 보고 있는 모양입니다. 그것참 건전하군요.

"헤헤…… 약해…… 이 녀석이고 저 녀석이고 인간은 피라미뿐이야……."

이쪽 소년은 한창 사춘기인 모양입니다. 어떤 의미에서 건전하군요.

"그만둬! 모두 나를 두고 다투지 마……!"

이쪽 요염한 느낌의 여성은 남자들이 자신을 두고 다투는 망상을 보고 있는 모양입니다. 겉보기와 다르게 소녀로군요.

뭐, 아마도 이 세 사람 모두 프리실라가 파견한 적일 테지만, 간단히 세 사람 모두 제압해버렸습니다.

분명 제 앞에 나타나 5초 정도밖에 걸리지 않았을 겁니다.

●

"크읏…… 저 성냥은 인간이라면 누구라도 포로로 만들어버리는 모양이로군요……."

수하를 희생시켜 조금 영리해진 프리실라였습니다.

그러나 근육남을 비롯한 사천왕을 보낸 것만이 그녀의 작전은 아니었습니다. 어려진 마녀에게 영업을 방해받은 것이 발각된 후 족히 며칠의 시간이 흘렀습니다.

그사이에 아무런 대책도 생각하지 않았을 그녀가 아니었습니다.

"후후후…… 가능하면 이 수는 쓰고 싶지 않았습니다만…… 어쩔 수 없군요……."

그녀는 새로운 약병을 꺼내더니 대담한 웃음을 흘렸습니다.

마법 총괄 협회에서 보내진 마녀는 그저 일을 방해하고 있었을 뿐, 특별히 두려워할 만한 상대도 아니라고 생각했습니다. 그래서 인간을 파견해 냉큼 사라지게 할 셈이었습니다만, 그래도 여전히 물러나지 않는다고 한다면 조금 억지스러운 수를 쓴다고 해도 그것은 어쩔 수 없는 일일 테지요?

"이걸로 끝이랍니다…… 마녀!"

그리고 그녀는 뽕 하고 약병을 열더니.

짐승을 풀어놓았습니다.

○

이상한 네 사람을 성냥의 포로로 만든 지 수십 분 후.

또다시 프리실라가 보낸 새로운 자객이 나타났습니다.

"……에췻!"

그 생물을 눈앞에 둔 직후, 저는 재채기를 한 번 했습니다.

아무래도 프리실라 씨는 제 성냥이 대부분의 인간에게 효과를 발휘하고 만다는 사실을 깨달았는지, 사람 보내기를 포기했나 봅니다.

아마도 성냥 같은 것엔 흥미가 없을 법한 생물이 제 눈앞에 나타났으니 말입니다.

『냐아아아아아아아아아아아아아아아아아아아아아아아아아아아아아아아아앙.』

고양이였습니다.

다만 고개를 들고 올려다보아야 할 만큼 거대한 크기였습니다.

근질근질한 코를 훔치면서 저는 멍하니 제자리에 못 박혀 있었습니다.

"뭐야? 저 생물은?!" "위험해!" "도망쳐, 도망치라고!" "저런 거한테 잡아먹혔다간 끝장이야!"

제 주변을 둘러싸고 있던 성냥 중독자분들도 역시 괴물의 등장에 정신을 차렸는지, 길 위에 생겨 있던 인파는 순식간에 흩어지고 말았습니다. 아아 내 호구들이……

"후후후후후! 꼴 좋네! 마녀, 이걸로 당신도 끝이랍니다!"

멀리 떨어진 골목 그림자 속에서 제게 이겼다는 듯 소리를 지르는 프리실라 씨의 모습이 보였습니다.

"……에취!"

지금 당장 저곳으로 달려가 호된 꼴을 당하게 해줄까 한순간 생각했습니다만, 그러나 제 눈앞에는 거대한 고양이가 있었고, 그 탓에 저는 꼼짝달싹 못 하게 되어 있었습니다.

"이제 와서 울어봤자 늦었답니다! 저를 방해한 걸 후회하도록 하세요!"

저는 고양이와 안 맞는 체질로, 특히 이 거대한 고양이에게서 풍겨 오는 고양이 특유의 냄새가 저를 못 쓰게 만들고 있는지, 눈이 간지러워 참을 수가 없었고, 코가 근질근질해서 힘들었습니다. 울고 있는 것은 그 때문입니다.

결코 무서워서라든가 그런 사정은 아닙니다.

그보다, 과연 정말로 동물에게는 성냥이 듣지 않는 것일까요? 솔직히 말씀드리면 이런 상대를 마법으로 쓰러뜨리기는 힘들다고 할까, 애초에 지금의 저는 마력이 열 살 무렵인 때로 돌아간 상태인지라 가능하다면 마법 전투는 피하고 싶은 기분입니다.

"…………."

그런고로.

"에잇."

저는 성냥을 그어 고양이에게 불빛을 보여주었습니다.

『냐앙.』

있었습니다.

효과가 있었습니다.

"어라? 거짓말…… 효과가 있는 거야……?"

멀리에서 경악한 목소리가 울렸습니다.

성냥을 멀리 휙 던지자 거대 고양이는 또다시 『냐앙』하며 자그마한 불꽃을 뒤쫓아 가버렸습니다.

이미 승부는 정해졌다고 말해도 과언이 아니었습니다.

"우으으으으……."

제가 한 걸음, 또 한 걸음 나아갈 때마다 프리실라 씨는 분한 듯한 표정을 지으면서 슬금슬금 물러났습니다.

겁을 먹었으면서도 여전히 고집스러운 태도를 취하는 그녀의 모습이 조금 재미있어서, 저는 약을 올리듯이 아주 천천히 걸음을 옮겼습니다.

"자, 이제 어떻게 하시겠어요? 항복할 건가요? 아니면 싸울 건가요? 물론 저는 어느 쪽이든 상관없습니다만?"

어찌 됐든 결과는 마찬가지일 테니까요──라고 저는 말했습니다.

저에게 몰린 프리실라 씨는 조금씩 뒷걸음질 쳤습니다. 좁은 골목길 안, 조금씩, 서서히, 벽으로 몰렸습니다.

그녀에게는 도망칠 곳도 없었고 선택지도 더는 없었습니다.

"자, 어쩌시겠어요?"

저는 다시, 고개를 갸웃거렸습니다.

"크읏……."

결국 벽 앞까지 내몰린 그녀는 그러나 여전히 항복할 마음이 들지 않는 모양이었습니다.

"우, 웃기지 마요……! 저는 장래 마녀가 될 여자예요! 이런 곳에서 끝날 수는 없답니다!"

그리고 그녀는 품에서 지팡이를 꺼내—.

"어라? 실례지만 뭔가요?"

프리실라 씨가 그것을 꺼내 든 직후에 저는 마법을 날렸습니다.

열 살 상태로는 복잡한 마법을 쓸 수 없습니다.

그러나 상대의 지팡이를 튕겨내는 정도는 간단합니다. 특기입니다.

"…………."

"…………."

달캉, 프리실라 씨의 지팡이가 길 위를 굴러갔습니다.

그러나 그것으로 포기할 그녀가 아니었습니다.

"흐, 흥! 마법 같은 건 제 특기 분야가 아니랍니다!"

목소리를 약간 떨면서 품속에서 꺼낸 것은 작은 병이었습니다.

약이야말로 그녀의 특기 분야라고 말하고 싶은 모양입니다.

"이걸 받아라, 랍니다!"

제가 지팡이로 튕겨내기도 전에 그녀는 그것을 던졌습니다.

"아니, 통할 리가 없지 않나요?"

뭐, 공중에 떠 있어도 튕겨내는 것은 간단합니다만.

공중에서 저의 마법을 제대로 맞은 작은 병은 땅바닥에 떨어져 깨졌습니다.

"…………."

"이, 이거라도 받아랏, 입니다!"

저는 그대로 멈춰 서서 그녀가 움직이기를 몇 초간 기다렸습니다. 깨진 작은 병을 바라보며 약간 울 것 같은 얼굴이 된 그녀는 다시 자포자기한 느낌의 목소리와 함께 새로운 작은 병을 제게 던졌습니다.

물론 쳐서 떨어뜨렸습니다.

"…………."

"……에잇! 에잇!"

그러고서 몇 번이나 그녀는 제게 작은 병을 던졌습니다만, 애초에 열 살 정도의 모습이 되었다고는 해도 저도 어느 정도는 마법을 쓸 수 있습니다. 그 정도의 공격을 제대로 당할 만큼 어리석지도 않습니다.

작은 병의 잔해가 몇 개나 바닥에 쌓여갔습니다.

던질 때마다 그녀의 표정은 험악해져갔습니다.

"저기…… 이제…… 무기가…… 없는데요……."

골목 구석 쪽에서 새끼 사슴처럼 떠는 프리실라 씨.

"아, 그런가요."

이제 항복이라는 뜻이므로 저는 다시 그녀와의 거리를 좁히기 시작했습니다.

"……저기……? 더는 무기가…….."

움찔움찔 떠는 프리실라 씨의 모습은 처음 만났을 때보다 조그맣게 보였습니다.

"무기가? 뭐 어떻다는 거죠?"

저는 꾸며낸 미소를 지으며 그녀에게 다가갔습니다.

"그나저나 참고로 듣고 싶습니다만, 당신 이런 시골 마을에서 수상한 마법약을 만들어서 비싸게 팔아 무얼 하고 싶었던 건가요?"

"앗, 네? 그건…… 그…….."

이제 위세 좋았던 그녀는 그곳에 없었습니다. 그저 막다른 곳에 몰린 사냥감이 있을 뿐이었습니다.

"저기…… 저…… 마녀가 되고 싶어서 말이죠…… 그래서, 조금…….."

"대답이 모호하네요. 조금 더 분명하게 말해주겠어요?"

"히익."

움찔 어깨를 떠는 프리실라 씨. 길 위에 풀썩 주저앉은 그녀는 덜덜 떨면서 말했습니다.

"저기…… 여기, 시골 마을이니까, 그래서 도시로 나가서 마법 공부를 하기 위한 자금을——."

"오호라. 훌륭하군요."

"그, 그렇죠? 그럼 용서해──."

"아뇨 그거랑 이거는 다른 이야기입니다."

우쭐대지 말아 주셨으면 합니다.

그리고 겸사겸사 말하자면.

"제 몸을 작게 만든 것도 다른 이야기입니다. 저에게 먹인 약, 대체 효과가 얼마나 가는 거죠?"

"……일주일 정도예요."

"조금 더 빠르게 고칠 방법은 없는 겁니까?"

"해제약을 쓰면 돌아갈 거예요……."

"그건 어디 있죠?"

"제집에 있어요……."

"오호라."

그 말은 즉, 저는 지금 당장이라도 원래대로 돌아갈 수 있다는 말이로군요.

다행입니다. 역시 줄곧 이 상태여서는 여행을 제대로 할 수 없을 테니까요. 가능하면 빨리 돌아가고 싶다고 생각하던 참입니다.

……상당한 소동을 일으키고 말았으니, 이 나라에서 열 살 정도의 외모인 채로 영업을 하는 것은 어려울 테죠.

"그럼 저를 원래대로 돌려놔 주시겠습니까?"

저는 그녀에게 미소 지어 보였습니다.

그 미소를 본 프리실라 씨는 아무래도 무언가 착각을 했는지 "네?" 하며 멍한 표정을 짓더니, 이내 활짝 밝아졌습니다.

"그, 그럼……! 혹시, 원래대로 돌아가면 봐주시는 건가요?"

그러고는 그런 도무지 이해할 수 없는 이야기를 하셨습니다.

대체 무슨 말씀을 하시는 건가요?

"그럴 리가 없지 않습니까?"

저는 웃음을 무너뜨리지 않은 채.

"하지만 저도 악마는 아니니, 선택할 권리를 당신에게 드리는 것은 가능합니다."

그리고 말했습니다.

"따끔한 맛을 보고서 저를 원래대로 돌려놓을지, 무서운 맛을 보고서 저를 원래대로 돌려놓을지—— 어느 쪽이 좋으신가요?"

그리고.

그날, 마을 한편에서 열 살 마법사 씨의 비명 소리가 메아리쳤습니다.

○

"이번 일의 줄거리는 대략 그런 느낌입니다."

해제약으로 원래 모습으로 돌아온 저는 프리실라 씨를 넘기는 동시에 이번 사건의 전말을 간단한 보고서로 정리하여 관리님에게 건넸습니다.

보고서를 처음부터 끝까지 다 읽은 관리님의 반응은 이랬습니다.

"그렇습니까……. 그저 돈을 벌고 싶어서 그런 짓을 벌였던 건가요……."

저는 힘주어 고개를 끄덕였습니다.

"뭐 바꿔 말하자면 돈만 손에 들어오면 그렇게 물건을 팔지는 않을 거라는 뜻입니다. 상황에 따라서는, 돈이 생기는 대로 이 나라를 떠날 셈일 거라고 봅니다."

"흐음……."

관리님은 고개를 끄덕이더니 "아, 그러고 보니" 하고 입을 열었습니다.

"그런데 마녀님이 오고서 어제까지, 며칠 동안 묘한 성냥팔이 소녀가 나타났었는데. 거기에 관해서는 아는 게 없으십니까?"

"없습니다."

"그렇습니까……. 글쎄 그 성냥에 기묘한 마법이 걸려 있었는지…… 그 탓에 주민들이 성냥 중독에 빠져버렸습니다만…… 모르십니까?"

"모릅니다."

"그리고 어제 글쎄 거대한 고양이가 마을에 나타났다고 하는 보고가 있었습니다만……."

"모릅니다."

"그렇겠지요…… 저희 쪽에서도 수색을 하고 있는데, 좀처럼 발견되지를 않아서요……."

그도 그럴 것이, 프리실라 씨의 해제약을 먹여서 고양이도 원래 모습 그대로 평범한 반려동물로 돌아갔으니, 이제 와서 찾아

본들 발견될 리가 없습니다.

관리님이 낮게 신음하면서 제가 정리한 보고서로 시선을 떨구었습니다.

"마녀님…… 정말로 이 보고서를 협회에 제출하실 생각이십니까?"

"안 되나요?"

"아뇨, 안 되는 건 아닙니다만……."

말끝을 흐리면서도 그는 또다시 낮게 신음했습니다.

제가 마법 총괄 협회에 제출할 예정인 보고서는 이렇게 마무리가 되어 있습니다.

『마법사 프리실라는 제대로 된 마법 교육을 받지 못했기 때문에 이러한 사건을 벌이게 되었습니다. 스승 아래에서 제대로 마법을 배우면 아마도 장래 유망한 마녀가 될 것이 틀림없을 겁니다. 따라서 이번에는 어떤 벌도 필요 없다고 판단했습니다.』

즉, 그녀는 감옥에 들어갈 필요도 없고, 어떠한 제재를 받을 필요도 없다는 뜻입니다. 그보다 제재라면 제가 개인적으로 가했으니까요. 해야 할 것이 있다고 한다면 어른들이 제대로 꾸짖어주는 정도일 것입니다.

지금은 아직 별 볼 일 없는 마법밖에 쓰지 못하지만, 약 정도밖에 만들지 못하지만, 아직 열 살이니 이제부터일 테죠.

아직 그녀는 바깥세상을 모르는 것뿐입니다.

마법을 쓰는 방법을 아직 모르는 것뿐입니다.

"그녀는 아직 마법이라는 것이, 마녀라는 것이 어떤 것인지를 모를 뿐입니다. 어차피 당장이라도 나라를 나갈 것 같으니——."

돈은 충분히 구한 모양이니, 그녀는 곧 이 나라를 떠날 테지요. 게다가.

"열 살 여자아이에게 이래저래 당하고 그걸 그대로 복수하듯 제재를 가한다고 한다면 이 나라의 체면이 상하지 않을까요?"

저는 말했습니다.

"이 시골 도시에서는 보기 드문 마법사 여자아이에게 제재를 가해 싹을 자를지, 아니면 이번에는 봐주면서 은혜를 베풀어두고 언젠가 격이 있는 마녀로서 이 나라에서 활약하게 할지, 어느 쪽이 좋겠습니까?"

●

그 후로 프리실라는 나라의 관리에게 흠씬 혼이 났습니다.

관리는 사기가 얼마나 나쁜 짓인지를 장황하게 설명하고, 돈이란 어렵게 구하기 때문에 가치가 있는 것이라 말하며 프리실라가 수상한 약을 팔아오면서 얼마나 많은 사람들에게 피해를 끼쳤는지를 산처럼 쌓인 피해 보고서를 보여주면서 거침없이 이야기하기도 했습니다.

그것은 옆에서 보면 단순한 설교였습니다.

프리실라는 그저 나쁜 짓을 해서 혼나고 있을 뿐인 어린아이였습니다.

이윽고 약 한 시간 가까이 잔소리를 계속했던 관리가 "——뭐,

이야기는 이상이다. 앞으로는 주의하도록" 하고 마무리를 지었습니다.

제재도 없고 처벌도 없었습니다. 그저 설교만으로 끝났습니다.

"저기……?"

너무나도 간단히 끝나버린 설교에 프리실라는 어리둥절해졌습니다.

"벌금 같은 건…… 없는 건가요……?"

그러나 관리는 매우 평범하게 고개를 저을 뿐이었습니다.

"돈에 관한 건 신경 쓰지 않아도 돼. 지금까지의 피해자에게 지불할 보상금은 이쪽에서 준비할 테니까."

"……네?"

"그렇게 말해도, 마녀님에게 지불할 예정이었던 돈을 그쪽에 쓰게 되었을 뿐이지만――."

기가 막힌다는 듯이 관리는 어깨를 으쓱였습니다.

"보수를 전부 보상금에 써달라고 부탁받았거든."

그건 즉, 마녀가 온정을 베풀었다는 의미일 테지요.

이번에는 초범이니 용서해주겠습니다――라고 말하고 있는 듯도 했습니다.

"…………."

그러나 잘 생각해보면 더러운 수법으로 성냥팔이를 한 덕분에 잔뜩 벌었을 테니 보수 정도는 없어도 별문제도 아니리라고, 프리실라는 생각했습니다.

"아, 그리고 마녀님이 너에게 주는 선물이 있단다."

관리는 커다란 꾸러미를 프리실라에게 건넸습니다.

"사실은 그녀가 이 나라를 떠난 후에 주라고 했는데 말이지— 뭐, 모처럼이니까 지금 주마."

그 성격 나쁜 마녀가 주는 선물이라니, 프리실라는 진심으로 두려워하며 그 꾸러미를 받아 들었습니다. 열면 폭발이라도 하는 것은 아닐까 경계하면서도 프리실라는 천천히 꾸러미를 열었습니다.

"……?"

그러나 프리실라는 또다시 어리둥절해졌습니다.

안에는 평범한 책이 한 권 들어 있을 뿐이었습니다.

"그녀는 아무래도 여러 나라를 여행하는 마녀인가 본데, 이 주변 나라들도 얼추 돌아봤나 보더구나. 네가 앞으로 바깥세상에서 마법을 배우는 데 도움이 될 법한 것을 모아 책으로 만든 모양이야. 그걸 활용해 달라더구나."

책을 팔랑팔랑 넘기면서도 프리실라는 관리의 말을 흘려듣고 있었습니다.

거기에는 주변 지역의 지도가 있었습니다. 혼자서 여행을 할 때 명심해야 할 것들이 있었습니다. 마녀가 한 번 방문했던 적이 있는 나라에 관해서는 자세한 설명과 마법사에 대한 대응 방법, 혹은 마법을 배울 수 있는 학교의 유무와 같은 내용이 상세하게 설명되어 있었습니다.

그것은 프리실라에 대한 작별 선물처럼 느껴졌습니다.

책의 마지막에 단 한 문장.

"당신이 장래에 훌륭한 마녀가 되기를 진심으로 바랍니다."

그렇게 마무리 지어져 있었기 때문입니다.

○

정신없이 사건 하나가 막을 내리고, 잠시 이 나라에서 머물던
저는 나라를 떠나기로 했습니다.

이 나라에는 원래 일을 하러 왔던 것이니 오래 머무를 필요 없
을 테지요. 뭐, 일이라고 해도 저는 그다지 대단한 일도 하지 않
았지만 말이지요.

결국 제가 한 일이라고는 나라 안에서 수상한 성냥을 팔았을 뿐
인, 무어라 말하기 어려운 전말입니다.

그 김에 이상한 마법사 탓에 열 살이 되거나, 열 살인 채로 이
상한 여자아이와 전투를 하거나 한 듯한 기분이 듭니다만, 솔직
히 말씀드리면 그 부분에 관해서는 뭐, 딱히 별것도 아니었다고
여겨집니다.

"——일레이나 님!"

그러니 뒤에서 그런 식으로 말을 걸어온다고 해도 저는 그저 의
문을 느낄 뿐이었습니다.

저에게는 일레이나 님이라며 흠모받을 법한 일을 한 기억이 없
습니다.

"일레이나 님! 기다려주세요!"

"…………."

깨닫고 보니 제 팔을 꽉 잡은 손이 있었습니다.

"……뭔가요?"

돌아보자 눈을 반짝이는 프리실라 씨의 모습이 있었습니다.

"일레이나 님! 아니, 언니!"

프리실라 씨는 어째선지 잘 알 수 없는 호칭으로 저를 고쳐 불렀습니다.

"책, 감사드려요!"

"……책? 아아…… 아뇨. 딱히 괜찮습니다. 그 정도는."

이상합니다…… 저는 분명 "아시겠습니까? 이 책은 제가 떠나고 나서 건네주셔야 합니다. 반드시요. 절대로 이 나라를 떠난 다음에 건네주셔야 합니다"라고 못을 박아두며 부탁했을 터인데 말이죠…….

그 관리님은 귀가 뭘로 막혀 있는 것일까요……?

"언니에게 받은 이 책은 가보로 삼겠어요!"

순진무구하게 얼굴을 활짝 꽃피우는 프리실라 씨.

"지금까지 저의 이상을 이해해준 사람은 아무도 없었답니다……. 이렇게 기쁜 선물은 처음이에요!"

"아, 네. 기뻐해 주시니 다행입니다…….."

"그리고 그리고, 저, 언니처럼 강하고 상냥하고 멋지고 약간 비열하면서 쓰레기 같고 근성이 썩은 마녀를 줄곧 동경해왔답니다!"

"어라? 저, 바보 취급당한 건가요……?"

"어른이 되면 언니 같은 마녀가 되겠어요!"

"제대로 된 어른이 되지 않겠다는 뜻으로 받아들이면 되는 겁니까?"

그보다.

"제 이름은 언니가 아닙니다만……."

"에이, 사소한 건 신경 쓰지 말아 주세요! 언니!"

아무래도 고칠 마음은 없는지, 프리실라 씨는 미소를 띤 채 "그런 것보다, 언니. 언니는 지금부터 이 나라를 떠나버리는 거죠?"라며 고개를 갸우뚱거렸습니다.

"……뭐, 딱히 이제 용건이 없어서요……."

"그렇다면 이걸!"

프리실라 씨는 제 손에 작은 병을 쥐여주었습니다.

찰랑하고 안에서 투명한 액체가 흔들리고 있었습니다.

"…………."

저는 프리실라 씨를 보았습니다.

"저기, 이건 뭔가요?"

"이건 제가 언니에게 마시게 했던 엄청난 약이랍니다!"

"엑, 엄청나게 필요 없습니다."

"저를 생각하며 써주셔야 해요……?"

프리실라 씨는 뺨을 확 붉혔습니다.

"써야 할 상황이 전혀 떠오르지 않습니다만……."

"우후후……."

프리실라 씨는 나이에 비해 요염한 눈동자로 저를 올려다보았습니다.

"언젠가, 제가 어른이 되면, 언니를 만나러 가겠어요……. 그때

는, 그 약을 마시고 같은 나이가 되어주세요……. 그리고 함께 농
밀한 나날을 보내요."

"엑? 필요 없어……."

"참고로 이번 약은 살짝 개량을 더했답니다. 한 모금 마시면 한
살 어려지도록 조정했지요! 즉, 열 모금 마시면 열 살 어려진답니
다! 이상적인 나이 차이가 돼서 러브러브 할 수 있어요! 괜찮다면
재회했을 때, 서로 처음 만났을 때와 같은 나이까지 돌아가서 노
스탤지어에 젖는 것도 가능하답니다!"

"당신 이 나라를 떠나면 다른 범죄로 잡힐 것 같네요……."

"자, 받아주세요!"

"삼가 돌려드리겠습니다."

"사양하지 말아주세요!"

"사양이 아닙니다. 완전히 질린 겁니다."

"정말이지. 부끄러워하다니 귀여우세요! 하지만 괜찮답니다!
만약 언니가 그 약을 헛되이 한다고 해도, 저와 재회한 그때엔 무
조건 같은 약을 만들어 마시게 하겠어요!"

깨버려도 소용없다고 말하고 싶은 모양입니다.

"……하아."

저는 한숨을 내쉬고 약을 가방에 담았습니다.

"뭐, 일단 받아두겠습니다……."

받지 않으면 놓아주지 않을 것 같으니 말이죠.

한결같이 눈을 반짝이는 프리실라 씨의 머리에 저는 손을 올렸
습니다. 폭신폭신한 모자의 감촉과 "으응" 하며 목을 울리는 프

©Azure

리실라 씨의 표정이 돌아왔습니다.

"뭐, 그…… 앞으로 이것저것 힘들겠지만…… 열심히 하세요."

그리고 저는 손을 흔들며 그녀와 헤어졌습니다.

언제까지고 저를 향해 손을 흔들면서 "언니이이이이이이이!" 하고 외치는 프리실라 씨를 등 뒤에 두고서 저는 걸었습니다.

붉게 그을린 벽돌 건물이 나란히 늘어선 그 길거리는 변함없이 하얗게 물들어 있었습니다. 눈은 이미 녹기 시작했고, 눈부신 맑은 하늘 아래에서 샤베트 상태가 되어가고 있었습니다.

추위는 변함없습니다.

다음은 따뜻한 나라에라도 가볼까 하고 멍하니 생각했습니다.

"언니이이이이이이이이이이!"

…………

결국 이 나라에서 벌어진 일은 마법 총괄 협회의 일을 수락하여 사건을 해결했을 뿐이라고 하는 참으로 간단명료한 전말입니다만, 그러나 저는 저도 모르는 사이에 예상치 못한 부작용을 불러들이고 만 모양입니다.

바라건대, 프리실라 씨가 만든 약처럼 부작용만 효과를 발휘하는 일이 없기를 기도하면서, 저는 다시 여행으로 돌아갔습니다.

"아아…… 이제 틀렸어……. 나는 이제……."

고급 숙소에서.

한 남자가 베란다 난간에 걸터앉아 멀리 아래로 보이는 지면을 바라보면서 한탄하고 있었습니다. 그 뒷모습은 애수가 감돌았고, 객관적으로 보아 그는 매력적인 남성으로 분류될 만한 외모를 하고 있었습니다. 등에 자라난 박쥐 같은 날개를 무시할 수 있다면, 이지만 말이지요.

"아아, 신이시여! 나는 당신을 진심으로 원망하오! 어째서 나는, 이렇게도…… 비참하고 초라한 종족으로 태어나고 만 것일까── 만약 내가 평범한 인간이었다면, 이렇게 괴로워하는 일은 없었으련만…… 그게 엄청나게 잘생겼으니까……."

하늘을 올려다보는 꽃미남.

참고로 현재 하늘은 흐렸습니다. 신은 아무래도 꽃미남과는 얼굴을 마주하고 싶지 않은 모양입니다.

"나는 이제 죽을 수밖에 없어…… 이대로 떨어져 버리면…… 분명 아름답게 죽을 수 있을 테지……."

그런데 그가 머물고 있는 방은 고급 숙소 중에서도 최고급. 즉, 최상층. 내려다보면 큰길을 오가는 사람들이 마치 개미처럼 자그맣게 보였습니다.

떨어지면 엉망으로 뭉개질 것만 같은데 괜찮은 겁니까?

"저기."

저는 그에게 말을 걸었습니다.

"! 말리지 말아줘! 나는 이제 살아갈 기력을 잃었어!"

거칠게 말하는 꽃미남 씨.

"아니면 네가 나를 구할 여신이 되어주기라도 할 셈이야?"

"네? 아뇨, 저기……."

"알고 있어…… 알고 있다고. 너는 매우 다정하네…… 목숨을 내던지려 하는 남자를 말리다니…… 하지만 내버려 둬줘……. 나는 이제 마족으로서 살아갈 기력을 잃어버렸으니까……."

"아, 네에……."

"당신은 정말로 다정하네…… 들어주겠어? ……나의 고민을……."

"저기."

"나는 말이지…… 실은 태어나서 지금까지 여자를 유혹하는 데 성공한 적이 없어. 이렇게 단정한 얼굴을 하고 있어도, 마족으로 태어나버렸으니 여자들이 싫어하지. 전혀 상대해주질 않아……."

"저기이."

"즉, 동정이야."

"저기──."

"여자와 인연이 없는 채 태어났어. 분명 앞으로도 그럴 테지. 그렇다면 나는 이제, 차라리 죽어버리는 편이 낫겠다고 생각한 거야. 이대로 보답받지 못한 채 살아가야만 한다면──."

"저기!"

품위 없게 언성을 높이고 말았습니다.

"나를…… 위로해주는 거야?"

하지만 그는 묘한 착각을 할 뿐이었습니다.

애초에 제가 말을 건 것은 그러한 사정 때문이 전혀 아닙니다만.

"……아니 그게 아니에요. 좀 시끄럽거든요. 독서에 집중이 안 돼요."

"…………."

"조용히 좀 해주시겠어요?"

"…………."

최고급 숙소 최상층. 그 베란다에서 우아하게 독서에 열중하는 마녀가 한 명 있었습니다.

그렇습니다. 저입니다.

그러나 옆방 남자가 갑자기 자살을 시도하려고 하는 바람에 피해를 입었습니다.

"……역시 그렇겠지. 아무도…… 나 따위……."

"…………."

아무래도 성가신 남자에게 걸리고 만 모양입니다. 이대로 내버려 두었다간 뛰어내릴지도 모르고, 뛰어내리지 않는다고 해도 끝없이 부정적인 발언을 옆방 베란다에서 중얼거릴지도 모릅니다. 너무나도 민폐입니다.

"저기…… 괜찮다면 그 고민, 들어드릴까요?"

"! 상냥하게 대하지 말아줘!"

"알았습니다상냥하게대하지않겠습니다."

"아! 잠깐 기다려! 역시 조금이라도 좋으니까 상냥하게 대해줘!"

"당신 대체 뭔가요……?"

저는 아마도 눈을 가늘게 떴으리라고 생각합니다.

"실은 고민이 좀 있어서…… 미안해. 지금 살짝 정서가 불안정해."

그는 한숨을 내쉬며 고개를 푹 숙였습니다.

"보면 알 거라고 생각하지만, 나는 꽤 막다른 곳에 몰려 있어."

"네에."

확실히 보기만 해도 알겠습니다.

"그런데, 자네 이름은?"

"일레이나입니다."

"그런가…… 일레이나라…… 좋은 이름이로군……."

그는 저를 바라보며 힘없이 미소 지었습니다.

"그런데 일레이나 씨…… 좀, 내 부탁을 들어주지 않겠어……?"

"유언인가요?"

"아냐."

"……쓸데없는 부탁이라면 바로 방으로 들어갈 건데, 괜찮겠어요?"

"괜찮아! 쓸데없지 않으니까! 생사가 걸린 문제니까!"

매달리듯이 부정하는 꽃미남 씨. 직전까지 차분하던 그는 어디로 가버린 것일까요. 하늘에 불려가 버린 것일까요?

그나저나, 과연. 확실히 정서가 불안정해 보입니다.

참고로 저는 그런 그에게 약간 질렸습니다.

"그래서, 부탁이라니 뭔가요?"

제가 살짝 사무적으로 그렇게 묻자 그는 숨을 힘껏 들이쉬고, 그리고 형형한 눈빛으로 말했습니다.

　"나와 세——."

　저는 방으로 돌아갔습니다.

　○

　"아니, 저기, 방금 그건 저거야. 말실수라고 할까, 그 왜! 아직 말하던 도중이었잖아! 딱히 불순한 마음 같은 건 없어! 저기, 부탁해! 이야기를 들어줘!"

　똑똑, 쾅쾅, 꽃미남이 복도에서 제 방문을 두드리고 있는 모양입니다.

　"……민폐니까 돌아가 주시겠어요?"

　저는 체인을 걸어둔 채 문을 아주 조금만 열고서 그를 노려보고 있었습니다.

　"홋…… 미안하지만, 나는 살 곳을 이미 잃은 몸이야. 그러니 돌아갈 곳은 없어!"

　"돌아가는 건 집이 아니라 흙 쪽이에요."

　"아아, 죽어버리라는 건가……."

　"그럼 저는 이만."

　"아! 잠깐 기다려! 기다려, 부탁이야! 내 이야기를 들어줘!"

　문틈으로 손을 찔러 넣고서 억지로 대화를 이어가려고 하는 꽃미남 씨.

"훗…… 네가 내 이야기에 귀를 기울여줄 때까지, 나는 이 손을 치우지 않을 거야."

"딱히상관없습니다만문에손이먹혀버려도전모릅니다."

"뭐?"

"에잇."

콰작.

그의 양손이 문의 먹이가 되었습니다.

그의 단말마 같은 비명이 고요한 고급 숙소 복도에 울려 퍼진 것은 말할 것까지도 없었고, 가능하다면 다른 방의 손님이 도움을 요청하러 가주지 않으려나 하고 생각했습니다.

"……훗. 도움을 부를 셈인가? 하지만 너는 하나 착각을 하고 있군……! 이 고급 숙소 최상층에는 현재 나와 너밖에 묵고 있지 않아! 고로, 내가 얼마나 소리를 치든 도움은 오지 않지! 포기해 헤헤헤헤헤헤헤……."

"잘도 그런 걸 아는군요."

"귀여운 여자아이의 옆방에서 묵을 수 있도록 숙소 주인에게 부탁해뒀으니까. 그리고 그 김에 다른 방에 사람이 묵지 않게 해 달라는 매수도 해두었지."

"우와아……."

기분 나빠…….

"그건 제쳐두고, 이야기만이라도 들어주지 않겠어? 방금 전 오해를 풀어두고 싶은데."

"오해가 풀린들 지금 현재 당신의 기분 나쁜 언동은 없었던 게 되지 않습니다만."

"괜찮아, 그거라면 문제없어."

"문제밖에 없는 것 같습니다만."

"아니, 걱정할 것 없어. 내가 이렇게까지 필사적인 데는 이유가 있거든. 그러니까 내 사정을 끝까지 들으면 분명 기꺼이 자네는 나와 연인 사이가 되어——."

쾅작.

"으아아아아아아아아아앗!"

아무튼, 그는 제멋대로 자기 자신의 이야기를 문 너머에서 하기 시작했습니다.

그것은 마족으로 태어난 청년의 슬픈 이야기……였습니다. 아마도.

음마.

단정한 생김새와 은혜받은 체형을 한 마족의 총칭입니다. 외견은 인간과 거의 다르지 않았고, 차이는 등에 박쥐 날개가 자라나 있는 정도일 테지요. 특히 이 음마 중에서도 서큐버스라고 불리는 여성 종족은 남자에게 음란한 꿈을 꾸게 하고 그 대가로서 정기를 조금 가져가는 것을 생업으로 삼고 있으며, 인간 사회에 잘 녹아들어 오랫동안 살아왔습니다.

나라에 따라서는 이 서큐버스들이 경영하는 밤의 가게 등이 있기도 하다고 합니다. 참고로 제가 현재 체재하고 있는 이 나라도 그중 하나입니다.

그리고.

그는 음마 중에서도 보기 드문 남성형 종족. 인큐버스라고 합니다.

인큐버스라고 해도 기본적인 성질은 서큐버스와 다르지 않습니다. 이성에게 음란한 꿈을 꾸게 하고 그 대신에 정기를 조금 가져가며 오랫동안 살아간다── 그저 그뿐이라고 합니다.

그런데.

"저어어언혀 없어! 팔리지 않아. 하나도 팔리지 않아. 이제 정말로 죽고 싶어질 정도로 나는 인기가 없다고."

"네에."

예를 들면 서큐버스는 거리로 나와서 "저기, 거기 오빠? 잠깐 저기 숙소에서 쉬다 가지 않을래? 좋은 꿈을 보여 줄, 게♥"라든가 "나 조금 지쳤어……♥"라든가 "오늘 밤은…… 집에 가기 싫은데……♥"라든가 하는 싸구려 연기를 섞어가며 유혹해 남자를 낚아서는 서큐버스가 경영하는 숙소로 데려가고, 다음은 잠든 남자에게 적당히 야한 꿈을 보여주면서 옆에서 담배를 피우면 남자가 "헤헤헤…… 최고였어……"라며 큰돈을 두고 돌아간다고 하는 힘 안 들이고 돈을 버는 장사로 번창하고 있다고 하는데, 남성판 서큐버스인 인큐버스는 그렇지 않다고 합니다.

우선 거리에 나갑니다.

『어이어이! 거기 누님! 나와 음란한 꿈…… 꾸지 않을래?』

『뭐? 기분 나빠.』

『………….』

이렇게, 우선 여자아이를 낚는 것이 불가능하다고 합니다. 즉, 출발선에도 서지 못하는 것입니다.

그것도 그럴 테지요.

"남성과 달리 여자아이는 그런 것에 저항을 느끼는 경우가 많으니까요. 게다가 당신은 겉모습부터가 인큐버스라는 것이 드러나 있잖아요."

서큐버스가 숙소를 경영할 정도이니, 이 나라에서는 음마라는 존재가 어느 정도 인지되어 있을 테죠. 그런 나라에서 인큐버스가 말을 걸었다고 한다면, 여자아이의 머릿속에서 눈앞의 남자와 음란한 행위가 곧바로 연결되는 것입니다. 과연, 그렇군요. 경계당하는 게 당연합니다. 완전히 몸을 노리고 있다고 여겨질 겁니다. 여자아이가 낚이지 않는 것도 무리는 아니라고 봅니다.

"그래── 그래서 곤란해. 처음에도 말했지만, 나는 태어나서 지금까지 여자아이를 안아본 적이 없어. 음마인데 음마다운 일을 전혀 못 해봤다고."

"그렇겠죠."

"요컨대, 음마인데 동정, 음마 동정이야."

"당신, 부끄럽지도 않은 겁니까?"

"그러네…… 성인이면서 동정인 음마 동정은 아무래도 좀 싫은 걸, 하고 생각해……."

"아니 그쪽이 아닙니다……."

그러한 말을 그렇게 내뱉어도 아무렇지 않은 것이냐고 묻고 싶었던 것입니다만…….

221

"뭐, 그런 연유로."

그는 멋진 얼굴로 이쪽을 바라보았습니다.

"괜찮다면, 너에게 야한 꿈을 보여주어도 될까?"

대사가 전혀 멋지지 않습니다만. 망할.

"이 흐름에서 잘도 그런 걸 부탁하는군요. 당연히 싫습니다."

"……어떻게 해도? 야한 꿈이 싫다면 육체적 관계라도 가능한데."

"그쪽은 더 싫습니다."

"아니 하지만——."

"싫습니다."

"…………."

"싫습니다."

"…………."

지체 없이 곧바로 거절을 반복하는 저의 모습에 그는 드디어 마음이 꺾인 모양이었습니다.

"……그렇겠지, 안 되겠지…… 역시 나는 죽을 수밖에 없는 걸까…… 살아 있을 가치가 없는 쓰레기니까……."

"……하아."

조금 전까지의 언동으로 보면 분명 바로 그 말대로입니다. ……그렇게 말하고 싶어지는 마음을 누르면서 저는 그에게 한숨으로 답했습니다.

여기서 그를 무시하는 방법도 있을 테지만, 이 정신 상태가 너무나도 불안정한 분을 방치해두는 것도 위험할 듯한 기분이 드는군요……. 조만간 스쳐 지나가던 여자아이에게 그대로 덮쳐들고 말 것 같은 위태로움이 느껴집니다.

뭐, 그런 연유로.

"……당신의 제안을 받아들이는 것은 불가능하고 할 생각도 없습니다. 받아들이느니 차라리 저는 기꺼이 자해할 생각입니다. 하지만 어느 정도 조언을 하는 것은 가능하겠지요."

저는 잠시 망설인 후 한 가지 제안을 했습니다.

그가 여성과 제대로 인연을 맺지 못하는 것은 여성과의 교류에 경험이 전혀 없기 때문일 터. 즉, 어떻게 접하면 좋을지 알지 못하는 것일 뿐입니다. 그러나 경험의 부족함은 지식량으로 어느 정도 보완할 수 있습니다.

그런고로, 그가 앞으로 위험한 행동을 벌이는 일이 없도록.

"제가 당신에게 여심이 무엇인지를 가르쳐드리겠습니다."

그렇게 하면 당신은 내일부터 어떤 여자아이에게나 인기 만점일 겁니다. 매일매일 여자아이를 바꿔대는 것도 가능합니다──라고 저는 마치 악마처럼 속삭였습니다.

"여심을 가르쳐준……다고? 과연 네가 그런 일을 할 수 있을까?"

"무슨 말씀이십니까. 저는 여심 전도사라고 불릴 만큼 여심에는 빠삭합니다."

"여자아이인데 여심에 빠삭하다니……? 너 혹시 남자보다 여자가 좋──."

콰작.

"아아아아아아아아아아아아아아아아아아아앗!"

호텔 최상층에 단말마가 울려 퍼졌습니다.

○

우리는 거리를 걸었습니다.

"우선 대전제로서, 당신이 여성에게 익숙하지 않은 것이 바로 당신이 인기 없는 요인이라고 저는 생각합니다."

"응."

"당신이 진정 인기 있기 위해서는, 우선 여성에게 접근해서 그녀들이 어떤 존재인지를 알 필요가 있다고 저는 생각합니다. 당신에게 부족한 것은 여성에 대한 면역입니다. 그게 없기 때문에 실패하는 겁니다."

"확실히 그러네."

"하지만 당신은 인큐버스인 탓에 제대로 여성과 교류를 갖는 것이 불가능합니다. 여성을 알기 위해서는 여성과 어느 정도 친해지는 경험이 필요하건만, 당신은 그것조차 불가능한 겁니다."

"정말이지 그 말대로야."

"그러나 그것은 바꿔 말하자면, 당신이 인큐버스가 아니라면 여성과 교류를 갖는 것이 가능하다는 뜻이기도 합니다."

"일리 있군."

"그런고로 지금부터 여성에게 말을 걸어봐 주세요. 실패하는 일은 없을 거라고 봅니다. 지금의 당신은 인큐버스가 아니니까요."

"…………."

"왜 그러시죠? 겁이 나는 겁니까?"

"……아니, 그게."

"괜찮습니다. 걱정하지 않아도, 지금의 당신을 무서워하는 여성은 한 명도 없을 겁니다. 자, 용기를 내세요."

"아니, 용기를 내라고 한들……."

"이런 이런. 안 됩니다. 지금 당신의 그 외모로 그런 한심한 말을 해서는."

"아니 저기…… 그…… 뭐야? 이 차림은?"

인큐버스 씨는 시선을 떨구어 자신의 옷차림을 바라보며 미간을 찌푸렸습니다. 아주아주 의심스러워하는 표정을 한 그는, 그러나 지금까지 제 방문 너머에 있던 그와는 그야말로 다른 사람처럼 다시 태어나 있었습니다.

단정한 생김새를 한 그의 머리카락은 부드럽게 뻗어 있었고, 입고 있는 옷은 스커트와 블라우스라고 하는 그야말로 여성복 그 자체. 등에 날개가 자라나 있기는 했지만, 그 겉모습은 누가 어떻게 보아도 인큐버스가 아니었습니다.

단순명료하게 말씀드리자면.

"서큐버스입니다만."

즉, 서큐버스 코스튬플레이를 한 인큐버스 씨입니다.

"뭐야! 어째서! 내가! 서큐버스 흉내를 내야만 하는 건데?!"

분개하는 인큐버스 씨. 여성스러운 차림을 한 여자아이에게서 튀어나온 남자 같은 목소리에 길을 가던 사람들은 눈을 깜빡였습니다.

"알겠습니까? 애초에 처음부터 여자아이와 자겠다고 하는 비열한 생각을 갖고 있기 때문에 당신은 잘 풀리지 않는 겁니다."

저는 당당하게 그를 설득했습니다.

"이런 일에는 단계가 필요합니다. 당신에게 부족한 것은 여성과의 교류, 맞죠?"

"맞죠? 맞죠? 가 아니잖아! 이런 차림으로 사이좋아져 봐야 의미가 없잖아! 그보다 이건 그냥 변태일 뿐이잖아!"

"잘 어울립니다."

"쓸데없는 소리 하지 마!"

"애초에 저는 그 차림을 한 채로 사이좋아지라는 말은 한마디도 안 했습니다만."

저는 이런 이런 하고 고개를 저었습니다.

"알겠습니까? 당신은 지금부터, 그 차림을 하고 여성인 척을 하면서 여성들과의 교류를 쌓는 겁니다. 친해진 여성에게 당신이 인큐버스라는 사실을 밝힐 필요는 없습니다. 이건 연습입니다. 인큐버스로서 활약하기 위해서는 우선 여성에게 익숙해질 필요가 있으니까요."

"……즉, 이 차림으로 가면 여자아이와 친해지기 쉬울지도 모른다는 말이야? 하지만, 이런 차림으로 대체 누구에게 말을 걸라는 거야?"

"길을 오가는 사람에게 적당히 말을 걸면 되잖아요?"

"당치 않은 소리 하지 마……."

"네? 의외로 간단한데요?"

저는 길가로 가서 그대로 주변을 휙 둘러보았습니다. 사람들이 오가는 큰길에는 온갖 사람들의 모습이 보였습니다. 부부가 다정하게 걷고 있거나, 여자아이들이 나란히 서서 느긋하게 걷거나, 혹은 혼자서 쇼핑을 하거나.

…………

저는 미심쩍어하는 인큐버스 씨를 힐끗 한 번 바라보았습니다.

"그럼 시범을 보여드리죠."

그리고 걸음을 옮겼습니다.

일직선으로 곧장 다가간 곳에는 혼자서 쇼핑을 하는 평범한 외모의 여성이 있었습니다.

저는 그녀를 조준하고서 정면으로 곧장 걸어갔고, 그리고 "앗! 죄송합니다!" 하고 부딪혔습니다.

제대로 부딪혀 저는 엉덩방아를 찧었고, 그녀도 마찬가지로 넘어졌습니다. 조금 전에 샀을 터인 과일이 봉투에서 튀어나와 길 위로 쏟아지고 말았습니다.

세상에, 이 무슨 사고인가요.

"죄, 죄송합니다! 잠깐 한눈을 파는 바람에……."

저는 허둥지둥 당황한 척을 하면서 바닥에 굴러다니는 과일을 주워 모았습니다.

"아, 아뇨. 저야말로……."

상대측 여성도 허둥지둥 당황하고 있었습니다.

우리는 서로에게 죄송합니다 죄송합니다 하고 소곤거리면서 쏟아진 과일을 주워 모으고, 그리고 전부 다 깔끔하게 주워 담은 다음 서로에게 고개를 숙이며 헤어졌습니다.

"뭐, 대충 이런 겁니다."

저는 인큐버스 씨가 있는 곳으로 돌아가는 동시에 뽐내는 듯한 표정을 지어 보였습니다.

"아니…… 뭐? 부딪혔을 뿐이잖아?"

인큐버스 씨는 뚱해져서 눈을 가늘게 떴습니다.

이런 이런. 제가 그저 그 정도 일을 하려고 부딪혔다고 생각하는 겁니까?

"이걸 봐주세요."

저는 주머니에서 열쇠를 하나 꺼냈습니다.

제가 지금 묵고 있는 고급 숙소의 열쇠입니다.

"……그게 어쨌다는 거지?"

"이번에는 연습이었으니까 하지 않았습니다만── 만약 이걸 그녀가 실수로 가져갔다고 한다면, 어떨까요?"

"…………?"

눈치가 없는 모양입니다.

"조금 전 부딪힌 타이밍에 그녀의 봉투에 제가 몰래 이 열쇠를 넣었다고 해보죠. 그러면 어떤 결과가 되었으리라 보나요?"

"그야…… 열쇠를 숙소까지 가져다주겠지? 보통 사람이라면."

"그렇죠. 그 말대로입니다. 상대가 일부러 숙소까지 와주는 겁니다."

저는 힘주어 고개를 끄덕였습니다.

"그다음은 간단합니다. 숙소에서 당신이 대기하고, 그녀와 다시 얼굴을 마주하는 겁니다. 그리고『열쇠를 가져다준 답례』라든가 어떤 이유를 붙여서 상대에게 식사를 권해버리면 되는 겁니다. 당신이 인큐버스인 채라면 상대는 경계하고 말겠지만, 서큐버스인 지금의 당신이 권한다면, 상대측 여성도 방심하고 함께 식사를 하러 갈 거라고 봅니다. 다음은 적당히 식사를 하고 여성과의 교류를 쌓으면 됩니다."

그렇게 여성과 어울리는 법에 익숙해진 다음에 인큐버스로서 여성을 꾀면 되지요.

"과연…… 이거라면 여자아이와 간단히 사이좋아질 수 있다는 건가……! 마녀님, 대단해! 용케 이런 방법을 떠올렸군."

"후후후, 그렇죠? 그렇죠?"

"그런데 매우 솜씨가 좋던데, 평소에도 이런 짓을 하고."

콰작.

"아아아아아아아아아아아아아아앗!"

○

그 후로 일주일 정도가 지났을 무렵이었을까요?

이 나라에서 딱히 할 일도 없어진지라, 저는 나라를 떠나기 위해 짐을 꾸리고 숙소를 나섰습니다.

그 이후의 일을 말하자면, 옆방에서 묵었던 인큐버스 씨는 아무래도 서큐버스인 척을 하면서 여성과의 교류를 꾀하는 것이 나름대로 잘되어가고 있는 모양이었습니다. 매일같이 다양한 여성이 방을 찾아와서는 인큐버스 씨와 함께 어딘가로 외출했으니까요.

아무래도 인큐버스 씨도 서큐버스인 척을 하는 일에 익숙해졌는지, "저기 있지, 최근 번화가에 새로운 디저트 가게라 생겼더라. 같이 가지 않을래?"라며 여자아이 같은 말투로 여성에게 말을 걸 정도였습니다.

이 상태라면 그가 본래의 인큐버스로서 활약할 수 있는 날도 그리 멀지 않지 않을까요?

그런 생각을 하면서 저는 도시의 밤길을 걸었습니다.

"어서 오세요! 어때요? 당신 나와 함께 좋은 꿈을 보지 않겠어요?" "오빠, 지쳤지? 괜찮으면 쉬다 갈래?" "어머, 멋진 나리시네! 어떤가요? 오늘 밤 상대할 여성으로 나를 골라보는 건?"

나라의 문으로 이어지는 큰길에는 서큐버스들이 모여 있었습니다. 밤길을 혼자서 걷는 쓸쓸한 남성에게 말을 걸고는, 선정적인 눈빛을 보내며 팔짱을 끼고서 숙소 안으로 사라져갑니다. 이 나라의 밤 풍경은 건전함과는 거리가 먼 듯 보였습니다.

"…………."

그나저나.

저는 어떤 숙소 앞에 멈춰 섰습니다.

"……후훗. 오늘 밤엔 어느 남자로 할까나……."

저는 딱히 서큐버스가 경영하는 가게 같은 곳에는 흥미가 없었습니다만, 그 가게 앞에서 남성들을 감정하고 있는 서큐버스가 아무래도 눈에 익었습니다.

아뇨, 눈에 익었다고 할까.

뭐라고 할까.

명백하게.

"……뭐하고있는겁니까인큐버스씨."

였습니다.

어째선지 남성판 서큐버스인 인큐버스 씨가 여성들 사이에 뒤섞여 접객을 하고 있었습니다. 의미를 알 수 없습니다. 이유를 모르겠습니다.

제 존재를 눈치챈 인큐버스 씨는 "어머나! 마녀님이잖아! 오랜만이야"라며 얼굴을 환하게 빛냈습니다. ……누굽니까 이 사람.

"얼마 전에는 이것저것 고마웠어. 덕분에 나 음마로서 한층, 아니 두 층 더 성장했어."

"……네에."

"여자아이로서 여성들과 교제해가던 중에, 나 생각했던 거야. 『어라? 지금의 나는 엄청나게 귀엽지 않아……?』하고 말이야!"

"네에……."

뭐, 확실히 매력적인 외모이기는 합니다만…….

기막혀하는 저를 무시하고 그녀는 잇따라 빠르게 이야기하기 시작했습니다.

"그래서 있지, 나 여자아이와 함께 런치를 하러 다녔었잖아?"

그녀는 눈동자를 반짝이며 말했습니다.

"거기서 나…… 그……."

그러나 그녀의 눈동자는 곧바로 흐려지기 시작했습니다.

"여자아이의 더러운 부분을 목격하게 돼서 말이지⋯⋯ 정말이지⋯⋯ 뭐랄까, 예상보다 훨씬 더러운 생물이었어⋯⋯ 여자란⋯⋯."

이제 그녀의 눈동자에서 빛은 완전히 사라지고 말았습니다.

"금방 질투하지, 표면상으로는 사이좋게 지내면서 뒤에서는 험담만 하지, 야한 농담이 지독하지, 그런 주제에 남자 앞에서만 내숭을 떨지, 일방적으로 말하기만 하고 상대방 이야기는 전혀 듣지를 않지⋯⋯ 어쩐지 남자 앞의 여자와 여자 앞의 여자는 전혀 다른 사람이더라고⋯⋯."

"아, 네에⋯⋯."

분명히 뭐, 그런 여성도 없지는 않습니다만⋯⋯.

"어쩐지⋯⋯ 상상했던 것보다 여자는 더럽구나⋯⋯ 하는 생각이 들어서⋯⋯."

어두침침하게 그림자를 드리우듯 어두워진 여장 인큐버스 씨.

여성인 척을 하는 편이 여성과 가까워지기 쉽다는 것은 분명했습니다만, 동성과 이성 사이에서는 대응 방식이 달라지는 것도 당연했습니다. 그런 부분에 대한 면역이 없던 그에게는 아무래도 조금 힘들었던 모양입니다. 맹점이었습니다.

그러나 그는 곧바로 눈동자를 다시 빛냈습니다.

"그래서 있지, 나는 생각했던 거야! 내가 생각했던 여자는 이런 생물이 아냐! 하고 말이지!"

"아, 네에⋯⋯."

"여자아이는! 좀 더 이렇게⋯⋯ 예쁘고! 좋은 냄새가 나고! 보들보들하고! 나도 모르게 두근거리게 되는, 그런 존재라고!"

"아, 네에……."

"그래서 있지, 나, 생각했어! 그래! 내가 이상적인 여자가 되면 되잖아! 하고!"

"아, 과연…… 네?"

"그래서 이렇게 나는 서큐버스들 속에서 이상의 여자아이로서 영업을 하게 되었던 거야. 어때?"

"어때? 라고 말씀하신들…… 죄송합니다이해력이좀따라가지 못하고있습니다."

"홋. 간단한 거야. 즉, 내가 서큐버스의 여왕이 될 거야."

될 거야. 가아닙니다뭐하고있는겁니까?

그러나 그녀(?)는 기막혀하는 저를 무시하고 제 어깨에 손을 올려놓으면서 우후후 하고 웃었습니다.

"고마워, 마녀님. 나, 네 덕분에 눈을 떴어."

새로운 성적 취향에 말입니까……?

"저기…… 그…… 행복하다면 다행입니다……."

"그런데, 어때? 한가하면 잠깐 들렀다 갈래?"

척, 엄지를 세워 숙소를 가리키는 여장 인큐버스 씨.

"나는 남자든 여자든 어느 쪽이든 다 가능한데."

"저는 그렇지 않으니 삼가 사양하도록 하겠습니다."

"후후후후…… 어머나. 후회할 텐데? 무엇보다 나는 언젠가 음마의 정점에 설 자니까!"

그렇게 여장 인큐버스 씨는 소리 높여 웃으면서 밤의 도시로 사라져갔습니다.

어쩐지 말도 안 되는 몬스터를 만들어낸 기분이 들어 견딜 수 없었습니다.

훗날 얼핏 들은 소문입니다만, 어떤 변경의 나라에서 서큐버스보다도 인기 있는 인큐버스가 탄생했다고 합니다.

세상에 보기 드문 그 인큐버스는 인큐버스이면서 여성의 복장을 몸에 두르고, 그야말로 서큐버스처럼 남자도 여자도 관계없이 유혹하는 터무니없는 몬스터라고 합니다.

글쎄, 그 나라의 남성들에게 "이렇게 귀여운 서큐버스가 여자아이일 리 없어"라는, 이제 의미불명을 뛰어넘어 이해 불능인 선전 문구와 함께 그(그녀?)는 그야말로 밤의 정점에 올라섰다고 합니다.

더욱이 직업을 빼앗긴 서큐버스들은 항의 단체를 설립하고, 현재 인큐버스를 터무니없는 몬스터로 양성해낸 마녀를 혈안이 되어 찾고 있다고 합니다.

해피 엔딩.

"…………."

아니 전혀 해피 엔딩이 아닙니다…….

©Azure

『엿새째 낮』

여름의 끝을 알리는 선선한 바람이 불어오는 오후.

라트리타 국립 학원의 강당에 두 사람의 학생이 발을 들여놓았습니다.

한 사람은 검은 블레이저를 차려입은 소녀. 머리카락은 잿빛으로 길고 부드럽게 뻗어 있습니다. 눈동자는 유리색. 강당 저 안쪽을 그저 가만히 바라보고 있었습니다.

척 보기에도 평범한 학생인 그녀는 대체 누구인가.

그렇습니다. 저입니다.

"긴장했나요? 아리아드네 씨."

제 옆에는 한 명이 여학생이 있었습니다.

붉은 블레이저와 검은 스커트 차림의 여학생이었습니다. 머리카락은 붉은빛. 뒤쪽에서 둘로 나눠 묶었습니다. 눈동자는 푸른색. 색채가 선명한 눈동자는 저를 바라보았습니다.

"응? 뭐? 긴장할 필요 있어?"

조금 더 긴장감을 가져준다면 기쁘겠습니다만, 그녀는 그러한 것과는 아무래도 인연이 없는 모양입니다.

"우리 두 사람을 모두 불러낸 겁니다. 뭔가 뒤가 있다고 생각하는 게 당연하잖아요?"

그렇게 질책하는 듯한 시선을 그녀에게 보냈지만.

"모르는 거잖아? 어쩌면 뭔가 곤란한 일이 있어서 우리에게 도움을 바라는 건지도 몰라."

그렇게 대꾸하며, 역시나 태연하기만 했습니다.

"만약 그렇다면 우리 목적도 달성되어 다행일 텐데."

강당 저편에 선 그녀를 바라보면서 아리아드네 씨는 살며시 눈을 가늘게 떴습니다. 상냥해 보이면서도, 한편으로 슬퍼 보이는 눈동자였습니다.

그러나 아쉽게도.

"명백하게 저희에게 도움을 바라는 눈이 아닌데요. 저건."

저는 손가락으로 가리키며 말했습니다.

강당 저편에는, 우리를 기다리는 소녀가 한 명 있었습니다. 아리아드네 씨와 같은 블레이저 위에 검은 망토를 걸치고 있습니다. 검붉은 머리카락을 머리 옆에서 하나로 묶은 그녀는 의욕 없는 눈동자로 이쪽을 내려다보았고.

그리고 인형처럼 가만히 서 있었습니다.

"그래서, 우리를 불러낸 이유가 뭐야?"

단도직입 혹은 우직하게, 아리아드네 씨는 그녀에게 물었습니다. 그러나 저편의 그녀는.

"저는 말할 수 없습니다."

그리 말하며 고개를 저을 뿐이었습니다.

"어머, 드라이하네."

어이가 없다는 듯이 어깨를 으쓱이는 아리아드네 씨.

그나저나.

본인은 말할 수 없다, 라는 것은 대체 무슨 뜻인가요?

"——당신들을 불러낸 건 그 아이가 아니야."

강당 저편에 선 그녀—— 세라 씨의 말에 포함된 희미한 위화감이 왠지 걸린다고 생각한 직후였습니다.

차가운 구두 굽 소리가 울려 퍼졌습니다.

바람에 흔들리는 봄의 여린 잎처럼 아름다운 머리카락을 흩날리면서 차분하게 우리 앞에 나타난 그녀는 그저 걷고 있을 뿐이건만, 그러나 어쩐지 위압적이었고 등줄기가 선뜩했습니다.

이윽고 그녀는 우리와 대치한 세라 씨의 옆에 멈춰 섰습니다.

"내 뒤를 캐고 다니는 생쥐가 있다는 건 알고 있었지만—— 당신들이었을 줄이야. 유감스럽군요. 아주아주 유감스러워요."

이 학원이 시작된 이후 가장 우수한 교사. 장래의 학원장. 젊고 우수한 대단한 교사. 서른 살. 그러나 현명하고 귀여운 비비안 선생님. ——같은 온갖 칭찬(후반부는 전혀 관계없는 것 같은 느낌입니다만)을 마음껏 누려온 교사가 그곳에 있었습니다.

그런 그녀에게서 차갑게 발해진 말은 저와 그리고 옆에 선 아리아드네 씨에게 쏟아졌습니다.

"거짓말. 진짜? 일레이나 씨, 우리 들켰던 모양이야."

제 옆 사람은 긴장감이 전혀 없었습니다.

"……오히려 저는 처음부터 들켰을 거라고 생각했습니다만."

저도 탄식하며 대답했습니다.

솔직히 말씀드리면, 지난 며칠 동안 비비안 씨의 동향을 파악하고 다니던 저희의 모습은 다른 사람들 눈에 수상함 만점이었으리라고 생각합니다. 제가 반대 입장이었다면 즉시 붙잡아서 고문을 했을 정도로 말이지요.

마찬가지로 비비안 씨가 저희에게 말을 건 동기도 매우 수상했습니다. 제가 평범한 학생 중 한 명이었다면 즉시 거절했을 정도로 말이지요.

"조사해보니 바로 알 수 있었습니다. 학생 명부가 가르쳐주었죠. 일레이나라는 학생도, 아리아드네라는 학생도, 이 학원에는 애초에 존재하지 않는다는 걸."

그녀는 지팡이를 이쪽으로 들이대며 그렇게 말했습니다.

"당신들은 누구죠? 어째서 절 방해하려고 하는 건가요?"

저는 코웃음을 쳤습니다.

"마법으로 협박하면 간단히 정직하게 대답할 거라고 학생 명부에 쓰여 있던가요?"

"……앞으로 쓰게 될 테죠. 분명 쓰지 않을 수 없을 겁니다."

그리고 지팡이를 휘둘렀습니다.

직후, 강당 바닥이 갈라지고, 우리 바로 뒤쪽에 있는 문에 균열이 내달렸습니다. 어마어마한 돌풍이 불어닥친 모양이라고 파악할 수 있었던 것은, 이어서 뒤늦게 불어온 산들바람이 우리의 교복 스커트를 펄럭이게 한 다음의 일이었습니다.

과연, 자신의 능력을 자랑하고 싶은 모양이로군요.

혹은 문을 부수어 퇴로를 차단할 셈이었던 것일까요?

"두 사람 다, 정직하게 대답하는 편이 신상에 좋을 거야. 선생님은 딱히 두 사람을 죽일 생각까지는 없으니까."

비비안 씨의 옆에서 세라 씨는 말했습니다. 충고인 겁니까?

"세라. 안 돼요. 조금은 혼쭐을 내주지 않으면, 저 두 사람은 분명 아무것도 대답하지 않을 테니까요. 두 사람은 아무래도 머리가 그다지 좋지 않은 것 같거든요."

이쪽은 도발을 하려는 겁니까?

그런 도발에 간단히 넘어갈 저희가 아닙니다만.

그러나.

"저희가 여기에 온 것은 당신의 어리석은 짓을 막기 위해서입니다. 이 이상 세라 씨를 인형처럼 조종하는 건 그만둬 주시겠습니까?"

저도 지팡이를 손에 들었습니다. 상대가 그럴 마음이라면 이쪽도 상응하는 방식이라는 것이 있습니다.

"인형처럼 조종당하고 있는 게 아니야. 나는 그저, 선생님 아래서 훌륭한 마법사가 되고 싶을 뿐."

세라 씨는 저를 내려다보며 말했습니다.

그러나 그 눈에는 생기가 깃들어 있지 않은 듯 보였습니다.

그저 선생님이 하는 말만을 맹목적으로 따르며, 선악의 기준조차 애매하고 판단력은 조금도 없는 소녀가 그곳에는 있었습니다. 이것이 조종당하는 인형이 아니면 뭐란 말입니까?

"나를 당신 혼자서 쓰러뜨릴 생각인가요? 학생 혼자서?"

비비안 씨의 눈동자는 저와 아리아드네 씨를 번갈아 바라보고 있었습니다.

"그쪽 아리아드네 씨는 마법을 쓰지 못하죠? 그래서 모처럼 눈

여겨보고 있었는데. 세라와 마찬가지로 마법사로 만들어주려고 했는데 말이죠."

"그런 거 필요 없어. 나는 딱히 마법 같은 거 쓰지 못해도 충분히 행복한걸."

아리아드네 씨는 그렇게 내뱉고, 그리고서 제 뒤로 숨었습니다.

"그런고로, 지켜줘야 해?"

"…………아, 네."

멋있는 건지 꼴사나운 건지 잘 모르겠군요.

아무튼, 저는 그녀를 뒤에 두고서 지팡이를 들었습니다.

상대는 학원이 시작된 이래 가장 우수한 선생님이니 뭐니 하는 잘 알 수 없는 칭호를 갖고 있는 교사.

결코 방심해도 될 상대가 아닐 테죠.

"마법이 없어도 행복해……?"

비비안 씨의 표정이 험악해졌고, 그 손에는 힘이 실린 듯 보였습니다.

"우쭐대지 말아주세요. 마법을 쓸 수 없는 인생에 의미 같은 건 없습니다. 마법이 전부니까요—!"

그리고 그녀는 다시 지팡이를 휘둘렀습니다.

『사흘째 낮』

탕. 하고 귀를 찌르는 소리가 제 의식을 현실로 돌려놓았습니다.

©Azure

잠시 멍하니 있었던 모양입니다. 교실 창문에서 교탁 쪽으로 시선을 돌리자 떨떠름한 표정을 한 중년 교사의 얼굴이 보였습니다.

마치 말하는 것을 금지당한 것처럼 교실 안은 쥐 죽은 듯 조용했습니다.

주변을 둘러보니 교탁을 중심으로 호를 그리며 놓인 자리에 띄엄띄엄 학생이 앉아 있는 것이 보였습니다. 겁먹은 듯 위축된 학생과 칠판에 쓰인 글자를 필사적으로 보고 있는 학생, 혹은 민폐라는 듯이 교사에게 차가운 시선을 받고 있는 학생의 모습이 있었습니다.

"당신! 이름은?"

교사의 눈은 날카롭게 저를 바라보고 있었습니다.

"일레이나입니다."

하품을 하면서 저는 대답했습니다.

"그래, 일레이나 씨로군요. 당신, 수업이 시작된 후로 줄곧 창밖을 바라보고 있던데! 다른 사람도 아닌 내 수업이 지루하다고 말하고 싶은 건가요?!"

허리에 손을 대고서 눈썹을 끌어 올리는 중년 교사의 뒤로 한 면 가득 펼쳐진 칠판에는 마법을 이용한 약 조제법과 그걸 위해 필요한 재료 등이 요리 레시피처럼 줄줄이 쓰여 있었습니다.

"마녀 견습생 되고 싶다면 이 수업은 필수 과목이에요. 당신, 좀 해이해진 거 아닌가요?"

그렇다고 합니다.

라트리타 국립 학원은 마법사와 그 이외의 학생이 반씩 다니는 공학이며, 특히 그중에서도 마녀 견습생을 목표로 하는 학생에게 이 수업은 중요한 의미를 가집니다.

마녀 견습생 승격 시험에 나오는 범위인 것입니다.

뭐, 요컨대 저는 이미 통과한 길입니다만.

"……죄송합니다. 주의하겠습니다."

일단 사과를 해두었습니다.

지루했다고는 해도 수업을 귓등으로도 안 들었던 것은 사실이니까요.

"주의하겠습니다로 끝날 문제가 아니에요. 벌로 이 문제를 풀도록 하세요! 풀지 못하면 두 번 다시 내 수업을 듣지 못하게 하겠어요! 자, 일어서요!"

지팡이로 탁 하고 칠판을 치는 교사.

아무래도 의욕이 없고 태도가 안 좋은 학생에게 창피를 주고 싶은 모양입니다. 그녀가 가리킨 것은 『수면제 만드는 법』이었습니다. 필요한 재료는 전부 빈칸으로 되어 있었는데, 그러니까 재료와 만드는 법을 모두 답하라는 뜻인가 봅니다.

어려운 문제입니다.

저는 자리에서 일어났습니다.

"우선 자귀 나뭇잎을 열흘 동안 건조한 후 빻아서 분말 상태로 만듭니다. 그것과 잠들어 있는 양에게서 뽑은 양모를 하나. 이것들을 깨끗한 물에 섞고 마력을 쏟아줍니다. 그러고서——."

그 후 30초 정도 소비하여 저는 약의 원재료와 만드는 법을 설명해드렸습니다.

"………."

교사는 정답이라고도 틀렸다고도 말하지 않고, 그저 분한 듯한 표정을 하더니 "……그럼 이건?" 하고 다시 칠판을 쳤습니다.

거기에는 재료만이 적혀 있었습니다.

"그 재료라면 마비약이 만들어집니다."

"……그럼 이건?"

"일정 시간 쥐로 변신할 수 있는 약입니다. 그렇다면——."

저는 태연하게 재료를 이야기했습니다.

아마도 저에게 심술을 부릴 셈이었을 테지만, 저는 모조리 대답해나갔습니다.

이윽고 중년 교사는 씁쓸한 표정을 짓더니 "앉아도 좋아요. 내 수업 중에 두 번 다시 멍하니 있지 않도록"이라고 말했습니다.

"선생님."

"……뭐지?"

"거기 재료가 틀렸습니다. 그리고 약의 생성 방식도 다릅니다. 저기랑 저기."

"………."

눈에는 눈이라는 정신을 본받아 복수를 해주고서 저는 의자에 앉았습니다.

그 이후의 수업은 매우 조용했습니다. 어쩌면 제가 그저 수업을 듣지 않았을 뿐인지도 모르지만 말이지요.

○

저는 본래 여행을 하며 다양한 나라를 돌아다니고 있습니다만, 이번에는 이런저런 사정으로 라트리타 국립 학원에 학생으로 잠입을 했습니다.

　그런고로 평소의 저와는 다르게 이번에는 블레이저 타입의 제복과 그 위에 망토를 걸치고 있습니다. 교복을 입는 것은 이래저래 몇 년 만이기도 해서, 어쩌면 안 어울릴지도 모른다고 걱정하기도 했습니다만, 의외로 어울렸습니다. 제 입으로 말하기는 뭐하지만.

　"일레이나 씨! 다음 수업 뭐 들어? 괜찮으면 나랑 같이 마법의 역사 수업을──." "뭐? 일레이나 씨는 나랑 수학 수업 들을 거야!" "아니 나랑 철학 수업을 들을 거거든."

　수업도 끝나고, 교실에서 나가려고 하는 저를 붙들어 세운 학생이 몇 명 있었습니다.

　이 학원에 잠입한 지 아직 이틀밖에 지나지 않았는데 아무래도 여러 가지 의미에서 저는 눈에 띄고 만 모양이었습니다.

　원래대로라면 교묘하게 학원에 잠입해서, 교묘하게 사람을 구출할 예정이었습니다만……. 이래서는 완전히 두드러지고 맙니다.

　제 카리스마 넘치는 면이 사람을 끌어들이는 것일까요……?

　"일레이나 씨랑 있으면 일단 짜증 나는 교사들을 입 다물게 해주는걸." "편리하지." "그런고로 나랑 철학 수업을." "안 돼. 마법의 역사를 들을 거야." "아냐, 수학을."

"…………."

카리스마적인 면이 아니라 그저 단순히 편리한 물건 취급을 받고 있을 뿐인 모양이었습니다.

"죄송합니다. 저, 누굴 좀 만나야만 해서요."

저는 그녀들의 권유를 예외 없이 딱 잘라 거절하고, 교실을 나섰습니다.

이 라트리타 국립 학원의 수업은 기본적으로 학생들이 스스로 매일 수업 시간표를 정하게 되어 있는 모양입니다. 그 덕분에 **저희**는 간단히 이 학원에 숨어들 수 있었습니다. 이 학원의 경비는 지나치게 허술하다고 생각합니다.

아무튼, 그런 사정으로 가능한 한 저는 이 학원의 학생답게 행동하지 않으면 안 됩니다.

다른 사람들과 지나치게 가까이하지 않는 편이 좋을 테죠.

"──그러니까 있지, 중요할 때 단추가 떨어지면 보기 흉하잖아? 이렇게 한가할 때를 이용해서 손봐 두지 않으면 나중에 후회하게 돼. 주의하도록 해."

저는 중정으로 걸음을 옮겼습니다. 수업 사이에 누굴 만나기로 약속했기 때문입니다.

하지만.

"──앗! 잠깐. 너 머리카락이 눈에 닿잖아. 위험하다고. 이 머리핀을 하도록 해."

어째선지 중정에는 사람들이 무리 지어 있었습니다.

여자아이들이 한 명의 여학생을 둘러싸고 꺅꺅거리며 이야기를 하고 있었습니다.

"――아! 그 짧은 스커트는 뭐야! 단정하지 못하게. 여자아이는 좀 더 단정해야지. 어서 접어놓은 스커트를 원래대로 돌려놔! 스커트는 무릎에 닿을 정도가 딱 좋아."

그 중심에는 단풍잎 같은 붉은 머리카락을 양 갈래로 묶은 소녀가 있었습니다. 입고 있는 것은 붉은 블레이저와 검은 스커트. 마법을 배우지 않는 일반 과정 학생입니다. 그녀는 바쁘게 여학생들에게 잔소리를 해댔고, 그때마다 새된 목소리가 들려왔습니다.

"홋…… 언니라고 부르렴."

뭔가 이상한 대사를 내뱉으면서 머리카락을 쓸어 올리기까지 하고 있었습니다.

…………

"아리아드네 씨 뭐 하고 있는 건가요?"

"어머, 일레이나. 늦었잖아."

안녕 하고 느긋하게 저에게 손을 흔드는 아리아드네 씨. 한편, 그녀를 둘러싼 여학생들은 어째선지 제게 적의가 담긴 시선을 보냈습니다.

"다들 미안해. 나, 이 애랑 선약이 있거든. 다음 수업은 같이 못 들어가."

주변 여자아이들에게 윙크를 하고서 제 곁으로 총총히 달려오는 아리아드네 씨. 그리고 내친김에라는 듯이 제 팔에 매달렸습니다.

…………

둘러쌌던 여자아이들의 시선이 살기 띤 것으로 바뀌기까지 시간은 그리 걸리지 않았습니다.

"불에 기름을 붓지 말아주시겠어요?"

"? 무슨 말이야?"

"자각이 없는 겁니까……."

저희는 나란히, 찌르는 듯한 시선을 등으로 받으면서 중정을 뒤로했습니다.

다음 수업은 아리아드네 씨와 함께 받기로 약속이 되어 있었던 것입니다.

"……그보다 말이죠, 비밀리에 행동 중이니까 눈에 띄지 않도록 하자고 말한 건 아리아드네 씨 쪽 아니었던가요? 엄청나게 눈에 띄고 있던데요? 뭐 하는 거죠?"

복도를 걸으면서 아리아드네 씨를 찌릿 노려보았지만, 그녀는 "아, 그런 말을 했던가?" 하며 웃었습니다.

"하지만 그렇다고 한다면 일레이나도 수업 중에 교사에게 일부러 심술을 부려서 눈에 띄었다며? 들었어."

"……소문이 빠르군요."

"뭐, 딱히 아무 생각 없이 눈에 띄는 건 아니라는 거야. 그렇게 사람이 많이 있으면, 이런저런 이야기가 귀에 들어오거든."

"그럼 비비안 씨의 숨겨진 정보도 조금은 모였나요?"

"아니. 전혀 정말이지 요만큼도 모이지 않았어. 일레이나는?"

"전혀 정말이지 요만큼도."

"그거 유감이네."

아리아드네 씨는 가볍게 어깨를 으쓱였습니다.

"비비안 씨에게 가담한 학생은 모두 하나같이 입이 무거운 모양입니다. 그녀에 관해 물어도 대부분의 학생이『좋은 선생님』이라고만 대답했어요."

"표면적으로는, 말이지── 뒤에서는 무슨 짓을 하고 있는지 알 수 없는걸."

그렇게 말하던 아리아드네 씨가 걸음을 딱 멈추었습니다.

복도 끝에 있는 교실. 이미 거의 꽉 찬 상태인 그곳은 전투용 마법 교실이었고.

비비안 씨가 교편을 잡고 있는 교실이기도 했습니다.

"……저 애."

출입구에 떡 버티고 서서 저는 아리아드네 씨를 팔꿈치로 찌르고 손가락으로 가리켰습니다.

그곳에는 저희가 찾고 있던 세라 씨의 모습도 있었기 때문입니다.

○

"오늘 여러분에게 가르쳐줄 마법은 전투용 마법 중에서도 특히 범용성이 높은 마법── 바람 마법입니다. 바람 마법이란 이름 그대로 마법으로 바람을 조작해 사람에게로 보내는 것입니다. 이 마법의 무시무시한 점은 무엇보다도 마법의 형체가 보이지 않는

다는 데 있습니다. 즉, 막기는커녕 피하는 것도 어렵습니다. 마주하고 선 전투는 물론이고, 은밀 행동에도 활용할 수 있는 범용성 높은 마법이라고 말할 수 있을 테죠."

은밀 행동이라는 단어에 살짝 놀랐습니다.

괜찮은 거겠죠⋯⋯? 듣키지 않았겠죠?

조마조마해하는 저를 무시하고 수업은 진행되었고 "그럼 시범을 보여드리죠"라며 교탁에 선 비비안 씨가 지팡이를 휘두르면서 사용하는 방법과 마력을 싣는 법을 해설해나갔습니다. 연둣빛 머리카락은 그때마다 살랑살랑 나부꼈습니다.

"아무튼 세라를 여기서 구해낼 방법을 찾아야만 해⋯⋯."

아리아드네 씨는 비비안 씨를 진지하게 바라보며── 혹은 노려보며 말했습니다.

"비비안을 설득해서 세라를 풀어달라고 부탁할까?"

"솔직히 저희가 하는 말을 들어줄 법한 사람으로는 전혀 보이지 않습니다만."

세라 씨처럼 비비안 씨에게 심취해 있는 학생은─ 심취하게 만들어진 학생은 아마도 그녀 외에도 많이 있을 터입니다. 어쩌면 여기에 있는 대부분이 비비안 씨의 입김이 닿은 학생일 가능성도 있습니다. 직접 부탁하러 간다니, 미련한 데도 정도가 있습니다.

"앗⋯⋯! 묘안이 떠올랐어!"

목소리를 낮추면서도 갑자기 통, 하고 손바닥을 치는 아리아드네 씨.

"일레이나가 저 녀석을 습격하면 되는 거야."

"……습격한 다음은 어떻게 할 겁니까?"

"후훗…… 그때는 그거지. 즉흥적으로 감쪽같이 잘하는 거야."

"조금 더 괜찮은 방법을 생각해주시겠어요?"

"뭐? 묘안이잖아! 일례이나, 해봐."

"싫습니다…….."

만약 용케 비비안 씨를 습격한다고 해도, 주변 학생들에게 뭇매를 맞을 미래밖에 보이지 않습니다만.

"──아아, 좀 다른 이야기가 되겠습니다만. 여러분 중에서 일반 과정 학생은 몇 명 정도죠? 손을 들어보세요."

단상 위에 선 비비안 씨는 갑자기 그리 말하더니 본인의 손을 들어 보이며 학생들에게 손을 들도록 했습니다.

하나, 둘, 교실 여기저기에서 손이 올라왔습니다. 제 옆에서 아리아드네 씨도 솔직하게 손을 들고 있었습니다. 저와 마찬가지로 마법사인 자신과는 관계없는 일이라며 단상을 바라보고 있을 뿐인 학생은 약 절반. 세라 씨도 마찬가지였습니다. 과연, 전투용 마법 수업이라고는 해도 마법사만이 수업을 받고 있는 것은 아닌 모양입니다.

"어머나, 절반이나 되는군요── 하지만 필수 과목이니까, 마법을 쓸 수 없으니 관계없다……같은 생각 하지 말고, 수업은 성실하게 들어주세요? 내 수업에서는 전투용 마법의 대처법도 가르치고 있으니까요."

힐끗하고 비비안 씨의 시선이 아리아드네 씨를 향했습니다.

일반 과정 학생과 마법학 전공 학생의 차이는 저나 세라 씨가 현재 걸치고 있는 망토의 유무로 일목요연했습니다. 망토를 걸치고 있는 학생이 마법학 전공이고, 그 이외가 일반 과정이니 일부러 손을 들게 하지 않아도 보면 알 수 있을 터입니다.

아무래도 단순히 너희들 시끄러워 하고 말하고 싶었을 뿐인 모양입니다.

"그럼 수업으로 돌아갈게요——."

그리고 비비안 씨는 곧장 아무 일도 없었던 것처럼 수업을 재개했습니다. 그녀가 앞서의 중년 교사 같은 사람이었다면, 어쩌면 아리아드네 씨가 바랐던 대로의 전개가 되어 있었을지도 모르겠군요…….

"수다가 좀 지나쳤나 보네요."

저는 펜과 종이를 손에 들었습니다.

"뭐, 세라 씨를 구해낼 방법이라면 습격 이외에도 이런저런 수가 있답니다. 저한테 맡겨주세요."

사각사각 펜을 움직이기를 몇 초. 종이를 자그맣게 접었습니다.

그리고 저는 앞자리에 있던 여학생의 어깨를 두드리며 "이거, 앞에 있는 갈색 머리카락 애한테 전해주시겠어요?" 하고 쪽지를 건넸습니다.

제 두 줄 앞의 자리에는 제가 말했던 대로 갈색의 윤기 있는 그 머리카락을 머리 옆에서 하나로 모아 묶은 여학생의 등이 있었습니다.

아리아드네 씨가 구해내고자 하는 소녀—— 세라 씨입니다.

제 작전은 이렇습니다.

세라 씨에게 직접 교섭하여, 비비안 씨와 접촉할 수 있도록 주선해줄 수 없을지 부탁해보는 것입니다.

『수업이 끝나고 시간 있으신가요? 괜찮다면 조금 이야기를 나눌 수 없을까요?』

실로 무난합니다만, 이 작전이라면 잘 풀릴 테지요——.

하지만.

앞자리의 여자아이는 "어? 뭐야 뭐야? 러브레터?"라며 키득 웃으면서 묘한 착각을 하더니, 세라 씨의 등을 콕 찌른 다음 "뒷자리 애가 러브레터를 보냈어" 같은 의미불명인 말을 해가면서 세라 씨에게 쪽지를 건넸습니다.

아마도 저와 세라 씨가 서로 잘 아는 친구 사이라고 착각한 것일 테지요.

솔직히 말씀드리면 초면입니다.

"…………."

그런고로 뒤를 돌아 쪽지를 받아 든 세라 씨는 푸른 눈동자를 가늘게 뜨면서 저를 살짝 바라보더니, 무척이나 민폐라는 듯이 펜을 들어 무언가를 적고는 중간에 낀 학생에게 던지듯이 쪽지를 건넸습니다.

"저 애 츤데레네."

또다시 의미를 알 수 없는 말을 하면서 여학생은 제게 쪽지를 돌려주었습니다.

돌아온 쪽지에는 단 한마디, 이렇게 쓰여 있었습니다.

『죄송하지만 저는 그런 취미가 없어서요.』

…………

"그러고 보니 이 학원에는 수업 중에 편지를 주고받는 건 연인 사이의 소박한 즐거움이라는 전통이 있어."

옆에서 쪽지를 들여다보면서 아리아드네 씨는 그렇게 말했습니다.

"그런 건 빨리 말해주실 수 없나요?"

"아니, 알고 있을 줄 알았지."

"…………."

"하지만 일레이나, 이건 기회야. 빌려줘 봐."

아리아드네 씨는 제 손에서 펜을 빼앗더니 다시 쪽지를 썼습니다.

"이걸 기회로 세라와 친구가 된다면 비비안의 지배하에 잠입할 수 있을지도 몰라."

그녀는 썼습니다.

『미안해! 내 친구가 이상한 말을 해서(당황). 하지만 딱히 나쁜 뜻은 없어. 나, 너랑 친구가 되고 싶을 뿐이야(웃음). 세라에 관해 이것저것 알고 싶은데←』

…………

무어라 말할 수 없는 감정을 느낀 저를 무시하고 아리아드네 씨는 자신만만하게 쪽지를 전달했습니다.

곧바로 돌아왔습니다.

『기분 나빠.』

"엄청나게 싫어하잖아요……."

"저 애 드라이하니까……."

"아니 그런 문제가 아닌 것 같은 기분이 드는데요."

역시 제가 하죠.

"정말이지. 빌려주세요."

썼습니다.

『우리는 세라 씨와 친구가 되고 싶답니다. 괜찮다면 이야기만이라도.』

『저 지금 바빠서요.』

『그건 비비안 선생님의 상대를 하느라, 인가요?』

『제가 대답할 필요가 있을까요?』

『그런데 비비안 선생님을 어떻게 생각하나요?』

『나를 꼬시고 있으면서 다른 여자 이야기를 하는구나. 의미를 모르겠네요.』

이쪽이야말로 의미를 모르겠습니다…….

결국 그 후로도 한동안 쪽지를 주고받았습니다만, 역시 소용없었습니다.

정말이지 요만큼도 진전은 보이지 않은 채, 수업은 마칠 시간을 맞이했습니다.

비비안 씨는 역시 틀림없는 인기 교사인지, 수업이 끝나자 동시에 학생들이 칭찬의 말을 하면서 그녀에게 모여들었습니다.

"수업 후에 직접 접촉을 가져보려고 했었는데…… 저래서는 아무래도 무리 같네."

"그런 것 같네요."

사람으로 벽이 생겨버렸습니다. 저 틈을 파고드는 것은 매우
어려운 일일 테지요.

"어떡할래?"

"……역시 여기는 세라 씨를 경유해서 비비안 씨의 품으로 파
고들 수밖에——"라고 말하다가 깨달았습니다.

"……아무래도 세라 씨도 벽의 일부가 되어 있는 모양인데요."

인파 속에서 무척이나 눈을 빛내면서 비비안 씨를 바라보는 세
라 씨의 모습이 그곳에는 있었습니다. 그야말로 사랑에 빠진 소
녀 같았습니다.

이래서는 비비안 씨와 대화를 나누기는커녕, 세라 씨에게 말을
거는 것조차 어려우리라 느껴졌습니다.

"크웃…… 성가시네…… 대체 어떻게 해야 비비안과 접촉할 수
있는 거냐고——."

아리아드네 씨가 자포자기한 투로 중얼거렸습니다.

"당신들."

인파 속에서 목소리가 들려왔습니다.

"거기 당신들."

학생들의 시선이 이쪽으로 향했고, 그 후에 비비안 씨가 똑바
로 이쪽을 바라보고 있다는 사실을 눈치챘습니다.

저희와 시선이 마주치자 그녀는 곧장 이쪽을 향해 걸어왔습니
다.

두껍게 느껴졌던 학생들로 만들어진 벽은 비비안 씨 자신의 손에 의해 무너졌고, 그녀는 저희 앞에 섰습니다.

그리고, 싱긋 웃었습니다.

"당신들, 지금부터 시간이 있나요? 괜찮다면 내 연구를 도와주었으면 하는데. 조금만, 시간을 내주지 않겠어요?"

그녀는 그렇게 말했습니다.

연구.

그것은 비비안 씨가 세라 씨를 데려갔을 때 썼던 말이었습니다.

그리고 아마도 그 말은 비비안 씨의 지배하에 들어간다는 것을 의미하고 있었습니다.

저희가 잔꾀를 부리는 일 없이, 그녀는 그렇게 자발적으로 제안을 해 온 것입니다.

"……저쪽에서 왔을 때는 어떻게 하면 좋으려나."

조용히 제게 귓속말을 하는 아리아드네 씨.

"즉흥적으로 어떻게든 하면 된다고 봅니다."

눈에는 눈이라는 정신으로 저도 그녀에게 마주 귓속말을 했습니다.

『한 달 전 낮』

큰길에 붙은 빵 가게에서 노성이 길가까지 날아들었습니다. 마침 가게에 들어가려고 했던 손님은 가게에서 새어 나온 험악한

259

분위기에 발걸음을 돌리고 빠르게 자리를 떠나버렸습니다.

덜덜 떨리는 유리문 너머에는 서로 노려보는 소녀와 소녀의 어머니, 두 사람이 있을 뿐이었습니다.

"……다시 한번 말해보렴."

어머니는 목소리를 낮추고 말했습니다. 손님이 발길을 돌리는 모습을 보았던 것입니다.

"너, 자신이 무슨 말을 하고 있는지 아는 거야?"

딸은 어머니에게 내뱉듯이 대답했습니다.

"비비안 선생님의 연구를 위해 집을 나갈 거라고 말했어. 앞으로는 선생님 집에서 살게 될 거야. 몇 년은 돌아오지 않아."

애써 냉정한 말투로 말했습니다.

빨강을 기조로 한 블레이저를 챙겨 입은 그녀는 커다란 가방을 힘겹게 짊어지면서 한숨을 내쉬었습니다.

그런 그녀를 어머니는 그저 애타는 시선으로 바라볼 뿐이었습니다.

"너는 우리 가게를 이어야 해. 그런데 학교 선생님 집에서 살겠다니 어쩌자는 거니?"

"별로. 내 마음이잖아── 그리고, 착각하지 말아줘. 나는 딱히 허락을 받기 위해 엄마에게 이야기한 게 아니야. 이건 그저 사후 보고야. 나는 선생님 곁에서 마법사가 될 거야."

딱 잘라서 딸은 단언했습니다.

마법사가 전체 학생의 약 절반을 차지하는 라트리타 국립 학원에 다니는 딸은 마법사를 매우 동경했습니다. 그녀는 동경하지 않을 수 없는 환경에 속해 있었던 것입니다.

학원을 졸업해서 눈부시게 온 나라에서 활약하는 마법사 학생들. 한편 딸처럼 마법을 쓸 수 없는 학생으로 말하자면, 졸업해서도 취직할 곳을 찾지 못하는 경우가 많았습니다.

메울 길 없는 격차가 학원 내에는 분명히 존재하고 있는 것입니다.

"……너, 요즘 이상해. 학교에 다니게 된 후로…… 아니, 그 비비안 선생님과 만난 다음부터인가……? 마법 같은 거 없어도 괜찮잖아……. 이 가게를 이으면——."

"듣고 싶지 않아."

딸은 어머니의 말을 잘랐습니다.

"나는 마법사가 되고 싶어. 그러니까, 엄마—— 나는 한동안 돌아오지 않을 거야."

빙글 발길을 돌리고, 그리고 딸은 한 번도 돌아보지 않고 가게를 나가버렸습니다.

딸은 학교에 다니게 된 후로 변해버리고 말았습니다. 환경이 달라진 탓일까요? 누군가와 만난 후부터일까요? 옛날처럼 웃지 않게 되었습니다. 어머니에게 마음을 닫아버리게 되고 말았습니다. 옛날처럼 가게 일을 도와주거나 하지 않게 되었습니다.

어머니는 가게를 물려주기 위해 딸에게 빵 가게 일을 돕게 했었습니다. 사람들과 교류를 못 하면 가게 운영이 힘들어지리라고 생각해 사회 공부가 되기를 바라는 마음으로 학교에 보냈는데, 그녀는 가게를 돌보지 않게 되어버렸던 것입니다.

그렇게 딸은── 세라 씨는 집을 나갔고, 그 후로 돌아오지 않았다고 합니다.

그다음 날부터 세라 씨는 일반 과정에서 마법학으로 전공을 바꾸었다고 합니다.

『사흘째 밤』

"어떻게 생각해?"

마을의 큰길에 있는 빵 가게는 약간 특이한 모습을 하고 있었습니다. 빵 가게면서 가게 안에 음식을 먹을 수 있는 공간이 있는 것입니다!

이것은 이미 빵 가게라기보다도 빵이 메인인 찻집이라고 불러도 문제없는 것이 아닐까요? 게다가 가게 안에 있는 음식을 먹을 수 있는 공간을 이용하면 커피를 서비스로 제공한다고 합니다.

"최고입니다."

신감각의 빵 가게에 약간 흥분하고 있는 저였습니다.

"말해두겠는데, 나는 가게에 관한 감상을 묻는 게 아니거든."

아리아드네 씨는 눈을 가늘게 뜨며 저를 바라보았습니다.

이런, 아니었습니까.

"……비비안 씨가 제안해 온 건 말입니까?"

저는 점원분이 가져다준 커피를 받아 들면서 가볍게 한 번 인사를 했습니다.

끄덕, 아리아드네 씨는 고개를 끄덕였습니다.

"그래, 아무래도 냄새가 난다고 봐."

"…………좋은 향기가 나네요."

"말해두겠는데, 나는 커피 감상을 말한 게 아니야."

"………….."

저는 커피 컵을 내려놓았습니다.

"솔직히 말씀드리면, 저는 함정이라고 생각합니다. 지나치게 형편 좋거든요."

"그렇지? 나도 같은 의견이야. ──하지만, 이게 가장 손쉬운 방법이라는 것도 분명해. 이걸 놓칠 수는 없어."

"즉, 함정이라는 걸 알면서도 뛰어드는 건가요?"

"그런 거지."

아리아드네 씨는 가볍게 고개를 끄덕였습니다.

"아무쪼록 경계는 게을리하지 않도록 해야겠지. 세라도 비비안과 만나고서 변해버렸으니까──."

"……저는 딱히 괜찮다고 생각합니다. 이미 마법사니까요."

애초에 비비안 씨가 어째서 제게 말을 걸었는지 전혀 이해가 안 될 정도입니다.

"아마도 그녀는 당신을 점찍어 둔 걸 거예요. 오히려 조심해야 할 건 당신 쪽입니다."

"그렇지……."

그녀는 한숨처럼 숨을 깊게 내쉬더니 컵을 손에 들고 커피를 한 모금 마셨습니다.

"만약 나한테 무슨 일이 생기면── 그때는 나 대신에 그 아이를 구해줘."

"유언 같네요."

"그런 셈으로 말했는데."

"그렇다면 그 말은 받아들일 수 없겠군요── 당신이 죽으면 곤란합니다."

저는 답했습니다.

"당신은 저와의 약속을 지키지 않으면 안 되니까요."

『나흘째 저녁』

다음 날부터 수업 후에 저희는 비비안 씨와 행동을 함께하게 되었습니다.

"어서 와요. 내 연구실에. 자, 어서 들어와요. 환영해요. 아주 아주 환영해요."

생긋 상냥한 웃음을 지으면서 그녀는 연구실로 저희를 안내했습니다. 지난번 수업을 했던 복도 끝에 있는 교실. 그 안쪽에 있는 작은 방에는 다양한 약품과 연구 자료가 잡다하게 놓여 있었습니다.

부글부글 냄비 속에서 끓고 있는 수수께끼의 액체, 유리병에 담긴 수수께끼의 액체, 그것들을 만들기 위한 설계도가 되는 연구 자료. 온갖 것들이 그곳에는 있었습니다.

수상함 만점입니다.

"…………."

그런데, 비비안 씨는 저희를 기분 좋게 환영해주었지만, 이미 실내에 있던 친구는 그렇지도 않았던 모양입니다.

세라 씨는 가만히 매서운 시선을 저희에게 보내더니 "……환영해요"라고, 당장에라도 침을 뱉고 말 것 같은 차가운 음색으로 의례적으로 환영해주었습니다.

솔직히 말해 엄청나게 미움을 받고 있는 저희였습니다.

비비안 씨는 그런 저희의 미묘한 관계성을 눈치채는 일 없이, 말했습니다.

"두 사람한테는 아직 소개하지 않았죠? 이쪽은 세라. 얼마 전부터 내 연구를 도와주고 있는 아이예요."

"……잘 부탁요."

세라 씨는 근처 바닥을 바라보며 인사를 했습니다.

"일레이나입니다. 잘 부탁드립니다."

제가 인사를 했지만 무시.

"아리아드네야. 잘 부탁해? 세라."

아리아드네 씨가 손을 흔들어도 무시.

어찌나 무시를 하는지 저희는 존재하지 않는 게 아닐까 하는 생각까지 했을 정도입니다.

"미안해요…… 이 애가 좀 드라이해서."

우후후 하고 비비안 씨는 살짝 웃었습니다.

아니, 드라이 이전의 문제가 아닐까요? 이건 감정이 지나치게 희박한 것 같습니다만.

지금까지 비비안 씨의 연구에 관계된 것은 세라 씨 한 사람인가 봅니다. 대체 어째서 인기 있는 선생님이 세라 씨 한 사람을 타깃으로 해서 지금까지 연구에 함께하게 했는지는 잘 모르겠습니다만, 적어도 세라 씨처럼 이용당하고 있는 학생이 달리 없다는 것은 기쁜 오산이었습니다.

"바로 본론으로 들어가겠는데, 서둘러서 미안하지만 당신들한테는 내 연구를 도와줬으면 해요. 아리아드네 씨에게는 세라와 마찬가지로 재료 조달을 부탁할게요. 일레이나 씨는 나와 함께 약 조제를 할까요?"

비비안 씨는 손을 짝 치더니 아리아드네 씨와 세라 씨에게 각각 종잇조각을 건넸습니다.

세라 씨에게는 익숙한 일인지 "알았습니다"라고만 말하고 방을 나가버렸습니다. 아리아드네 씨도 "아, 괜찮으면 함께……"라며 망설이면서도 그녀의 뒤를 쫓아갔습니다.

탁 하고 문은 닫혔고, 자연스럽게 저와 비비안 씨는 방에 남겨졌습니다.

"자, 그럼 약 조제를 시작해볼까요?"

비비안 씨는 책상 위에 몇 가지 재료를 꺼내놓더니 "이게 새로운 마법약의 재료와 조제 방법이에요. 오늘은 이걸 시험해보려고 하는데…… 무얼 만들지, 알겠어요?"라며 저에게도 종잇조각을 넘겨주었습니다.

마법약 작성은 시행착오의 연속으로, 셀 수 없을 만큼의 실패작이 쌓인 끝에 단 하나의 완벽한 약이 만들어진다고 합니다.

아마도 비비안 씨는 아직 실패작을 쌓아가고 있는 단계일 테지요.

"⋯⋯⋯⋯⋯."

재료와 그것들을 이용한 조제 방법까지 줄줄이 적혀 있는 종잇조각에는 분명 지금 책상 위에 놓인 재료와 같은 것이 쓰여 있었습니다.

저는 그것들을 비교해보고서.

그녀가 만들려 하는 것을 이해하고서.

"⋯⋯모르겠습니다."

그렇게, 중얼거렸습니다.

비비안 씨는 "어머⋯⋯ 뭐, 아직 학생이니까. 몰라도 어쩔 수 없죠"라고 중얼거렸습니다.

"이 약은 세계를 바꿀 신약이에요. 이제 완성이 가깝답니다? 아마도, 이게 완성되는 날이면 이 세상에 불행한 사람은 없어질 테죠——."

그리고 그렇게 말했습니다. 이번에도 생긋 웃으면서.

"⋯⋯⋯⋯⋯."

그녀가 만들려 하는 약에 이름은 없었습니다. 그러나 재료와 그 생성 방법을 통해서 어렴풋하지만 만들려 하는 것 정도는 파악할 수 있었습니다.

그녀가 만들려 하는 것은 마력을 신체에 정착시켜서 그것을 일시적으로 조종할 수 있게 하는 약이었습니다.

아마도 누구나 간단히 마법사가 될 수 있는 약.

언뜻 보면 그것은 분명 혁명적이고 훌륭한 마법약처럼 여겨집니다만.

"……하지만, 비비안 씨. 이건……."

적혀 있는 재료 중에는 일반적으로 유독하다고 여겨지는 것도 있었고, 바꿔 말하면 『섞지 마 위험』인 물건도 섞여 있었습니다.

"이런 걸 계속 마셨다간 인체에 어떤 영향이 있을지 모르잖아요? 괜찮은 건가요? 이런 걸 써도."

"어머. 당연히 괜찮죠."

비비안 씨는 그게 매우 당연하다는 듯이 가볍게 긍정하더니, 이렇게 말했습니다.

"희생 없이 세상은 바꿀 수 없는걸요. 마법을 얻기 위해 상응하는 대가를 치러야만 한다는 것 정도는 당연한 일이잖아요?"

저로서는 이해할 수 없었습니다.

어째서 이런 위험한 약을 만들려 하는 것인지를.

무엇이 그녀를 움직이게 하고 있는 것인지를.

『나흘째 밤』

"……즉 비비안은 이 세상에서 나 같은 인간을 사라지게 하려 한다는 거야?"

지난번과 마찬가지로 작전 회의는 빵 가게에서 진행되었습니다.

저의 보고를 한차례 다 들은 후에 아리아드네 씨는 테이블을 탕 탕 두드리며 분개했습니다.

"절대로 그렇게 되게 두지 않을 거야! 지금 당장 그 여자의 그 수상한 연구인지 뭔지를 방해해주자!"

"네── 그렇게 말할 거라고 생각해서 오늘은 연구 자료를 몇 가지 슬쩍 해 왔습니다."

"너 손버릇이 나쁘잖아……."

"그렇게 말할 거라고도 생각했습니다."

하지만 사정이 사정인 만큼 어쩔 수 없습니다.

"솔직히 말씀드려서, 비비안 씨가 만들어온 약은 지금까지 전부 다 꽤 위험한 재료를 사용한 것들뿐입니다."

연구를 위한 조수를 최소한의 인원만 두고 있는 것도 이해가 되었습니다. 위험한 물건을 사용하고 있다는 사실을 들킨다면, 그녀는 어쩌면 학교에서 쫓겨날지도 모르기 때문입니다.

그렇다면, 그렇다고 한다면.

"세라 씨가 그렇게 감정이 희박한 상태가 된 것은, 어쩌면 지금까지 사용된 약의 부작용 때문일지도 모릅니다."

위험한 약의 연구에 함께하고 있는 세라 씨는 어지간히 사람이 좋든가 혹은 비비안 씨를 전적으로 신뢰하고 있든가 혹은 시키는 대로 하고 있든가──.

어떤 가능성도 부정은 할 수 없습니다만, 그러나 답이 어느 것이든 비비안 씨를 제지하지 않는 한 세라 씨를 구하는 것은 불가능해집니다.

"아무튼 그 여자의 연구가 완성되지 못하면 되는 거지? 절대 불가능하다고 생각하게 하면 되겠지?"

"…………."

연구 자료량을 보면 상당히 오랫동안 이 연구를 해왔으리라는 사실을 엿볼 수 있습니다. 아마도 약간의 실패 정도로는 포기하지 않을 것만 같습니다…….

"뭔가 방법이 있나요?"

"당연히 있지!"

그녀는 허리에 손을 올리며 자리에서 일어났습니다.

"즉흥적으로 방해해주는 거야."

"…………."

없다고 이해하면 되겠습니까?

『닷새째 저녁』

즉흥적으로 방해를 한다고 큰소리를 쳤지만, 사실 아리아드네 씨에게는 명확한 계획이 있었던 모양입니다.

오늘 아침에는 아리아드네 씨에게 계획의 자세한 내용을 들어야만 했기 때문입니다.

들려준 이유는 아마도 계획을 실행하려면 제 협력이 꼭 필요하다고 판단했기 때문일 테죠── 실제로 그 계획의 내용은 전부 제 협력을 전제로 한 것이었습니다.

계획, 그 첫 번째.

"두 사람, 약의 재료는 다 모아 왔나요?"

어제와 마찬가지로 재료 조달을 다녀온 아리아드네 씨와 세라 씨를 맞아주는 비비안 씨.

그녀의 물음에 세라 씨는 아무런 말 없이 고개를 끄덕였고, 아리아드네 씨는 조용히 고개를 저었습니다.

"재료를 다 못 모아 왔어요."

아리아드네 씨가 손에 들고 있는 자루에는 분명 재료가 어느 정도 들어 있었습니다만, 명백하게 수가 적었습니다. 말할 것도 없이 다 모으지 못했다는 것을 알 수 있었습니다.

할 마음이 없다고밖에 생각할 수 없을 만큼 모아 오지를 않았습니다.

"어머…… 그건 어쩔 수 없죠……."

자루를 슬쩍 본 비비안 씨는 미간을 찌푸리며 말했습니다.

"그럼 다시 한번 모으러 다녀와 주겠어요?"

"아, 나 다리가 좀 아픈데. 무리예요."

무리라니, 뭔가요?

명백하게 얕보고 있다고밖에는 생각되지 않는 그 건성 건성인 태도. 그러나 그것이야말로 아리아드네 씨가 세운 전략이었던 것입니다.

이 빌어먹게 건방진 태도로 상대를 짜증 나게 하고, 비비안 씨의 사고력을 깎아내는 작전입니다.

…………

처음에 들었을 때는 제정신인가 생각했지만, 실제로 하고 있는 모습을 보니 아무래도 진심이었던 모양입니다.

"……그럼 일레이나 씨와 세라가 다녀와 주겠어요? 아리아드네 씨는 내 조수를 해주세요."

게다가 평범하게 배려를 받는 상황이 되기까지 했습니다. 지나

271

치게 관대합니다…….

그러나 이것도 아리아드네 씨의 계획 중 하나였습니다. 이렇게 되면 저를 재료 수집 쪽으로 보내리라고 생각했던 것일 테죠.

계획, 그 두 번째.

세라 씨와 둘이서 남은 재료를 찾았습니다.

메모장을 보니 아리아드네 씨가 구하지 못했던 것은, 원래 이 주변에 자라는 잡초였습니다.

"……어째서 잡초를 못 찾았던 거람. 그 사람, 무능한 걸까."

중정에 무성하게 자라난 잡초를 보며 투덜거리는 세라 씨.

"더러워서 만지고 싶지 않았던 거 아닐까요?"

"…………."

저와 세라 씨의 대화는 거기서 끝났습니다. 그녀로서는 애초에 저와 대화할 마음조차 없었던 것인지, 그 후로 그녀는 줄곧 묵묵히 잡초를 뜯어서는 자루에 쑤셔 넣고, 뜯어서 자루에 쑤셔 넣었습니다.

옆에서 보면 봉사활동을 열심히 하고 있는 마음씨 착한 학생 그 자체였습니다.

"세라 씨는 언제부터 비비안 씨 옆에서 연구를 도왔나요?"

너무 대화가 없으면 심심했기 때문에 저는 잡담을 섞어가며 작업을 했습니다.

"……일주일 전쯤부터."

이번에는 제대로 대답해주었습니다.

"호오. ……하지만, 어째서 비비안 씨를 돕고 있는 건가요?"

"······선생님이 무슨 약을 만들고 있는지, 들었어?"

"네── 뭐."

저는 그녀 쪽으로 시선을 돌렸습니다. 담담히 생기 없는 눈으로 잡초만을 바라보는 그녀가 그곳에는 있었습니다.

"마법사가 될 수 있는 약, 이었죠?"

"맞아. ······나는 선생님의 계획은 멋지다고 생각해. 모두가 마법사가 되면, 더는 누구도 고생하는 일은 없을 테니까."

"마법을 쓰지 못하는 게 불행하다고 생각하나요?"

"당연히 불행하지."

그녀는 단호하게 대답했습니다. 어두운 눈동자를 한 채로.

"마법사와 우리 같은 인간을 한곳에 모아둔 이 학교 안에 있다 보면, 싫어도 눈에 띄는걸. 마법을 쓸 수 있는 학생과 우리의 차이 정도는."

"············."

예를 들면 비비안 씨의 수업도 그럴지 모릅니다. 필수 과목이면서, 수업 내용은 명백하게 마법사용. 마법을 쓸 수 없는 학생에게 있어 그 시간은 고통 그 자체일지도 모릅니다.

이 학교에서는 평범한 학문도 가르치고 있지만, 마법사만 참가를 허락받는 수업도 드문드문 볼 수 있었습니다. 제가 그저께 받았던 마법약학 수업도 그중 하나였습니다.

그런 식으로 차별적인 취급을 받으면, 열등감이 항상 따라다니게 되는 것일까요?

"······그래서 마법을 쓸 수 있게 되어서, 열등감을 떨쳐내고 싶은 건가요?"

"응——. 그것도 있어. 하지만, 그게 첫 번째 이유는 아니야."

"……그럼 뭔가요?"

고개를 갸우뚱거리는 제게 그녀는 말했습니다.

"엄마를 기쁘게 해주고 싶으니까."

분명하게. 단호하게. 그 한마디뿐.

그때만은 그녀의 눈동자에 희미하나마 빛이 깃든 듯한 기분이 들었습니다.

계획, 그 세 번째.

재료, 아니 잡초를 손에 넣어 돌아온 저희는 비비안 씨에게 협력하면서 약을 완성으로 이끌었습니다. 그렇게 말했지만 실제로 협력한 것은 저 한 명뿐이었습니다.

"그럼, 일레이나 씨. 그 타이밍에 마력을 넣어줘요."

"네."

"좋아—— 그럼, 다음은 세 번 젓고서 마력을 다시 넣어줘요."

"네."

저는 말하는 대로 따르는 인형이 되어 있었습니다. 한편 아리아드네 씨는 그 옆에서 안절부절못하고 있었습니다.

제3의 계획 실행 순간을 엿보고 있었던 것입니다. 저도 아리아드네 씨를 힐끔거리며 그때를 계속 기다렸습니다.

그리고.

"아! 저런 데 교장 선생님이!"

약의 완성이 가까워졌을 무렵에 갑자기 아리아드네 씨는 자리에서 일어나 창밖을 가리키며 외쳤습니다.

교장 선생님.

위험한 재료를 다루며 비밀리에 약을 만들고 있는 비비안 씨에게 있어서 이보다 더한 강적은 없지 않겠습니까?

실제로 비비안 씨와 세라 씨의 시선은 분명 그 순간, 약이 담긴 솥에서 움직였습니다.

……갑자기 이상한 소리를 한 아리아드네 씨 쪽으로, 말이죠.

"에잇."

그러나 좋은 기회인 것은 틀림이 없었습니다. 저는 천재일우의 기회를 만나 조금 전 주워 온 잡초를 한 움큼 잡아서 솥 안에 휙 던져 넣었습니다.

이것이 제2의 계획이었습니다. 즉, 완성형을 망쳐버리자는 것입니다. 참고로 말씀드리자면 조금 전 주워 온 잡초 속에는 꽃과 풀 등을 섞어두었습니다.

설계도대로의 재료를 쓰지 않았으니 아마도 약의 완성형은 어딘가 이상한 것이 될 터입니다.

이윽고, 약은 완성되었습니다.

"——다 됐군요."

비비안 씨는 솥에서 칙칙한 색을 한 액체를 덜어내 병에 담았습니다.

"자, 세라. 이걸."

오늘 건 역작이야——라며 자신감 넘쳐 보이기까지 했습니다.

뭐, 내용물은 단순한 실패작입니다만.

"고맙습니다."

그것을 순순히 받아 드는 세라 씨.

자, 여기서 계획의 마지막 단계가 발동되었습니다.

"──내가 마실래!"

마지막 단계란 즉, 약을 아리아드네 씨가 빼앗는 것이었습니다.

의도적으로 실패하도록 만들어진 약. 그것을 단숨에 전부 마신 아리아드네 씨.

"끄읔."

평범하게 거품을 뿜으며 쓰러졌습니다.

이것이 계획의 전모였습니다.

지금까지 약을 몇 번이나 마셔왔던 세라 씨에 비해, 아리아드네 씨는 마법약을 마신 경험이 거의 없습니다. 내성이 없습니다.

게다가 마신 것이 실패작이라면, 쓰러지는 것도 무리는 아니지 않을까요?

"괘, 괜찮아요? 저기요, 아리아드네 씨……? 아리아드네 씨!"

허둥지둥 당황하는 비비안 씨. 그녀는 어찌할 바를 몰라 하며 그녀를 안아 들더니 방에서 뛰어나가 버렸습니다.

남겨진 저희 둘.

"……저 사람 대체 뭐야?"

그때 세라 씨의 눈은 그야말로 쓰레기를 보는 눈이었다고 기억하고 있습니다.

○

"……아리아드네 씨는 보건실에 눕혀두고 왔어요. 아마도, 당분간은 깨어나지 못하겠죠."

비비안 씨가 조금 지친 표정으로 돌아온 것은 그 후로 시간이 조금 지났을 무렵이었습니다. ……나중에 데리러 가주도록 하죠.

"아리아드네 씨는 언제나 그런가요?"

비비안 씨는 곤란한 듯 눈썹을 보았습니다.

"……글쎄요."

저도 만난 지 엿새 정도라 자세한 건 잘…….

"그런가요…… 역시 마법을 쓸 수 없다는 건 불행한 거군요…… 마법을 쓰지 못하는 한, 저런 불쌍한 아이가 계속 늘어나고 말 거예요……."

"…………."

아니, 불쌍하달까, 단순히 멍청할 뿐인 게 아닐지…….

말하지는 않았지만 말이죠.

"하지만 아리아드네 씨가 쓰러졌다는 것은, 오늘 만든 약은 실패였던 모양이네요. 안타깝군요."

그건 저와 아리아드네 씨가 내용물에 장난을 쳤기 때문입니다만.

"이번 실패는 다음에 살리기로 하고 하죠…… 서둘러서, 빨리 약을 만들어야 해요……."

비비안 씨는 마치 무언가에 쫓기듯이 중얼중얼 중얼거리면서 약재료를 뒤지기 시작했습니다.

대체 무엇이 그녀를 초조하게 하는 것인지 알 수 없었습니다.

인간이 모두 마법사가 되어야만 한다는 강박관념에 사로잡혀 있는 것처럼 보였습니다.

"……어째서 당신은 그렇게까지 해서 마법사가 되는 약을 만드는 건가요?"

제가 묻자 비비안 씨는 "아직, 말하지 않았죠. 당신에게는" 하고 대꾸하면서 석양이 비쳐드는 창을 멍하니 바라보며 눈을 가늘게 떴습니다. 마치 과거를 그리워하듯이.

한 번 놓아버렸던 것을 애석해하듯이.

슬픈 눈동자를 하고 있었습니다.

"내가 이 약을 만들기로 한 계기는, 이 학원에 다니던 시절로 거슬러 올라갑니다."

그리고, 옛날이야기가 시작되었습니다.

말하길.

그것은 17년 전의 일이었습니다.

아직 학생이었을 때의 비비안 씨는 백 년에 한 번이라든가, 천 년에 한 번이라든가, 그러한 과장된 칭호를 받을 만큼 천재였다고 합니다.

고작 열네 살이면서 열여덟 살 학생들과 같은 내용의 수업을 받았으니까요—— 게다가 마법사로서도 그럭저럭 실력이 있었으니, 그러한 평가가 내려지는 것도 당연하다면 당연했을지도 모릅니다.

그러나 그녀는 학교 최고의 천재라고 불리지는 못했습니다. 또

한 사람, 마찬가지로 천재라고 불리는 인간이 있었던 것입니다.

엘리자베스라고 하는 이름의, 평범한 학생이었습니다. 마법은 쓸 수 없었지만, 그녀는 비비안 씨보다도 수업 성적이 좋았고, 학업 면에 있어서 그녀를 당해낼 자는 한 명도 없다고 할 정도였습니다. 게다가 엘리자베스 씨는 남들을 잘 보살펴서 주변의 신뢰도 두터웠고, 인간미 있는 사람이었다고 비비안 씨는 그리운 듯이 이야기했습니다.

두 사람은 똑같이 천재라고 불렸지만, 다른 학생들보다도 나이가 어린 탓에 질투의 대상이 되었던 비비안 씨와 엘리자베스 씨는 상황이 정반대였다고 합니다.

대체로 이런『두 사람의 천재』라고 하는 것은 서로를 라이벌로 여기거나, 혹은 사이가 나쁘거나 할 테죠.

그러나 비비안 씨와 엘리자베스 씨 사이에 그런 관계는 없었습니다.

두 사람은 친구 사이였던 것입니다.

일부러 같은 수업을 받거나, 점심을 중정에서 함께 먹거나, 방과 후에는 빵 가게에서 함께 식사를 하거나. 그런 식으로 평범한 학생다운 생활을 함께할 정도로는.

"엘리자베스 씨. 저한테는 꿈이 있답니다."

어느 날 쉬는 시간에 잡담을 나누던 때, 어린 비비안 씨는 문득 말했습니다.

"나는, 이 학교 선생님이 되고 싶어요. 이 학교의 선생님이 되어서, 모두에게 마법을 가르치고 싶다고 생각해요."

엘리자베스 씨는 그녀의 말에 "좋은걸" 하며 고개를 끄덕였고.

"나도 마찬가지야."

그리고 그렇게 답했습니다.

엘리자베스 씨도 그녀와 마찬가지로, 졸업을 한 다음엔 학교에서 교편을 잡고 싶다고 생각하고 있었던 것입니다.

그러니까 두 사람은 목적을 공유하는 관계였던 것입니다.

그런 두 사람이었기에 사이가 좋아진 것인지도 모릅니다. 거리가 좁혀진 것인지도 모릅니다.

그러나 두 사람의 관계는, 이윽고 갈라지게 되었습니다.

졸업을 앞둔 어느 날의 일이었습니다. 다른 학생들이 차례차례 취업처와 진학처를 정해가는 중에, 여전히 취업처도 진학처도 정해지지 않은 학생이 딱 둘 있었습니다.

비비안 씨와 엘리자베스 씨였습니다.

교사를 목표로 하는 일은 취업 접수와 진학 접수가 전부 끝난 다음에 진행하게 되어 있었고, 그 말은 즉 교사가 되지 못했을 경우 거의 확실하게 길거리를 헤매게 되는 꼴이 된다는 뜻이었습니다. 그 정도의 각오가 없는 한, 교사를 목표로 하는 것은 용납되지 않는다는 학원 측의 조치였습니다.

교사가 되기 위해서 준비된 자리는 둘. 두 사람의 천재는 서로 합격할 수 있기를 바라면서, 교사가 되기 위해 취직도 진학도 하지 않았습니다.

이윽고 두 사람은, 시험을 치르게 되었습니다.

그러나.

"뚜껑을 열어보니 합격한 것은 저 한 명이었어요. 엘리자베스는 안타깝게도 교사가 되지 못했죠. 받아들여지지 못했던 거예요."

"…………."

"나보다도 학력이 높고 유망한 학생이었는데, 이 학원의 교사들은 그것을 보려고 하지 않았어요. 학력보다도, 그것보다도, 마법을 쓸 수 있을 뿐인 제 쪽을 고른 거죠."

학력은 어느 정도면 된다는 판단이었을까요? 마법사 쪽이 뛰어나다고, 어쩌면 그런 생각이 어딘가에 있었던 것인지도 모릅니다.

결국 엘리자베스 씨는 준비된 두 개의 자리에 필요한 것을 갖추지 못했다고 판단되었던 것입니다.

"……엘리자베스 씨는 그 후 어떻게 되었나요?"

제게 비비안 씨는 천천히 고개를 저었습니다.

"……글쎄요. 그 일 이후로는 거북해서 만나지 않았어요. 아마도, 분명, 그 사람이니까, 그 나름대로 즐겁게는 지내고 있지 않을까요—?"

그러나.

비비안 씨에게는 그날의 일이 줄곧 마음에 걸렸던 것이 아닐까요? 마법을 쓸 수 있었다면, 어쩌면 엘리자베스 씨도 그녀와 마찬가지로 교편을 잡고 있지는 않았을까요? 두 사람 사이에는 그 정도밖에는 차이가 없었으니까요. 비비안 씨가 그녀를 뛰어넘는 것은 그 정도밖에 없었으니까요.

그래서.

"그래서 당신은 마법사만의 세상을 만들고 싶다고 바라는 건가요?"

"맞아요——."

그녀는 천천히 고개를 끄덕였습니다.

"분명, 이 약이 완성되면, 더는, 마법을 쓸 수 없다는 이유만으로 눈물을 흘리는 학생은 사라질 거라고, 그렇게 바라고 있어요——."

다시 그녀는 창밖으로 시선을 돌렸습니다.

석양을 받아 빛나는 눈동자에는 흔들림 없는 결의가 깃들어 있는 듯 보였습니다.

이윽고 저희는 해산을 했습니다.

저와 세라 씨는 먼저 돌아가게 되었습니다. 비비안 씨는 아직 혼자서 할 준비가 있다든가 뭐라든가 하면서 남기로 했습니다. 완전히 연구에 매달리는 모습이었습니다.

저는 여전히 "응응" 하고 신음하는 아리아드네 씨를 업고 있었고, 세라 씨는 그런 그녀에게 차가운 시선을 보내면서 함께 걸었습니다.

"선생님은 줄곧 과거에 사이가 틀어진 사람과의 인연을 되돌리고 싶다고 생각하고 있어. 그래서 나는 협력하고 있는 거야."

완전히 어둠이 가라앉은 귀갓길에서 세라 씨는 문득 말했습니다.

"그걸 방해하는 사람이 있다면, 나는 절대로 용서하지 않을 거야."

"…………"

혹시 저희들 들킨 건가요?

"그것참. 열심히 하세요."

저는 시선을 피하면서 대답했습니다.

"하지만 당신은 어째서 무리를 해가면서까지 선생님에게 온 힘을 다하는 거죠? 그럴 만한 의리가 있는 건가요?"

"무리? 딱히 하고 있지 않은데."

"하고 있잖아요?"

저는 말했습니다.

"오늘은 어쩌다 실패작을 마시고 아리아드네 씨가 쓰러졌지만, 당신은 전부터 그런 약을 마시고 있는 거잖아요. 게다가 인체에 유해한 재료를 쓴 약을 말이죠. 절대 아무렇지 않을 거라고는 도저히 생각할 수 없습니다만."

"딱히. 아무렇지 않은데."

그녀는 담담하게 답했습니다.

"내가 조금 무리를 해서 선생님의 이상이 이루어진다면, 나는 얼마든지 무리할 수 있어—— 누군가가 무리를 하지 않는 한 이상은 언제까지고 이뤄지지 않는걸."

그녀도, 비비안 씨도, 단 하나의 생각에 사로잡혀 있는 것은 아닐까요?

단 하나.

마법사가 아니면 불행하다고 하는, 그런 망상이 그녀들을 괴롭히고 있는 것은 아닐까요?

"내일 낮, 강당으로 와줘. 하고 싶은 얘기가 있으니까."

이윽고 세라 씨는 저에게 말했습니다.

"아리아드네 씨랑 단둘이서, 와. 반드시."

『닷새째 밤』

"그런 일이 있었습니다. 뭐, 요컨대 저희의 동향은 완전히 저쪽에 알려졌다고 봅니다."

세라 씨와 헤어진 후에 저는 빵 가게로 향했고, 그사이에 겨우 눈을 뜬 아리아드네 씨에게 사정이 여차여차 이러이러하다고 이야기했습니다.

그때의 반응은 이랬습니다.

"어떻게 된 거야…… 절대 들키지 않을 거라고 생각했는데……!"

"진심으로 말하는 겁니까?"

그런 노골적인 태도를 취하면 들키는 게 당연하지 않습니까?

뭐, 들킬 거라는 걸 알면서도 그녀의 작전에 편승한 저도 저입니다만.

아리아드네 씨는 어제와 마찬가지로 커피를 한 모금 마시면서 말했습니다.

"하지만 들킨 건 좋은 기회라고 하면 좋은 기회일지도 모르겠네—— 드디어 그 여자의 가면을 벗길 수 있겠어."

"…………."

저는 답했습니다.

"뭐, 내일로 정해진 건 분명 잘된 일이기는 하네요—— 저도 어차피 내일은 결판을 내려고 생각하고 있었으니까요."

장기전은 좋지 않습니다.

저도 아리아드네 씨도 원래 학교에 없을 터인 인간이니까요.

"일레이나. 내일, 꼭 그 아이를 구하자."

아리아드네 씨는 커피 컵을 이쪽으로 들어 보이며 그렇게 말했습니다.

"……선처하겠습니다."

저도 그녀를 따라 컵을 들어 보였습니다.

"전력으로 선처해줘."

그렇게 말하면서 아리아드네 씨는 제 컵에 자신의 컵을 가볍게 부딪쳤습니다.

챙, 하고 자그마한 소리가 우리 사이에 울렸습니다.

컵에서 피어오른 김이 천천히 흔들리고 사라져갔습니다.

『엿새째 낮』

"마법이 전부니까요―!"

굉음은 강당 안에 울려 퍼졌고, 그리고 똑바로 우리를 덮쳤습니다.

아리아드네 씨는 저의 블레이저를 잡았고, 저도 그녀의 어깨를 꽉 누르면서 덮쳐드는 바람을 피했습니다. 저희를 그대로 스쳐 지나간 바람은 강당 벽에 부딪쳤고, 금을 가게 하고 사라졌습니다.

모습이 보이지 않는 바람 마법.

저런 걸 제대로 맞았다면, 어쩌면 저희는 방금 그 일격만으로 간단히 찌부러졌을지도 모릅니다.

모습이 보이지 않는 바람 마법은 그렇게나 성가신 것입니다.

그러나.

"당신의 수업에서 바람 마법 대처법은 배웠죠."

저는 지팡이를 휘둘렀습니다.

직후에 제 지팡이에서 옅은 안개가 뿜어져 나왔습니다. 끝없이 피어오르는 안개는 저의 의사와 관계없이 강당 안에 퍼졌습니다.

눈앞이 전부 희게, 애매하게 변했습니다.

"이거라면 바람의 움직임도 보이겠죠?"

바람 마법을 쓰는 데 있어 가장 성가신 점은 모습이 보이지 않는 것.

다만, 그러나, 그것은 뒤집어 생각하면 모습이 보이기만 하면 별것 아니라는 뜻이 됩니다. 안개 속에서라면 바람의 흐름은 손에 잡힐 듯이 알 수 있습니다. 이렇게 되어버리면 대처 같은 건할 필요도 없을 만큼 여유입니다.

"자 어디서든 덤벼보세요── 제가 정면에서 쳐내 드리죠."

저는 안개 너머로 희미하게 보이는 비비안 씨에게 말했습니다.

"어머나…… 수업을 제대로 들었군요. 장해요. 기특하네요."

안개 속에서 목소리가 울렸습니다.

"하지만 고작 그 정도로 큰소리를 치면 곤란하죠──."

안개가 일렁였습니다.

하얀 풍경 속에서 온갖 빛이 보였습니다.

접근해 올 때까지 그 모습은 파악할 수 없었습니다만── 적어도 나름대로의 살상력을 겸비한 마법의 덩어리라는 것 정도는 알 수 있었습니다.

안개를 찢어 가르며 날아온 그것은 얼음 기둥. 불덩어리. 빛으로 형성된 온갖 무기들.

"상대가 보이지 않는 것은 당신도 마찬가지잖아요? 자, 어떤가요? 당신은 이런 상황에서 나를 쓰러뜨릴 수 있나요?"

"…………."

"어라? 왜 그러죠? 방어만 할 건가요? 저에게 반격하는 건 불가능——."

"아, 죄송합니다. 쓸데없는 말은 여유가 있을 때만 해주시겠어요?"

저는 그녀의 마법을 전부 쳐내고서, 그 너머에 선 그녀에게 바람을 날렸습니다. 안개가 폭발하듯 날아가며 강당 너머가 한순간 보였습니다.

아무도 없었습니다.

……빗나간 겁니까?

"——나도 있다는 걸 잊지 말아줘."

안개 너머 쪽으로 시선이 팔려 있던 그때였습니다.

제 등 뒤에서 목소리가 들렸습니다. ……아리아드네 씨의 목소리는 아니었습니다. 더 차갑고, 감정이 옅은 목소리가 저를 덮쳐들었습니다.

"——윽!"

제가 돌아보았을 때는 이미 늦었습니다.

"지팡이만 없으면 아무것도 못 할 테죠!"

안개 속에서 갑자기 튀어나온 세라 씨가 제 지팡이를 빼앗은 것입니다.

마법을 쓰지 못하면서도 선생님을 지키기 위해 제 공격 수단을 봉해버린 것일까요?

그렇게 하면 저를 무력화할 수 있다고 생각했을 테지요.

하지만.

"물론 잊지 않았습니다."

저는 품에서 꺼낸 지팡이를 세라 씨를 향해 들고 바람을 날렸습니다.

"……윽…… 크읏……!"

제게서 지팡이를 빼앗은 채, 그녀는 그대로 기세에 몸을 맡기고 마구 날아갔습니다. 쿵 하고 그녀는 강당에 준비되어 있던 긴 의자 사이에 떨어졌습니다.

그녀가 일어나는 것보다 먼저, 저는 의자를 움직여 그녀를 가두었습니다. 또 덮쳐드는 건 곤란하니까요.

"마법사가 지팡이를 하나만 휴대하고 있을 거라고 생각하나요?"

세라 씨에게서 대답은 들려오지 않았습니다.

"생각하지 않아요. 하지만 당신에게 접근하기 위한 시간 벌이는 됐어요."

그 대신이라고 말하기는 뭐하지만, 눈앞에서 목소리가 들려왔습니다.

이 거리라면 잘 보입니다.

비비안 씨가 제 목덜미에 지팡이를 들이대고 있었습니다.

어느 틈엔가 그녀는 제 바로 옆까지 접근해 있었던 모양입니다.

"⋯⋯⋯⋯."

저는 천천히 지팡이를 들고――.

"그 이상 수상한 움직임을 보인다면, 당신 얼굴을 날려버리겠어요."

꾹, 그녀의 지팡이가 저를 찔러 들었습니다.

"⋯⋯⋯⋯."

항복의 자세입니다. 저는 지팡이를 쥔 채, 양손을 들었습니다.

"얼굴이 날아가는 건 안 될 일이죠. 제 얼굴은 이렇게, 예쁘니까요."

"어머나. 아직 농담을 할 수 있을 만큼의 여유는 있나 보군요. 아니면 위기감이 없는 건가요?"

"아뇨 아뇨."

저는 고개를 저었습니다.

"양쪽 다 아닙니다."

"그럼 뭐죠?"

뭐냐고 물으신들.

"그저 저는, 저희의 승리를 확신하고 있을 뿐입니다."

그리고 비비안 씨의 등 뒤로 시선을 보냈습니다.

그 시선을 깨닫고 비비안 씨가 돌아보았을 때는 이미, 그녀의 지팡이는 내던져져 있었습니다.

비비안 씨는 분명 놀랐을 테지요. 그런 얼굴을 하고 있었으니까요. 제 등 뒤에 숨어 있던 아리아드네 씨가 그곳에 있었던 것입니다.

"등 뒤를 잡으려고 했던 건 당신만이 아니었던 거야!"

"——물러!"

비비안 씨는 저와 마찬가지로 품에 손을 찔러넣었습니다.

그런고로.

"에잇."

그녀의 손에 폭풍을 날렸습니다.

로브가 바람에 날렸고, 품에 찔러 넣었던 손이 멀어지고, 그리고 그녀의 손에서 예비 지팡이가 날아갔습니다.

"어차피 당신은 제가 안개를 만들리라는 것을 전제로 삼아 행동할 거라고 생각했습니다."

저는 그녀의 목덜미에 지팡이를 들이댔습니다.

조금 전과는 정반대의 구도입니다.

"너무 쉽게 읽히더군요."

제가 안개를 만들면 그녀는 분명 제 등 뒤에서 공격을 시도해 오리라 간파하고 있었습니다. 조수인 세라 씨를 이용하리라는 것도 어렴풋이 알았습니다.

다음은 적당히 그녀의 시선에 들어가면서 세라 씨가 나타나기를 기다릴 뿐이었습니다.

감쪽같이 덫에 빠뜨렸다고 생각했을 테죠.

하지만 덫에 빠진 것은 그녀들 쪽이었던 것입니다. 그저 그뿐입니다.

"당신들의 패배입니다."

저는 그녀의 목덜미에 댄 지팡이에 힘을 실었습니다.

"얌전히 자수해주세요. 당신이 하고 있는 수상한 연구를, 지금 당장 그만둬 주세요. 세라 씨를 풀어주세요."

비비안 씨는 저를 똑바로 노려보았습니다.

"그게 당신들이 노린 건가요? 세라를 구하는 것이 당신들의 바람이라고요?"

저는 고개를 끄덕였습니다.

"당신의 수상한 연구에 어울려야 했던 세라 씨의 몸은 이상해졌을 테죠?"

"…………."

비비안 씨는 잠시 망설인 후에, 분명하게 말했습니다.

"그래요—— 하지만, 그건 그 아이가 바란 일이에요. 나는 그녀와 내 이상을 이루기 위해 노력하고 있을 뿐이에요."

"몸에 이상이 생긴 것도 세라 씨가 바랐던 일인가요?"

"희생 없이 이상을 체현할 수는 없어요. 나도, 세라도 그건 각오하고 있어요."

흐릿한 안개 속에서 비비안 씨는 단호한 말투로 답했습니다.

"나도, 세라도, 마법사밖에 없는 세계를 바라고 있어요. 그렇게 되면, 불행한 사람은 분명 사라질 테니까……."

"…………."

"어제도 이야기했죠? 이 세계는 마법이 없으면 불행해져요. 마법이 있는 사람이 우대받고, 그 이외는 잔혹하게 다루어지죠. 꿈을 이루는 것도 불가능해요. 나는 그런 세계에 질려버렸어요. 그래서…… 엘리자베스 같은 사람이 더는 나오지 않도록, 나는——."

"정말로 바보네. 당신."

비비안 씨의 말을 가로막은 것은 아리아드네 씨였습니다.

어이없어하면서, 어깨를 으쓱이면서, 그녀는 말을 자아냈습니다.

"마법이 없어서 불행해진다고? 어떻게 그런 걸 단정하는 거야? 당신은 엘리자베스가 학교를 졸업한 다음 어떻게 되었는지 알아?"

"……그러는 당신은 아는 건가요?"

"그러니까 묻고 있는 거야."

아리아드네 씨는 말했습니다.

"엘리자베스는 학교를 졸업한 다음에, 본가의 빵 가게를 물려받았어. 그리고 평범하게 결혼해서, 평범하게 아이를 낳고, 평범하게 행복한 가정을 꾸렸지. 거기에 오래전 꿈꾸었던 일은 없었지만, 하지만 엘리자베스는 그런 꿈이 깨진 인생을 결코 불행하다고 여기지 않았어. 평범하고 무난한 인생이라도, 나름대로 즐겁게 지내왔어."

"…………."

비비안 씨는 놀라며 눈을 부릅떴습니다.

"당신, 어떻게 그녀에 관한 걸——."

그녀에게 있어 엘리자베스 씨의 일은 아주 가까운 사람에게만 이야기했던 비밀이었던 것일 테죠.

놀라는 것도 무리는 아닐지도 모릅니다.

"어떻게라니...... 당연한 거잖아."

아리아드네 씨는 당혹스러워하는 비비안 씨를 놀리듯이 웃고, 말했습니다.

"내가 엘리자베스이기 때문이지."

그리고 안개가 개었습니다.

『하루째 낮』

제가 라트리타 공화국으로 향한 직후에 방문한 곳은 길모퉁이의 빵 가게였습니다.

아무래도 그 빵 가게에서 만드는 빵은 마니아 사이에서도 정말로 "엄청 맛있어" "너무 맛있어서 뺨이 녹아내릴 것 같아" "어찌나 맛있는지 먹으면 죽는 수준" "이제 이건 독이나 마찬가지" 같은, 후반에 이르러서는 그저 악평이라고도 생각할 수 있는 평판을 받는 곳이었습니다.

당연히 누구에게도 지지 않을 만큼 빵을 좋아한다고 자처하는 저였으니, 당연하게도 걸음을 옮겼습니다.

그러나.

"...엑? 그다지 맛있지 않은데."

솔직하게 말씀드리죠. 맛이 없다기보다는 평범하게 맛없었습니다.

맛이 좋지 않은 것인지, 혹은 반죽이 좋지 않은 것인지. 아니면 훨씬 근본적인 문제가 발생한 것일까요? 아무튼 맛있지 않았습니다. 기대가 빗나가는 데도 정도가 있습니다.

"잠시만요. 이걸 만든 셰프를 불러주세요."

저는 곧바로 손뼉을 쳐서 점원을 불렀습니다. 점원분은 "아, 네에……" 하고 내심 "뭐야 이 손님 엄청나게 귀찮네……" 하고 말하고 싶은 표정을 지으면서도 가게 안쪽으로 사라져 갔습니다.

참고로 그 가게는 가게 안에 음식을 먹을 수 있는 공간이 있었고, 거기에 더해 커피를 마실 수 있는 보기 드문 빵 가게였습니다.

"맛있지 않은……가요……. 그렇, 겠죠……."

가게 안쪽에서 나타난 것은 지쳐 보이는 30대 정도의 여성이었습니다. 요리사 복장에서 뻗어 나온 팔은 희고 가늘었고, 빨간 머리카락도 기분 탓인지 힘없이 축 늘어져 있는 것처럼 보였습니다.

"죄송합니다…… 실은 얼마 전부터…… 식사를 거의 하지 못해서…… 이 가게도 곧 닫으려고 생각하고 있어요……."

"가게를…… 닫는다고요……?"

저는 경악했습니다. 가게를 닫아? 진심으로 하는 말씀입니까? 정말입니까? 그보다 식사를 못 했다고요? 즉 지금의 이 맛은 본래의 것이 아니라는 의미? 그런 겁니까? 그런 거겠죠.

"……저기, 무슨 일이 있었던 겁니까? 괜찮다면 이야기라도 들려주시지 않겠습니까?"

"……지나가는 마녀님에게 이야기할 만한 일은 아니에요…… 제 개인 문제예요."

"아뇨 아뇨, 무슨 말씀이십니까. 자자, 앉으세요."

저는 다소 무리하게 점주님을 맞은편 자리에 앉혔습니다.

"아시겠습니까? 지금, 당신의 가게 빵 맛이 떨어졌습니다. 지금까지 이 가게의 빵 맛은 최고였다고 여행자들 사이에서는 화제가 되고 있을 정도인데 말이죠?"

"아아…… 그럼 앞으로 더럽게 맛없는 빵 가게로서 이름을 알리게 되겠군요…… 후후후…… 걸작이야."

"걸작이아닙니다정신차리세요진짜로."

생기 없는 눈동자로 창밖을 바라보는 점주님의 어깨를 획획 흔드는 저였습니다.

그녀는 그때, 눈에 눈물을 글썽였습니다.

"……흑. 죄송해요……! 실은, 제 딸이…… 딸이 없어지고 말아서──."

그리고 결국 점주님은 울음을 터뜨렸습니다.

그리고 당황한 저에게 그녀는 천천히 사정을 이야기해주었습니다.

요약하면 그것은 흔히 있는 딸과 부모의 말다툼이었고, 즉 반항기인 딸에게 어찌할 바를 몰라 하는 부모의 모습 그 자체.

점주님의 따님은 마법사가 되고 싶다고 말하고 집을 나갔고, 하지만 그녀는 가게를 이어주길 바랐고── 아니, 애초에 마법사가 아니라면 불행하다고 하는 생각 그 자체가 엘리자베스 씨라고 하는 점주님에게는 충격이었던 것일 테죠.

집을 나가버린 것도. 딸이 뭔가 수상한 연구에 협력하고 있는 것도. 그 연구를 실시하고 있는 것이── 마법사가 아니면 불행해진다고 하는 생각에 지배당하고 있는 것이, 과거의 친구였다는 것도. 마찬가지로 엘리자베스 씨에게는 충격 그 자체였던 것이리라고 생각합니다.

그래서 그녀는, 빵을 만들 수 없게 되고 말았던 것일 테죠.

하지만.

"그 말은 즉, 따님을 돌려놓으면 맛있는 빵을 만들 수 있다는 겁니까?"

"응? 네…… 뭐, 그럴…… 거라고 생각하는데……."

"과연, 그렇군요."

저는 고개를 끄덕였습니다.

"그럼 구하러 가죠. 함께."

"구하러…… 네? 함께? 어째서?"

"저는 댁의 따님 얼굴을 모르니까요. 그리고 선생님 얼굴도."

"하지만…… 교복이……."

"무슨 말을 하는 건가요? 당신 교복이 있을 테죠?"

"그야 있지만…… 입을 수 있을 테지만…… 그래도, 내 나이가……."

"이런, 그 점에 관해서도 아무 문제 없습니다."

저는 그녀를 손으로 제지하면서 가방을 뒤졌습니다.

그리고 테이블에 꺼내놓은 것은 하나의 병.

언젠가, 어느 나라에서 한 소녀에게 억지로 받은 약입니다. 마법의 힘이 담긴 이 약에는 특수한 효과가 있습니다.

"이 약을 마시면 나이가 어려 보이게 됩니다. 학교에 잠입하는 건 여유입니다. 여유."

30대라고 여겨지지 않으면 문제없습니다. 그렇다면 그 문제는 해결일 테지요.

"하, 하지만……."

"하죠. 꼭."

"당신, 엄청나게 의욕이 넘치네……."

"당신이 진심으로 만든 빵을 먹고 싶습니다."

저는 불쑥 몸을 내밀었습니다.

"따님을 다시 데려오면 맛있는 빵을 먹게 해주세요. 그러니까 따님을 구하러 가죠."

지금 생각하면 계기는 그 정도였고, 솔직히 말해서 저의 즉흥적인 기세로 멋대로 정한 일이기는 했습니다.

참고로 둘이서 잠입해야 하는 상황에서 제 몫의 교복은 없었고, 결국 적당히 조금씩 만들어두었습니다.

그러한 경위를 거쳐, 저희는 잠입했던 것입니다.

그러나 사정을 알면 알수록── 비비안 씨의 사정도 알면 알수록, 저는 그녀들을 못 본 척할 수 없게 되고 말았습니다.

마법을 쓸 수 없는 사람이 전부 불행하다느니 하는 생각은, 너무나도 슬프니까요.

"……알았어. 약속할게. 딸을── 세라를 되찾아 오면, 진심으로 빵을 만들어줄게."

적어도 제 앞에서 힘차게 고개를 끄덕이는 그녀가 불행하기만 한 인간으로는 도저히 보이지 않았습니다.

불이 붙은 강한 눈빛을 한 한 명의 여성이 그곳에는 있었습니다.

『엿새째 낮』

실제로는 따님을 구하러 간다고 하는 목적을 갖고 있었으면서도, 두 사람 다 오랜만의 학원 생활을 약간 만끽해버리고 말았습니다. 제 꾀에 빠진다는 건 이런 것일까요?

아무튼, 저희는 약의 효과가 다하기 전까지 비비안 씨에게 접촉하고, 세라 씨를 구하기 위한 계획을 갖추기에 이르렀던 것입니다.

그리하여 지금, 엘리자베스 씨는—— 아리아드네가 되어, 그녀를 몰아붙이고 있는 것입니다.

"당신이…… 엘리자베스……?"

당혹스러움으로 표정이 굳어진 비비안 씨였습니다.

"분명, 옛날 엘리자베스랑 닮았다고 생각했지만…… 하지만, 그런—— 정말, 이야?"

어쩌면 비비안 씨가 아리아드네 씨에게 관심을 두게 된 것은, 아리아드네 씨가 과거의 엘리자베스 씨와 닮았고, 그리고 옆에 선 마법사인 저와의 관계에 과거 자신을 겹쳐 보았기 때문인지도 모릅니다.

분명 세라 씨와 함께 약 연구를 했던 것도 그러한 사정에 의한 것이 클 테지요.

그녀는 과거에 사로잡혀 있는 것입니다.

"당신은 내가 교사가 되지 못해서, 그걸로 꿈이 깨져서 불행해졌을 거라고 생각했던 거지?"

키득 아리아드네 씨는 웃었습니다.

"하지만 있지, 나는 딱히 교사가 되지 못했어도 괜찮다고 생각하고 있어. 본가의 빵 가게를 잇는 것도, 예전에는 싫었지만 어른이 되어보니 의외로 재밌었어. 멋진 사람과도 만났고, 게다가 세라도 태어나 주었는걸."

힐끗 강당의 긴 의자 쪽으로 시선을 주는 아리아드네 씨.

어이없다는 표정을 지으면서 이쪽을 바라보고 있는 세라 씨가 거기에 있었습니다.

세라 씨도, 비비안 씨조차도, 넋이 나간 채 아무런 말도 하지 못했습니다. 무슨 일이 일어난 것인지 이해하지 못한 것일 테죠.

그런 두 사람의 모습을 무시하면서 아리아드네 씨는 말을 이었습니다.

계속해서 말을 걸었습니다.

"미안해—— 나, 학교를 졸업하고서, 너와는 한 번도 만나지 않았으니까. 만나지 못했으니까. 이렇게 되어 있을 거라고는 생각하지 못했어."

"……틀려."

"너는, 내가 교사가 되지 못했던 그날인 채로 어른이 되었던 거구나."

"……틀려요. 나는……."

비비안 씨는 작은 여자아이처럼, 그 자리에 주저앉아버렸습니다.

"나는…… 그저, 당신처럼 차별받는 사람이, 한 사람이라도…… 없어지길 바라서……."

"쓸데없는 참견이야."

아리아드네 씨는 어깨를 으쓱이고, 말했습니다.

"꿈이 깨졌다고 해서 불행해진다고는 할 수 없고, 마찬가지로 꿈이 이루어졌다고 해서 반드시 행복해진다고도 할 수 없어— 게다가, 적어도 나는 세라가 이대로 마법사가 된다고 해도 행복해질 거라고는 도저히 생각할 수 없는데."

몸에 이상이 생길 정도로 독을 마셔가면서 마법사가 되려 한 그녀 자신은 이미 한계에 가까울 터입니다.

실제로, 아리아드네 씨 쪽으로 천천히 걸어오는 세라 씨의 발걸음은 제가 날려버렸었다고는 해도, 조금 지나칠 정도로 큰 대미지를 입은 듯이 보였습니다.

"……괜찮은가요?"

저는 그녀에게 어깨를 빌려주었습니다. 어쩐지 미안한 일을 한 듯한 기분이 들었던지라.

"……응."

세라 씨는 제게 가볍게 고개를 끄덕이고 "……엄마, 야? 정말로?"라며 아리아드네 씨를 바라보았습니다.

닮았다고 한다면, 분명 두 사람은 조금 닮았습니다.

머리카락 색도 달라서 지적하지 않으면 눈치채지 못할 정도이

©Azure

기는 했습니다만.

"돌아가자꾸나. 세라."

아리아드네 씨는 세라 씨를 다정하게 끌어안고, 말했습니다.

"이제 이 이상, 엄마를 슬프게 하지 말아줘."

어머니 품에 안긴 세라 씨는 "……응" 하고 다시 가볍게 고개를 끄덕이고 눈을 감았습니다.

그런 두 사람의 모습을 바라보고 있던 비비안 씨도 아리아드네 씨에게 휩쓸렸습니다.

"이제 그만하자. 비비안."

꽉, 비비안 씨의 손을 잡아끌고, 그녀는 비비안 씨에게도 팔을 두르고, 끌어안았습니다.

그리고.

"이제, 이 이상 나와 너의 추억을 더럽히는 짓은 하지 말아줘."

그저 그 말만을 하고, 더는 아무런 말도 하지 않았습니다.

그것만으로 충분했던 것일 테지요.

그 이상의 말은 필요 없었던 것일 테지요.

아리아드네 씨에게── 엘리자베스 씨에게 안긴 두 사람은 울다 지쳐 잠든 어린아이처럼 조용했으니까요.

『이레째 낮』

오늘은 학교가 쉬는 날이었기 때문에 저는 매일 걸음하던 빵 가게를 점심 무렵에 찾아갔습니다.

지금까지는 하굣길에 들를 뿐이었습니다만, 휴일 낮이 되니 역시 손님 수도 꽤 있는 모양입니다.

"오늘은 합석이어도 괜찮을까요?"

평소와 같은 점원분에게 그런 제안을 받을 정도로는 장사가 잘되고 있다고도 말할 수 있었습니다.

제가 고개를 끄덕이자, 창가 자리까지 안내를 해주었습니다.

"켁……."

거기서 저는 그런 소리를 내고 말았습니다. 창가에 먼저 앉아 있던 상대측 두 사람도 같은 반응을 저에게 보였습니다. 씁쓸한 듯한 곤란한 듯한, 그런 미묘한 얼굴을 하고 있었습니다.

"……일레이나 씨."

"……안녕하세요."

세라 씨와 비비안 씨였습니다.

저는 "안녕하세요"라고만 답하고 두 사람의 맞은편 자리에 앉았습니다.

점원분에게 커피와 빵을 주문하고, 기다리는 사이에 저는 힐끔 세라 씨에게 시선을 보냈습니다. 어제까지의 그녀와 달리, 지금의 그녀는 전보다 아주 조금이지만 안색이 좋아진 듯 보였습니다.

"이제 약은 마시지 않는 건가요?"

제가 고개를 갸웃거리자 그녀는 아주 살짝 고개를 끄덕이고 답했습니다.

"……이제 약 연구는 그만뒀으니까. 몸 상태가 나빠질 이유가 없어."

결국, 어제의 그 사건 이후에 비비안 씨는 마법사가 될 수 있는 약을 만드는 일은 완전히 그만둔 모양입니다.

그런 것을 만들어도 의미가 없다고 아리아드네 씨에게—— 엘리자베스 씨 본인에게 부정당하고 말았으니, 당연하다면 당연할지도 모릅니다.

그렇게 저희는 띄엄띄엄, 창가 자리에서 조금씩 대화를 꽃피우게 되었습니다.

비비안 씨는 지금까지 약 연구를 위해 휴일도 없이 일했다고 합니다만, 앞으로는 그런 사정이 그녀를 얽매는 일도 없을 테죠. 세라 씨도 마찬가지로, 더는 연구가 필요 없어진 만큼 비비안 씨의 집에 머물 필요도 없습니다. 그녀는 어제 날짜로 집으로 돌아왔다고 합니다.

"요컨대 저는 평범한 교사가 되었고, 요컨대 세라는 평범한 학생이 되었다는 거죠."

"평범하군요."

"하지만 불행해졌다고 하는 느낌은 없어요."

"그것참. 잘됐네요."

그렇게 저희가 웃음을 지었을 때, 점원분이 빵과 커피를 가져왔습니다.

"오래 기다리셨습니다. 내가 정성을 다해 만든 최고의 빵이에요"라면서.

점원분이 아니라 아리아드네 씨였습니다만.

제가 준 약의 효과가 다한 아리아드네 씨는 이미 어린 모습이 아니었고, 나이에 걸맞은── 거의 30대 중반 정도의 외모로 돌아가 있었습니다.

"참고로, 갓 구운 빵이야. 좀 뜨거우니까 조심해서 먹어야 한다?"

키득 웃음을 짓는 아리아드네 씨, 아니, 엘리자베스 씨. 상냥한 어머니의 미소가 그곳에는 있었습니다.

"아리아드네 씨도 어떤가요?"

마침 4인석이니까──라고 저는 마침 비어 있는 의자를 톡톡 두드려 보였습니다만, 그녀는 천천히 고개를 저었습니다.

"함께 식사하고 싶은 마음은 굴뚝 같지만, 나는 일이 있어서."

그렇게 말하며 어깨를 으쓱이는 엘리자베스 씨.

"뭐, 편히 있도록 해. 우리 빵은 최고니까."

처음 만났을 때의 어둡던 그녀는 이제 없었습니다.

저는 그녀의 뒷모습을 지켜본 후 빵에 손을 댔습니다. 따뜻한 온기가 느껴졌습니다.

"그러고 보니 세라 씨는 앞으로 어쩔 셈인가요?"

저는 빵을 자르면서 고개를 갸우뚱했습니다.

"어머니 가게를 이을 건가요?"

"그건 앞으로 생각해볼까 해."

그녀도 마찬가지로 빵을 잘라 입에 넣었습니다.

"하지만, 아마도, 분명, 엄마 뒤를 이을 거라고 생각해."

다만 학교에서 좀 더 공부를 한 후에 생각하고 싶다고 그녀는 이야기했습니다.

평범했습니다.

평범하게 장래에 대해 고민하는 지극히 평범한 여학생이 있었습니다.

"좋다고 봅니다."

저는 고개를 끄덕이고, 그리고 세라 씨의 뒤를 따르듯이 빵을 입에 넣었습니다.

폭신한 빵이 입 안에서 녹아갔습니다. 밀가루의 향기가 천천히 퍼지고, 씹을 때마다 무심코 미소를 짓게 될 만큼 맛있는 빵이었습니다.

언제까지고 먹고 싶을 만큼.

"맛있네요……."

조용히 중얼거린 저에게.

"나는 늘 먹고 있는데……."

그렇게 말하며 눈썹을 모으고 곤란한 듯이 웃는 세라 씨.

"……나 여기 단골이 되겠어요……."

뭔가를 결심한 듯이 혼자 고개를 끄덕이는 비비안 씨.

이렇게 저희는 평범한 오후를 보냈습니다. 누군가와 함께 이렇게 식사를 하는 일은 여행자에게는 너무나도 평범하지 않은 광경입니다만──.

그러나 평범하지 않은 일은 드물게 있기에 더욱 기쁜 법입니다.

후기

2017년, 모일.

"헤헤헤…… 슬슬 『마녀의 여행』 5권이 유통되기 시작했을 테지…… 어라? 뭐지? 이번에는 이상하게 구입 트윗이 많은데……? 응? 어라? 전혀 따라가질 못하겠어…… 대체 무슨 일이 일어난 거야……? 사인본이 벌써 매진됐다고……? 뭐? 어떻게…… 된 일이지……?"

"죠우기 군."

"편집자님! 이건 대체……."

"5권 초동이 꽤 괜찮은 모양이야."

"그렇죠오오오오오오 만세에에에에에에에에에!"

"그리고 증쇄할 거야."

"아직 발매 일주일 정도인데 말인가요오오오! 5권 만에 처음인 즉시 증쇄잖아요 만세에에에에에에에에에에!"

"그리고 드라마 CD와 코미컬라이즈 이야기가 들어왔어."

"정말입니까아아아아아아아아아아아아아아아아아아아!"

"그리고 시끄러워."

"아아아아아아아아아아아아아아아아아아아아아아아아아아!"

"시끄러워."

"네."

그런고로 여러분, 오랜만입니다. 혹은 처음 뵙겠습니다. 시라이시 죠우기입니다.

최근에는 여러 일들이 있었습니다. 아니 정말로 여러 일들이 너무 많이 일어나서 넋이 나간 상태에 빠져서 6권 집필 작업을 했습니다. 5권이 발매된 후로……라기보다, 5권 발매 전후부터 이런저런 움직임이 있었고, 기간 페어를 하거나 GA 노벨 3대 히로인 페어가 진행되거나, 감사하게도 코미컬라이즈와 드라마 CD 이야기를 듣거나. 지금까지 머리를 감싸거나, 또 머리를 감싸거나, 그리고 머리를 감싸거나, 때때로 인생에 관해 고민하며 감상에 젖거나 하면서, 이대로 끝나게 되는 것은 아닐까 하는 위기감을 느끼거나 하면서 써왔습니다만, 드디어 꽃이 핀 듯한 기분이 들었습니다. 해냈다.

2018년도 부디 이대로 열심히 찾아뵙고 싶다고 생각합니다. 액년도 끝났으니 말이죠! 액년이라고 해도 딱히 아무 일도 없었지만.

그럼 본론으로 들어가기 전에, 평소처럼『마녀의 여행』6권의 각 이야기 코멘트를 시작하려고 합니다.

스포일러가 듬뿍 들어가 있으니, 후기부터 먼저 읽는 분들은 3페이지 정도를 그대로 넘겨주시면 감사하겠습니다.

●제1장『비 경주』
마법사가 벌이는 경기는 뭘까 생각한 결과 빗자루 레이스가 떠올랐습니다. 빗자루 레이스를 지나치게 연발하면 글자 수가 좀 그런 느낌이 되는 기분이 들어서 비 경주라는 이름을 붙였습니다.

5권에서 어느 정도 일단락을 짓기도 했으니 6권에서는 새로운 시작이라는 것으로, 이런 이야기가 되었습니다.

● 제2장 『도둑과 어머니』

반항기 아들용 결전 병기, 느른한 느낌의 어머니. 느른한 느낌의 어머니가 메인인 이야기였던지라 시종 느른한 세계관이 되었습니다. 6권은 살벌한 이야기도 있으니 시종 느른한 이야기가 하나 정도는 있어도 괜찮지 않을까 생각했습니다.

● 제3장 『성실한 정치가』

옛날이야기라서 어렴풋하게밖에 기억하지 못합니다만, 제가 아직 어릴 때 텔레비전에서 이런 설을 주장하는 특별 프로그램이 방송되었습니다.

사실 존 F. 케네디는 매우 나약한 남자였다. 그런 그가 대통령으로 당선될 수 있었던 것은 아내 재클린이 그를 위한 참모가 되었기 때문이었다……라는 내용이었습니다.

그 방송에 따르면, 아무래도 당시의 흑백텔레비전에 비칠 것을 생각해 슈트 색을 검정으로 한 것도 아내의 지시였고, 그 이외에도 아내는 남편이 선거에서 이길 수 있도록 모든 수단을 강구했던 모양입니다.

어른이 된 지금, 당시의 일이 신경 쓰여 조사를 해보았지만 유감스럽게도 확실한 증거는 찾을 수 없었습니다. 그러나 기억 속에 있는 재클린과 케네디의 관계성을 이야기로 쓰고 싶다고 늘 생각했었고, 드디어 이루었습니다. 하지만 이 이야기에서 가장 이야기하고 싶었던 것은 "알려지지 않으면 존재하지 않았던 것이나 다름없다"라는 한마디입니다. 언제나 그런 생각을 하면서, 다양한 사람들 속에 존재해갈 수 있는 작품을 만들 수 있기를 바라고 있습니다.

● 제4장 『병과 마녀와 빗자루의 이야기』

감기에 걸리면 마음이 약해지지요. 압니다. 알고말고요. 그러나 쓰기를 마친 원고를 다시 읽어보고 "이 녀석 누구……?"라고 생각했습니다. 문을 찰칵찰칵하는 장면이 개인적으로는 마음에 들었습니다. 6권에서는 기존 캐릭터를 가능한 한 등장시키지 않을 예정이었습니다만, 빗자루는 여행을 함께하니 뭐 괜찮지 않을까 하는 느슨한 생각에 따라 6권에도 등장하게 되었습니다. 앞으로도 당연하게 등장할 거라고 생각합니다.

● 제5장 『저주받은 노예』

호프 다이아몬드라고 하는 이름의 꽤 위험한 보석이 있다고 하여 조사해보니, 그것은 아무래도 소유자를 죽음에 이르게 하며 그 탓에 곳곳을 전전해왔다고 하는 전설을 가진 저주의 보석이라고 합니다. 물론 단순한 소문이고, 진지하게 받아들이지는 않았습니다만, 소유자를 죽음에 이르게 하는 저주라는 것이 묘하게 재미있었습니다. 그걸 의인화하면 어떻게 될까 생각한 결과, 여러 주인을 전전하는 저주라는 것은 즉 만지는 것이 독이 되는 저주인 것은 아닐까 하는 생각에 이르렀고, 이러한 이야기가 되었습니다. 또, 원고를 다 써갈 무렵에 결정타로 키스를 하는 모 드라마가 방영되어 당황했습니다.

● 제6장 『어린이 마녀 일레이나 씨』

일레이나가 어린아이가 되는 소재 자체는 꽤 오래전부터 대강 생각하기는 했었습니다만, 쓰기 전에 『마녀의 여행』이 속간을 낼 수 없는 사태가 되거나, 같은 레이블의 『슬라임을 잡으면서 300년~』에 같은 소재가 있었기 때문에 "이런 이건 그만둘 수밖에 없겠어!"라며 오랫동안 넣어두었습니다만, 6권 플롯을 쓰는 동안에 "죠우기…… 나는 지금, 당신 머릿속에 직접 말을 걸고 있습니다…… 어린아이가 되는 이야기를 쓰세요……"라는 제안이 있었고, 어찌어찌하여 쓰게 되었습니다.

어린 일레이나 캐릭터 디자인이 어찌나 귀여운지 이건 이미 세상에서 전쟁이 사라지는 수준이었다.

● 제7장 『여심을 알기 위해서는』

서큐버스라고 하면 판타지물에서 고정이라고 할 수 있는 음마입니다만, 남자였다면 고생하겠지? 생각하면서 소재를 꼬고 또 꼬게 되었습니다. 그나저나 언제나 생각하는데, 음마는 야한 꿈을 꾸게 하는 것이 주된 일이니까, 딱히 야한 차림을 할 필요는 없잖아?

● 제8장 『아리아드네의 7일간』

이 이야기를 떠올린 시점에서, 우선 고민한 것이 시계열을 다루는 방식이었습니다. 애초에 이야기를 순서대로 쓰면 학원에 다니기 시작할 때까지 꽤 많은 페이지가 필요해지게 될 것 같았습니다. 꽤 고민한 끝에, 결국 시계열을 조금 쪼개어 전후를 바꿔서

해결하기로 했습니다. 일레이나가 학교에 다니는 이야기는 언젠가 쓰고 싶다고 생각했습니다만, 좋은 기회를 만나지 못한 탓에 결국 6권 마지막 이야기가 되었습니다.

여담입니다만, 일레이나의 교복 러프를 세 장 정도 받았습니다. 전부 너무나도 귀여워서 "이 중에서 한 장만 고르라는 겁니까! 못 골라!"라며 울었습니다. 니삭스는 좋구나…….

이상, 각화 코멘트였습니다.

5권은 밝은 이야기가 많았다고 할까, 거의 대부분 밝은 이야기였던지라, 이번에는 다양한 분위기의 풍성한 한 권으로 만들고 싶다고 생각했습니다. 개인적으로는 백합 요소도 좋아하지만, 시리어스도 좋아하고, 코미디도 물론 좋아하고, 감동계 이야기도 정말 좋아합니다. 그런 이야기를 전부 쓸 수 있는 『마녀의 여행』은 진지한 마음을 담아 쭉 써나가고 싶은 작품이기도 합니다. 다시 다음 이야기를 쓸 수 있어 정말 다행입니다…….

이번에는 기존 캐릭터와 관계가 거의 없었습니다만, 다음 권이후의 장편 소재로 각각 게스트 캐릭터로 재등장시키려고 합니다.

시리즈도 제법 길어져, 깨닫고 보니 6권. 다음은 7권. 더 오랫동안 계속될 수 있도록 노력하겠습니다.

다른 이야기입니다만, 2017년의 끝 무렵에 오랜만에 운동을 살짝 했다가 허리를 다쳐 죽을 뻔했던지라, 2018년은 적당히 운동하는 해가 될 수 있도록 하려고 합니다. 정말이지…… 평소에도 그다지 움직이지 않는 일을 하는 탓에 체력이 말이죠…… 떨어집니다……. 그리고 꽤 오래전에 Suica를 샀습니다만, 스마트폰을 바꾼 덕분에 카드를 개찰기에 대지 않아도 스마트폰을 대는 것만으로 간단히 개찰구를 통과할 수 있게 되었습니다! 기술의 발전은 대단해! 덕분에 카드가 단순한 플라스틱판이 되어버렸지만 말이죠! 뭐 애초에 집에서 가장 가까운 역은 Suica를 쓸 수 없어서 원래부터 단순한 플라스틱판이었지만요! 하하하하!

그럼 언제나처럼 감사 인사에 들어가겠습니다.

아즈루 님.

이번에도 귀여운 일러스트, 고맙습니다. 매번 여러 캐릭터 디자인을 맡겨드려 죄송합니다……. 하지만 최고로 귀여우니까 앞으로도 오랫동안 잘 부탁드립니다. 그리고 일레이나의 교복 차림이 너무 귀여워서 그만 정화될 뻔했습니다. 어린 일레이나도 귀여웠습니다. 그리고 이번 게스트 캐릭터 중에서는 아리아드네가 귀여워서 좋았습니다. ……계속 귀엽다는 말만 하고 있네요…….

편집자 M님.

언제나 고맙습니다. 따님의 역작인 일레이나 일러스트를 보내주셨을 때는 마음이 따뜻해졌습니다. 기뻤습니다. 실은 스마트폰을 바꾼 참이라 미처 연락처를 옮기지 못했던지라 "누, 누구야?! 내내내내내 개인 정보가 새어 나갔어! 큰일이야!"라며 일하다가 엄청나게 당황했습니다만, 기뻤던 것은 정말입니다. 당황한 것도 진짜입니다.

관계자 여러분.

SB 크리에이티브 영업님들, 편집부 여러분, 서점 직원 및 인쇄소 여러분. 이번 출판에 관여해주신 여러분. 정말로 감사드립니다. 데뷔한 지 벌써 3년이 지나려 하고 있습니다만, 정말로 권을 거듭할 때마다 라이트노벨이라는 매체가 많은 사람들에게 지지를 받으며 출판된다는 사실을 실감합니다……. 앞으로도 잘 부탁드립니다.

독자 여러분.

앞으로도 『마녀의 여행』을 잘 부탁드립니다!

11월 발매인 8권은 드라마 CD 특별판도 나올 예정이니 기대해주세요.

길어졌습니다만, 후기도 이쯤에서 마무리하고 저는 그만 원고로 돌아가겠습니다. 7권에서 다시 만나 뵙겠습니다. 그럼 이만!

[마녀의 여행 6]

2024년 1월 15일 1판 5쇄 발행

저　　　　자	시라이시 죠우기
일 러 스 트	아즈루
옮 긴 이	이신
발 행 인	유재옥
이　　　　사	조병권
출판본부장	박광운
담 당 편 집	정영길
편 집 1 팀	박광운 최서영
편 집 2 팀	정영길 조찬희 박치우 정지원
편 집 3 팀	오준영 이해빈 이소의
디자인랩팀	김보라 박민솔
디지털사업팀	박상섭 김지연 윤희진
라이츠사업팀	김정미 맹미영 이윤서
영업마케팅팀	최원석 박수진 박소연
물 류 팀	허석용 백철기
경영지원팀	최정연
인쇄제작처	㈜코리아피엔피
발 행 처	㈜소미미디어
등 록	제2015-000008호
주　　　　소	서울시 마포구 토정로222, 403호 (신수동, 한국출판콘텐츠센터)
판매 및 마케팅	(070) 8822-2301

ISBN 979-11-6611-076-4
ISBN 979-11-5710-752-0 (세트)